Blanca Imboden

# Die Kalorien-Königin

Roman



Piper München Zürich

*Mehr über unsere Autoren und Bücher:*
*www.piper.de*



Ungekürzte Taschenbuchausgabe
November 2009

Erstausgabe: Papillon Verlag, Geltwil 2008
Umschlaggestaltung: Cornelia Niere, München
Umschlagfotos: Frederic Tousche / Getty Images (Hand)
und Roland Werner, München (Pralinen)
Autorenfoto: Hans Gotthardt
Papier: Munken Print von Arctic Paper Munkedals AB, Schweden
Gesamtherstellung: CPI – Clausen & Bosse, Leck
Printed in Germany ISBN 978-3-492-26327-6

Blanca Imboden
Die Kalorien-Königin

PIPER

Zu diesem Buch

Lucy, die Journalistin, nimmt ab, und die ganze Schweiz schaut zu. Sie schreibt für die Illustrierte »Frauen-Power« eine wöchentliche Kolumne und wird bald von ihren Lesern zur »Kalorien-Königin« gekürt. Ein unbequemer Thron. Zumal sie mit zwei jungen, schlanken Mitbewohnerinnen in einer ungewöhnlichen WG lebt ... Und was tun, wenn die Ferienbekanntschaft einer ihrer Mitbewohnerinnen, ein junger Kenianer, plötzlich vor der Haustür steht? Der Afrikaner bringt die eingespielte Frauen-WG ganz schön durcheinander, verändert Ansichten und ermöglicht Einsichten. »Die Kalorien-Königin« erzählt von Frauenfreundschaften, entführt die Leser aber auch in die Welt der überflüssigen Pfunde und der unverzichtbaren Männer. Ein Buch (nicht nur) für Frauen.

*Blanca Imboden,* geboren 1962 in Ibach im Kanton Schwyz, tourte dreizehn Jahre lang als Berufsmusikerin durch die Schweiz und Österreich, bevor sie anfing, Romane zu schreiben. Seit 1999 arbeitet sie bei der Neuen Schwyzer Zeitung. »Die Kalorien-Königin« ist ihr vierter Roman.

*»Wer jeden Tag zehn Minuten lang herzhaft lacht, verbraucht dabei bis zu 50 Kalorien und kann im Jahr damit zwei Kilo abnehmen.«*

Die Kalorien-Königin

*Dieses Buch widme ich*
*meinem »Enkelkind« Jebet.*

Mit den Einnahmen aus dem Buchverkauf unterstütze ich auch Jebets Familie.

Ich habe viele persönliche Erlebnisse in diese Geschichte eingewoben. Schließlich nehme ich tatsächlich selber häufiger ab und zu als der Mond. In Kenia und Spanien habe ich persönlich recherchiert. Trotzdem möchte ich betonen: Diese Geschichte ist frei erfunden.

# Schweiz, Ibach

Sieben extra große Gartenzwerge im Multipack.

Was soll ich damit?

Tabletten in allen Farben und für jede Gelegenheit:

Sie machen aus Depressiven lustige Clowns, blasen die Müdigkeit weg oder bringen erlösenden Schlaf.

Wer kauft denn so was im Internet?

Ein Störgerät, das Mörder vom Haus fernhalten soll.

Mörder? Sicher ein Tippfehler.

Die haben bestimmt MARDER gemeint.

Ich schüttle lächelnd meinen Kopf.

Mein E-Mail-Konto ist ein Ramschladen geworden!

Heute will ein Online-Kasino mir einen Bonus offerieren.

Eine Firma möchte, dass ich ihren Blumendünger teste. Es ist verrückt!

Jeden Morgen starte ich noch im Halbschlaf meinen Computer und rufe meine E-Mails ab. Und jeden Morgen ärgere ich mich aufs Neue über die vielen Spam-Mails, die mir Möglichkeiten zur Penisverlängerung oder Rolex-Uhren aus Italien anbieten, Viagra in der Großpackung verkaufen wollen, günstige Sportsocken anpreisen oder mir erklären, dass auf dieser und jener Homepage »Susi ihre prallen Möpse tanzen lässt«.

Keine einzige persönliche E-Mail! Ich haue unfreundlich auf die Löschtaste. Lucys Ramschladen ist geschlossen.

Warum werde ich das Gefühl nicht los, dass nun mein Tag irgendwie versaut ist? Genauso beginnen sie nämlich, die schwarzen Tage, an welchen die Milch im Kaffee sauer wird, das Datum des Jogurts im Kühlschrank längst abgelaufen und meine einzige Jeans, in die ich noch hineinpasse, über Nacht nicht trocken geworden ist.

Dabei liebe ich eigentlich diese frühen Morgenstunden, wenn es im Haus noch ruhig ist und ich alle Räume für mich alleine habe. Ich bin eine leidenschaftliche Frühaufsteherin. Am großen Küchentisch trinke ich schon kurz nach sechs meinen Kaffee und höre im Radio die Nachrichten. Gegen sieben Uhr kommt dann Kim heim. Sie trägt in aller Frühe in Ibach Zeitungen aus. Diesen Job, den keiner sonst haben will, nimmt sie von der sportlichen Seite. Jeden Tag versucht sie, ihre Strecke noch schneller zu bewältigen. Sie rennt oder fährt mit dem Fahrrad. Dazu hört sie Musik aus ihrem MP3-Player. Ab und zu holt sie dazu auch meinen alten VW-Golf aus der Garage. Wenn sie alle ihre Zeitungen in die Briefkästen gestopft hat, kommt sie heim, hat frische Brötchen eingekauft und bringt die Post mit hoch. Ein wunderbarer Service. Meist kriecht dann auch Laura aus dem Bett, noch nicht richtig wach und schlecht gelaunt. Aber das tragen wir mit Fassung. Laura arbeitet in unserem Einkaufszentrum als Friseurin und muss erst um neun anfangen.

Ich werfe die Kaffeemaschine an und hole mein Lightjogurt aus dem Kühlschrank. Lustlos stochere ich mit dem Löffel darin herum. Es ist so unglaublich farb-, geschmack- und kalorienlos. Ja, ich versuche wieder einmal, mein Übergewicht loszuwerden. Wie immer im Frühling. Und im Sommer. Und überhaupt. Wenn ich so zurückblicke, dann scheint mein Leben eine einzige Abfolge von Diäten zu sein.

Laura kann darüber nur lachen.

»Du bist wie der Mond«, meinte sie neulich zu mir, »du nimmst ständig ab und zu.« Es ist wirklich ärgerlich, dass meine beiden Mitbewohnerinnen so schlank sind. Schlank, jung und hübsch. Das ist nicht immer leicht zu ertragen.

Schnell, bevor es jemand sieht, mische ich zwei Löffel Zucker in das Jogurt und garniere mein Werk mit zwei Löffeln der selbst gemachten Traubenmarmelade, die uns Kims Mutter geschenkt hat. Jetzt sieht das Ganze schon besser aus. Dazu eine Prise Zimt. Lecker! Von null auf über hundert Kalorien in wenigen Sekunden. Das ist für mich eine leichte Übung.

Warum wird es heute eigentlich nicht hell?

Ich strecke vorsichtig meinen Kopf zum Fenster raus und sehe, dass sich über den Mythen, unseren Hausbergen, riesige Wolken auftürmen. Schwarze Wolkenwände schieben sich von Einsiedeln her zu uns rüber. Es braut sich ein böses Gewitter zusammen. Das Donnergrollen wird immer lauter und kommt bedrohlich schnell näher. Der Wind rüttelt an den Fensterläden. Ich denke an Kim, die ihre Tour hoffentlich noch schafft, bevor es anfängt zu regnen.

Zu spät!

Ich schließe die Fenster, und schon peitschen die ersten Regentropfen an die Scheiben.

Ein Scheißtag.

Das hab ich doch gleich gespürt.

Aus dem Radio versucht Carlos Santana, mich mit vollem Einsatz aufzumuntern. Er lässt seine Gitarre wunderbar melodiös und gefühlvoll jaulen. Ich setze mich an den Küchentisch und lege meine Füße hoch. Immerhin gehört es mir, das Haus, inklusive Küchentisch. Dieses Gefühl genieße ich ab und zu ganz bewusst. Ich lasse mich von Santanas Musik einlullen und leiste mir Erinnerungen an bessere Zeiten. Gerade als sich in mir ein Gefühl wohligsten Wohlbehagens breitzumachen beginnt, rumpelt Kim die Treppe hoch.

»So ein Sauwetter«, schimpft sie und schüttelt sich wie ein nasser Hund. »Fehlt jetzt nur noch, dass ich böse Anrufe bekomme, weil ein paar Zeitungen nass geworden sind. ICH bin nass geworden! Und wie!«

Sie schimpft wie ein Rohrspatz, und dabei rinnt das Wasser aus ihren dunklen Haaren, die in ungewohnt hässlichen Strähnen herunterhängen.

»Kann man sich denn auf keinen Wetterbericht mehr verlassen?« Sie schubst meine Füße vom Tisch und knallt mir Post und Zeitungen vor die Nase. Und die frischen Brötchen, die ich doch eigentlich von meinem Speiseplan gestrichen habe, duften mir verlockend entgegen.

»Ich ziehe mir schnell trockene Sachen an. Machst du mir schon einen Kaffee?« Weg ist sie.

Kim ist natürlich nicht wirklich eine richtige, echte Zeitungsausträgerin aus Leidenschaft. Sie ist Pianistin. Kim hat Musik studiert und sogar einen Abschluss als Klaviersolistin gemacht, nur um dann am Ende festzustellen, dass eigentlich niemand auf sie gewartet hat, dass es tausend andere und bessere Pianisten gibt, die sich um Ruhm und Ehre prügeln. So ging sie den Weg, den die meisten Musiker irgendwann gehen, freiwillig oder nicht: sie fing an zu unterrichten.

Aber sie hielt das nicht durch. Sie konnte nicht so viele Schüler annehmen, dass sie wirklich davon hätte leben können. Das hielten ihre Nerven nicht aus.

»Ich muss mir einen neuen Job suchen«, erklärte sie mir eines Tages unter Tränen. »Heute saß ein blond gelocktes

Engelchen von acht Jahren neben mir auf der Klavierbank. Ein wirklich süßes Kind. Und ich hätte es beinahe erwürgt, bloß weil es falsch gespielt hat. Ich konnte mich nur mit großer Mühe zurückhalten. Meine Güte: Tine kann nach einem Jahr Unterricht noch keine einzige Melodie im Rhythmus spielen! Ich würde bestimmt vor jedem Gericht mildernde Umstände bekommen, oder?«

Kim war völlig aufgelöst, lachte und weinte gleichzeitig.

Inzwischen hat sie ihr Leben wieder im Griff. Sie hat ihr Unterrichtspensum verkleinert und trägt dafür frühmorgens Zeitungen aus. Zwischendurch lässt sie sich von kleineren Orchestern als Solistin buchen oder begleitet andere Musiker.

Sicher eine ungewöhnliche Frau, aber sind wir nicht alle etwas eigenartig?

Jedenfalls in diesem Hause?

Könnten wir sonst zusammenwohnen?

Und dies schon seit drei Jahren?

Ich decke also den Tisch und hole all die leckeren Sachen aus dem Kühlschrank, die ich eigentlich ignorieren wollte: Nutella, Honig, Butter, Leberwurst, würzigen Käse. Da liegen sogar noch ein paar alte Scheiben Salami herum. Hmm! Es geht einfach nichts über ein ausgiebiges Frühstück.

Noch während Kim unter der Dusche steht, höre ich Lauras Wecker klingeln. Klingeln, das ist vielleicht das falsche Wort. Sie hat ihren Wecker so programmiert, dass sie jeden Morgen mit dem kenianischen Lied »Malaika« geweckt wird.

Wie bereits gesagt:

Wir sind ein komischer Haufen.

Auch Laura hat ihre Ticks. Sie schwärmt für Kenia und war schon achtmal dort, dabei ist sie erst fünfundzwanzig

Jahre alt! Als blonde Schönheit ist sie in Afrika eine Attraktion. Sie scheint dies jeweils sehr zu genießen und hat wohl schon einige Männerherzen gebrochen. Laura liest jedes Buch über Kenia und Afrika. Wenn im Fernsehen ein Film über Afrika gezeigt wird, dann haben wir keine Chance, etwas anderes zu sehen. Ihr Zimmer ist vollgestopft mit Souvenirs, von der Holzgiraffe über Massaifiguren bis zur CD-Sammlung mit afrikanischer Musik. Der Teppich hat ein Löwenmuster, und ihre Bettwäsche ist mit Geparden bedruckt. Ihre Yukkapalmen verstärken das afrikanische Ambiente. Fehlt nur noch ein Affe, der im Zimmer herumturnt. Sogar als Handysignal ertönen Buschtrommeln.

Lauras Tag fängt also einmal mehr mit »Malaika« an. »Engel« heißt das in Suaheli. Ja, wir lernen viel von ihr, unfreiwillig, versteht sich. »Malaika« können wir jedenfalls schon vorwärts und rückwärts pfeifen.

So sitzen wir mal wieder gemeinsam beim Frühstück. Laura hat sich in bunte afrikanische Tücher gehüllt und blinzelt mit ihren blauen Augen aus dem leicht verquollenen Gesicht. Kim trägt einen Pyjama, weil sie sich nach dem Frühstück noch einmal ein paar Stunden Schlaf gönnen wird.

Die Zeitung wird in Teile zerlegt, und schnell findet Laura die neusten Nachrichten aus Kenia. Empört liest sie uns vor, dass Kenia nun die versprochenen fünf Millionen Euro Aufbauhilfe von verschiedenen Gebernationen nicht erhalte, weil der neue Präsident Kibaki seine Wahlversprechen breche.

»Er ist genauso korrupt, wie es der alte Präsident schon war. Es ist wirklich traurig. Am Anfang sah alles so gut aus. Das ganze Land war in Aufbruchstimmung. Alle hofften auf bessere Zeiten. Jetzt macht Kibaki einfach genau dort weiter, wo der alte Sack, der Moi, aufgehört hat.«

Wir horchen auf und sind mit entrüstet. Immerhin fühlen wir uns langsam selber, als wären wir halbe Kenianer. Zwangsläufig fühlen wir uns mit dem fernen Land immer mehr verbunden.

»Ha!«, schreit Kim, die gerade im Kulturteil einen riesigen Artikel über ihren Exfreund entdeckt hat, mit vollem Mund.

»Schaut ihn euch mal an!«

Sie zeigt sein großes Bild in die Runde. Nun, er sieht gut aus, der Rockmusiker, mit wallendem Haar, den obligaten Tätowierungen und in der unabdingbaren Lederkluft. Ein knackiger Kerl. Doch Kim ist nur voller Spott und Hohn:

»Wie cool er aussieht, der kommende Star. Wenn DIE wüssten! Schade, dass ich keine Videoaufzeichnung von unserem letzten Streit habe. Die könnte ich jetzt vergolden. Damals ging es um seine kostbaren Alpakasocken. Ich hatte sie in der Maschine gewaschen. Ein Skandal! Barbarei! Ich hätte sie von Hand und mit Liebe im lauwarmen Wasser mit Haarwaschmittel zart kneten und wenden müssen. Und jetzt macht er auf Rockstar.«

Laura und ich schauen uns an und versuchen, das Lachen zu verkneifen. Kim rastet selten so aus. Und wenn, dann ist es immer dieses eine Thema: Mario, ihr Exfreund, der ihr GAR NICHTS MEHR bedeutet.

»Jetzt hat er für seine neue CD einen Preis gewonnen. Newcomer des Jahres. Wie hat er es bloß geschafft, mit den drei Harmonien, die er auf der Gitarre spielen kann, eine ganze CD zu füllen?«

Inzwischen lachen Laura und ich aus ganzem Herzen. »Und glaubt ja nicht, dass seine Tätowierungen echt sind.

Mario würde sich doch nie im Leben freiwillig Schmerzen zufügen lassen. Nein, er hat sich die Tattoos alle aufmalen lassen. Er ist ein elendes Weichei«, ereifert sich Kim weiter.

»Was um alles in der Welt sind Alpakasocken?«, prustet Laura, und ein bisschen Kaffee rinnt aus ihren Mundwinkeln.

»Ein Alpaka ist eine Lamaart, so eine Mischung aus Schaf und Kamel. Es hat eine ganz besondere Wolle, die gut wärmt, weil sie so fetthaltig ist, und die Wolle ist total weich«, klärt Kim uns leicht pikiert auf.

Ich sag's doch immer: So eine Wohngemeinschaft ist ungemein bereichernd und bildend. Wir lernen voneinander, Tag für Tag. Hätte ich noch ein paar Untermieterinnen mehr, könnte ich sicher bald in jeder Quizshow im Fernsehen mitmachen. Aber auch so profitiere ich von meinen Mitbewohnerinnen. Schließlich bin ich Journalistin von Beruf. Ich habe in der Illustrierten FRAUEN POWER eine feste monatlich erscheinende Kolumne. Das Alpakatier wird da ganz bestimmt einmal drin vorkommen. Auf der Suche nach Themen, über die ich mich schriftstellerisch hermachen könnte, sind mir Kim und Laura immer behilflich, meist unbewusst und unfreiwillig.

Natürlich lebe ich nicht von der monatlichen Kolumne. Ich bin freie Mitarbeiterin bei vier verschiedenen Illustrierten und einer Tageszeitung. Darum bin ich immer so früh auf und rufe meine E-Mails ab. Manchmal warte ich auf Aufträge. Meist kommen dann alle zusammen.

Aber ich bin in einer sehr privilegierten Position: Ich habe ein eigenes Haus und ein wenig Vermögen geerbt. Ich brauche also nicht in Panik auszubrechen, wenn ich eine Weile keine Arbeit habe. Geld beruhigt ungemein. Ich werde meiner Patentante für immer dankbar sein, dass sie mich in ihrem Testament so großzügig bedacht hat. Deshalb lasse ich den Kontakt zu ihr auch nach ihrem Tode nicht abreißen. Wir sind immer im Gespräch. Tante Thea weiß alles über mich. Ich bin überzeugt, dass sie voller Wohlwollen auf unsere lustige Wohngemeinschaft hinunterschaut. Das hätte sie sicher selber gerne gehabt, so eine Weiber-WG.

Allerdings muss man auch einiges einstecken können in so einer Frauengemeinschaft. Gerade jetzt, wo ich meinen Gedanken nachhänge, liest Laura Kim aus der neuen Ausgabe von FRAUEN POWER meine Aprilkolumne vor. Und dabei lachen sie über mich oder über meine Zeilen. Es ist mir immer irgendwie unangenehm, dabeizusitzen, wenn sie sich über meine Texte auslassen. Ich fürchte mich vor ihren direkten, ungeschönten Kommentaren. Es steckt meist viel Herzblut in den Zeilen. Manchmal sind es allerdings auch lieblose, in Not und Verzweiflung herausgequetschte Kolumnen. Aber diese hier finde ich selber ganz gelungen:

**Ein neues Sommerkleid**

Bald beginnt der Frühling, und ich drehe mich übermütig in meinem liebsten Sommerkleid vor dem Spiegel. Es ist natürlich noch viel zu kalt für Sommergarderobe. Aber ein wenig träumen wird man ja wohl dürfen. Außerdem habe ich so meine Befürchtungen, und ein kritischer Blick in den Spiegel gibt mir recht:

Ich habe zugenommen!

Nein, ich bin gar nicht zufrieden mit dem, was ich da sehe:

Das Kleid spannt hinten und vorne, und auch an

der Seite fällt der blumige Stoff nicht locker, sondern klebt sich meinen Speckröllchen entlang nach unten.

Von wegen »figurumspielend«!

Ich sehe darin aus wie eine Wurst. Hat sich der Winterspeck nun tatsächlich in Frühlingsrollen verwandelt?

Ich habe einfach kein Durchhaltevermögen mehr, wenn es um Diäten geht. Zu oft habe ich schon ab- und zugenommen. Meine Freundinnen lachten neulich und meinten: »Du bist schon wie ein Mond. Bald werden die Holzer ihre Bäume nach deinem Diätkalender schlagen. Und die Gärtner rufen dich vorher an, wenn sie etwas pflanzen wollen.«

Sie sind manchmal wirklich böse, meine Freundinnen, und sie sind schlank.

Wie werde ich also meine Kilos los? Fettabsaugen, das sah im Fernsehen neulich sehr hässlich aus. Appetitzügler machen mich immer so aggressiv. Kohlsuppe kann ich schon lange nicht mehr riechen. Für ein operativ eingesetztes Magenband bin ich (noch) zu schlank. Einen Bandwurm möchte ich auch nicht unbedingt schlucken.

Meine Nachbarin Edith gab mir gestern eine CD. Damit habe sie selber ganz einfach abgenommen.

»Soll ich sie essen oder daran lecken oder sie unters Kopfkissen legen?«, fragte ich mit einem gequälten Lächeln, innerlich ziemlich genervt.

Nein, das sei eine Meditations-CD. Diese werde mein Unterbewusstsein umprogrammieren.

Das Unterbewusstsein umprogrammieren? Das klingt doch phantastisch!

So eine Umprogrammierung erscheint mir wesentlich bequemer als Hungern oder Joggen. Nachbarschaftshilfe ist wirklich etwas ganz Feines.

Danke, liebe Edith!

Vor dem Einschlafen würge ich also die kleinen Kopfhörer in meinen Gehörgang und starte die Umprogrammierungs-CD. Zuerst plätschert Musik. Leises Geklimper auf einem billigen Keyboard. Beruhigende Streicher im Hintergrund. Eine tiefe, warme, männliche Stimme begrüßt mich. Nach ein paar Atemübungen liege ich schon entspannt da, bereit für alle Umprogrammierungen der Welt.

»Holen Sie sich jetzt ein Glücksgefühl aus Ihrer Erinnerung. Lassen Sie sich dafür einen Moment Zeit. Versuchen Sie sich an ein besonderes Glücksgefühl zu erinnern, an einen unvergesslichen Moment. Dieser kann auch bereits etwas weiter zurückliegen. Denken Sie ganz fest daran, und kosten Sie das Gefühl aus, halten Sie es eine Weile fest.«

Ein Glücksgefühl?

Ich war schon oft glücklich.

Wie soll ich mich so schnell entscheiden? Aber ich darf mir ja Zeit nehmen. Immerhin bin ich an einem Sonntag geboren. Wie sagt meine Mutter so schön: »Sonntagskinder haben immer Glück.« So war es eigentlich auch.

Und so ist es noch immer.

Ich glaube, mein größtes Glück ist eine Art innere Zufriedenheit; die Tatsache, dass ich gar kein so großes Glück brauche, um glücklich zu sein. Wenn beispielsweise die Sonne auf meinen Balkon scheint und ich mit einem dicken Buch in der Hängematte liege, dann ist das für mich ein perfekter Moment. Mit meinen Freundinnen einen Abend lang nur zu reden und dabei Zeit und Raum zu vergessen, das sind glückliche Stunden.

Mehr brauche ich nicht.

Glücksgefühle besonderer Güte hatte ich im Herbst, als ich mit eigener Kraft den Großen Mythen bezwungen hatte und oben auf dem Gipfel stand, erschöpft und stolz. Manchmal reicht auch ein schöner Song im Radio, der mich an besondere Zeiten erinnert, um mich einen Augenblick lang glücklich zu machen. Manchmal, ich geb's zu, macht mich auch ein riesiges Stück Schwarzwälder Torte glücklich.

Was?

Jetzt ist doch die CD fertig!

Die haben einfach mit der Umprogrammierung ohne mich weitergemacht, während ich noch voll mit meinen Glücksgefühlen beschäftigt war!

Aber ich liege nun völlig entspannt im Bett. Es hat mir gutgetan, mich darauf zu besinnen, was für ein glücklicher Mensch ich eigentlich bin, und mir wird schlagartig klar, wie unwichtig meine überflüssigen Pfunde im Grunde genommen sind.

Ich werde mir morgen ein neues Sommerkleid kaufen. Aber nur so nebenbei und für alle Fälle:

Wo bekommt man eigentlich Bandwürmer?

»Schreiben kann sie wirklich, unsere Lucy«, lacht Kim und beißt gut gelaunt in ein Nutella-Brötchen. »Ich werde in Zukunft unsere Post mit besonderer Vorsicht sortieren. Vielleicht meint ja irgend so ein abgedrehter Fan, er müsse dir Bandwürmer schicken. Wäääh!«

Laura legt entrüstet ihr Leberwurstbrot auf den Teller zurück. Ihr ist der Appetit vergangen.

»Und das mit dem Mond«, amüsiert sich Kim unbeirrt weiter, »das wirst du wohl noch häufiger zu hören bekommen.«

»Na ja, ich denke kaum, dass mir die Nachbarn über den Gartenzaun zurufen werden, ob ich denn nun gerade abnehmend oder zunehmend sei, denn sie wüssten gerne, ob sie ihren Rasen schneiden könnten«, kontere ich.

Wir lachen alle.

»Das war von mir«, betont Laura und stochert mit ihrem Zeigefinger Luftlöcher in meine Richtung. »ICH habe das mal gesagt, das mit dem Mond. Du müsstest mir eigentlich einen Teil deines Zeilengeldes abtreten.« Wenn DIE wüssten, wie oft ich ihnen schon Zeilengeld hätte abtreten müssen …

Ja, das sind sie eben, die Glücksmomente. So ein Frühstück im Trio, das kann unglaublich wohltuend und belebend sein.

»Ich muss los, unter die Dusche«, schreckt Laura plötzlich auf. Sie braucht sehr lange, bis sie morgens schön genug ist, um das Haus verlassen zu können. Deshalb rennt auch Kim davon, um vorher noch kurz etwas aus dem Badezimmer zu holen.

Laura hat ihre eigenen Morgenrituale. Sie kämmt das Haar zuerst nach rechts, dann nach links, um es schließlich doch als Turmfrisur hochzustecken oder hinten zusammenzubinden oder vielleicht einfach lose um ihr Gesicht wallen zu lassen. Mit Lack und Gel wird die jeweilige Frisur fixiert. Dann malt sie sich sorgfältig an. Das sei Pflicht in ihrem Job, meint sie. Wenn Laura dann endlich das Bad verlässt, ist meist der ganze Raum eingenebelt in eine Wolke aus Parfüm und Haarspray.

Es ist ein Wunder, dass das Badezimmer nicht viel öfter Streit und Ärger hervorruft. Immerhin gibt es im zweiten Stock eine zusätzliche kleine Toilette, die wirklich echte Notfälle gar nicht aufkommen lässt.

Ich räume die Küche auf und höre Laura unter der Dusche irgendetwas Afrikanisches singen. Dazu macht Kim auf dem Klavier ein paar Arpeggioübungen, bevor sie schlafen geht.

Ein ganz gewöhnlicher Tag in unserer ungewöhnlichen Wohngemeinschaft hat begonnen.

Ein paar Stunden später klingelt das Telefon. Ich bin ganz froh darüber, habe ich doch gerade brütend über meinen Computertasten gesessen, ohne dass mir irgendwelche schlauen Zeilen in den Sinn gekommen wären. Es ist der Chefredakteur von FRAUEN POWER. Ich schnelle von meinem Stuhl hoch und stehe stramm, wie eine Soldatin. Noch nie hat er mich persönlich angerufen.

»Wann hätten Sie denn Zeit, mal in der Redaktion vorbeizukommen? Ich möchte Sie gerne persönlich kennenlernen. Ich hätte heute Nachmittag frei. Ich möchte mit Ihnen auch über Ihre letzte Kolumne sprechen.«

Er will mich kennenlernen?

Und mit mir reden?

Wozu denn das?

Bisher funktionierte es doch recht gut mit uns, per E-Mail. Ein männlicher Chef einer Frauenzeitschrift ist mir ohnehin suspekt. Da würde ich ganz gerne auf Distanz bleiben. Der Kontakt mit seiner Sekretärin reicht mir völlig.

»Ich könnte so um sechzehn Uhr bei Ihnen sein«, höre ich mich sagen.

Das findet der Boss perfekt. Schon habe ich eine Verabredung, und die Telefonleitung ist tot, keine Chance mehr für einen Rückzieher.

Ich bin verwirrt und verunsichert. Immerhin ist FRAUEN POWER mein liebster Arbeitgeber. Dort bekomme ich meist alle Freiheiten, die ich brauche. Man gibt mir ein Thema und überlässt mir dann die Umsetzung.

Also was will er nun von mir, der Chef, persönlich?

Mich befördern?

Mich bevormunden?

Mich beleidigen?

Ich suche mir im Internet einen Zugfahrplan. Mit dem Auto fahre ich nicht gerne nach Zürich. Ich bin halt ein Landei.

Und dann die große Frauenfrage:

Was ziehe ich an?

Als Kim das Haus verlassen will, um zu ihren Klavierschülern zu fahren, drehe und wende ich mich gerade vor dem Spiegel. Sie lacht mich aus.

»Spielst du jetzt deine eigene Kolumne nach? Was hast du vor?«

»Ich habe heute eine Vorladung bei meinem Chef in Zürich.«

»Viel Glück!«, wünscht sie, rauscht davon und lässt mich alleine mit meinen Problemen.

Mein Spiegel ist gnadenlos: Er zeigt mir ohne Mitgefühl, dass mein Übergewicht inzwischen nicht mehr mit schwarzen Kleidern oder längsgestreiften Mustern getarnt werden kann. Ich werde mich also in meine alten Jeans quetschen, voller Vertrauen in die zuverlässige Arbeit der Levis-Mitarbeiterinnen. Dazu trage ich ein T-Shirt und eine mordsmäßig große, lange Jacke, alles in unauffälligen Farben, versteht sich.

Und meine Haare!

Gut, ich muss immerhin nicht lange überlegen, welche Frisur ich zu welchem Anlass tragen möchte. Ich habe einfach Haare, weder kurz noch lang. Ich werde sie mit Gel etwas frecher frisieren. Das war's.

Nein, mit meinem Äußeren werde ich bei meinem Chef wenig Punkte holen können. Und wenn ihm schon meine Aprilkolumne nicht gefällt, die zweifellos eines meiner gelungensten Werke ist, dann werde ich ohnehin einen schweren Stand haben. Ich werde also meinen Charme einsetzen und mit meiner Intelligenz brillieren müssen. Das kann anstrengend werden!

Auf dem Weg nach Zürich stehen meine Gedanken nicht still. Ich bin ernsthaft beunruhigt. Ich war doch gerade jetzt so richtig schön zufrieden mit meinem Leben. FRAUEN POWER vermittelte mir interessante Jobs und Themen und gab mir trotzdem das Gefühl, frei und ungebunden zu sein.

Für mich kann dieses Gespräch gar keine Verbesserung der Situation bringen.

Elmar Grün heißt mein Chef bei FRAUEN POWER. Seine junge, blonde Sekretärin, die ein knallgrünes Stretchkleid trägt, welches ich bestimmt zum Platzen bringen würde, lässt mich sofort zu ihm durch. Er kommt mir entgegen, locker und aufgekratzt. Mit seinen langen Haaren hat er wohl versucht, ein wenig davon abzulenken, dass er als Mann hier eigentlich fehl am Platze ist. In seinem Leinenanzug mit T-Shirt sieht er allerdings wirklich gut aus. Eigentlich ist er genau mein Typ, stelle ich mit Schrecken fest. Vielleicht nur ein paar Jahre zu jung.

»Lucy, schön, dass wir uns endlich kennenlernen«, sagt er und strahlt mich an. »Ich freue mich immer, Ihre Texte zu lesen. Gerade Ihre letzte Kolumne war wieder unglaublich amüsant.«

Dabei hört er nicht auf, meine Hand zu schütteln und seinen Blick in meinen zu bohren.

Mit einem Schlag fällt alle Nervosität von mir ab. Ich erkenne sofort, wenn sich einer bei mir einschleimen will. Und hier ist das eindeutig so. Das kann nichts anderes heißen, als dass ER etwas von MIR will. Ich lehne mich also entspannt in meinem Stuhl zurück. Elmar dagegen scheint immer nervöser zu werden. Was kann er bloß von mir wollen? Plötzlich schaut er mich ernst an und fragt:

»Wie viel Übergewicht haben Sie eigentlich?«

Ich bin platt. Fast verschlucke ich mich an meiner eigenen Zunge, kann sie aber doch im letzten Moment wieder an die richtige Stelle zurückhusten.

Bestimmt habe ich mich verhört.

Und wenn nicht: Was soll das?

Kann er nur noch schlanke Frauen beschäftigen, weil sonst das Image seiner trendigen Zeitschrift leidet?

Ist er so nervös, weil er mich nun entlassen muss, es aber eigentlich gar nicht möchte?

»Wie bitte?«, frage ich schließlich, und mein Gesicht ist sicher ein einziges Fragezeichen.

Jetzt lacht Elmar nervös.

»Ich bin so etwas von ungeschickt und falle oft einfach mit der Tür ins Haus, wenn ich nicht weiß, wie ich vorgehen soll. Bitte entschuldigen Sie mich. Es ist mir wirklich ein Rätsel, wie ich hier Chefredakteur werden konnte, mit meinem Talent für Diplomatie.«

Nette Worte. Aber das große Fragezeichen in meinem Gesicht bleibt. Und in meiner Magengrube breitet sich langsam Ärger aus, ziemlich heftiger sogar. Aus dem Alter bin ich raus, wo ich mich von einem Lümmel im Chefsessel beleidigen lasse. Ein Auge macht sich schon selbstständig und peilt einen dicken, großen Briefbeschwerer an, einen Igel aus Bleikristall. Eine Hand überlegt sich gerade ernsthaft, ob man diesen nicht ergreifen könnte. Vor meinem geistigen Auge sehe ich bereits Blut über Elmars kostbaren Leinenanzug tropfen.

Elmar fängt an zu stottern: »Bitte verzeihen Sie mir ... lassen Sie mich erklären ... bitte geben Sie mir noch eine Chance. Es geht um Folgendes: Der Frühling beginnt, und ich weiß, das ist DIE Jahreszeit, wo sich die meisten Frauen mit ihrer Figur beschäftigen und wo das Interesse an Diäten aller Art am größten ist.«

Wem sagt er das.

»Nach Ihrer letzten Kolumne dachte ich, dies sei vielleicht ein Thema, das Sie interessiert. Unsere Leser haben sehr positiv auf Ihre originelle Art, mit dem heiklen Thema umzugehen, reagiert. Ich habe da so eine Vorstellung: Wir würden Ihnen helfen abzunehmen, und Sie würden uns jede Woche eine Kolumne dazu liefern, über Ihre Erfolge, Misserfolge, Tiefs und Hochs und so weiter. Dies wäre natürlich alles sehr persönlich, zugegeben. Und dazu mit einem Foto.«

Okay, er hat sich in letzter Minute gerettet.

Hirn an Hand: Igelattacke abgeblasen.

»Können Sie mir das noch genauer erklären? Vor allem

das mit dem Helfen«, frage ich, und meine Nase rümpft sich automatisch ein wenig. »Sie wollen mich doch hoffentlich nicht höchstpersönlich über die Finnenbahn jagen, Tag für Tag? Oder mich in eine Hungerklinik stecken, wo man viel bezahlt und nichts zu essen bekommt?«

»Wir haben einen guten Inserenten, die Firma SN, Slim Now. Das ist ein Weltkonzern, von dem Sie sicher auch schon gehört haben. Wir würden Sie gerne dort anmelden. Sie gehen zu den wöchentlichen Treffen, stellen Ihre Ernährung um und nehmen ab.«

In meinem Kopf arbeitet es wie wild. Wie gerne würde ich endlich abnehmen. So eine Kolumnenserie wäre natürlich ein großartiger Ansporn, es auch tatsächlich zu schaffen. Und von den SNs habe ich schon sehr viel gehört. Ihre Art abzunehmen erscheint mir vernünftig. Allerdings graust es mir vor Gruppentreffen im Stil von Selbsthilfegruppen. Gemeinsames Jammern und gegenseitiges Bemitleiden, das ist eigentlich nicht mein Ding. Und ist so eine Kolumnenserie über mich nicht ein wenig Big-Brother-Niveau?

Seelenstriptease?

Es wird schon sehr persönlich, das Ganze.

»Wir würden Ihnen ein üppiges Spesenbudget zur Verfügung stellen. Natürlich nicht für Schwarzwälder Torten, aber für den Besuch von Fitnesscentern, Hallenbädern, SN-Produkten und so weiter.«

»Das klingt alles interessant und verlockend, doch jetzt kommt das große ABER: Was, wenn ich keinen Erfolg habe? Was wird Ihr Inserent sagen? Ich kann Ihnen keine Erfolgsgarantie geben und SN bestimmt auch nicht.«

»Nun, SN ist immerhin so von ihrem System überzeugt, dass sie Ihnen eine Erfolgsprämie von 200 Franken pro abgenommenes Kilo anbietet. Dies nebst unserem üblichen Honorar und dem unüblichen Spesenrahmen.«

Das klingt für mich zwar eher so, als wären sie nicht allzu sehr von ihrem System überzeugt und müssten mich um jeden Preis dazu bringen, mitzumachen und vor allem dabeizubleiben. Meine leicht eingerostete innere Rechenmaschine fängt an zu rotieren: fünfzehn Kilo Übergewicht, dreitausend Franken. Könnte ich nicht locker zwei Kilo pro Woche abnehmen? Dazu die wöchentliche Kolumne, allerdings größer als die monatliche. Ich könnte tatsächlich reich UND schlank gleichzeitig werden.

Elmar Grün und ich, wir diskutieren noch eine Weile hin und her. Alle Wenn und Aber werden abgewogen. Er hat sogar einen Vertrag vorbereitet. Darin gibt es keine Klauseln für den Fall, dass ich nicht abnehme. Ich muss mich zuerst einmal nur für drei Monate verpflichten. Dann wird neu verhandelt. Das Angebot scheint mir rundum verlockend. Natürlich unterschreibe ich den Wisch nicht hier und jetzt. Dafür bin ich eine zu alte Häsin und ein zu oft gebranntes Kind.

»Wir würden die Serie gerne am 2. Mai starten. Ihr erstes Treffen wäre am 5., an einem Donnerstag, in Luzern. Davor möchten wir Sie noch wiegen, ausmessen und fotografieren. Also entscheiden Sie sich bitte schnell.«

»Aber ja. Morgen haben Sie meine Antwort.«

»Und wie viel Übergewicht haben Sie nun?«, getraut er sich wieder zu fragen.

»Locker fünfzehn Kilo.«

Elmar Grün muss schlucken.

»Da bin ich ja total gespannt, wie Sie ohne diese Kilos aussehen werden.«

»Ich auch.«

Dann bin ich entlassen, nach einem freundlichen Händedruck und ein paar netten Worten. Ich stehe auf der Straße, mitten in Zürich, und weiß nicht so recht, ob ich lachen oder weinen soll. Vielleicht war das der Start zu einem neuen Leben?

Oder habe ich mich verkauft?

Teuer genug?

Wie in Trance fahre ich im Zug heimwärts. Ich gestatte mir ein trockenes Salamisandwich und kaue genüsslich darauf herum, als wäre es mein allerletztes. Städte und Dörfer ziehen an mir vorbei, und in mir überschlagen sich die Gedanken. Schließlich zupfe ich meinen MP3-Player aus der Handtasche und dröhne meine Ohren mit Santana voll. Das tut mir gut.

Hoffentlich sind meine Freundinnen daheim. Es gibt Zeiten, da braucht man seine Freundinnen, sind sie auch noch so schlank.

Ja, sie sind daheim. Ich bin unglaublich froh.

»Kim, Laura, ich muss euch etwas erzählen!«, platze ich heraus, kaum habe ich die Küche betreten, wo die beiden zusammen ein Glas Wein trinken.

»Du hast dich in den Chefredakteur verliebt?«, wagt Kim zu raten.

»Du bist selber Chefredakteurin geworden?«, gibt Laura ihren Tipp ab.

»Du bist schwanger?«, spekuliert Kim und lacht dabei.

Aber dann erzähle ich, sprudle mit meinen Neuigkeiten heraus, berichte jedes Detail, und die beiden sind ziemlich überrascht.

»Das ist doch eine großartige Chance«, meint Kim.

»Endlich wird aus dem hässlichen Entlein wieder ein Schwan«, textet Laura.

Und sie lachen und kichern, meine schlanken Freundinnen.

Nur ich bleibe ernst.

»Hei, ihr beiden. Ich mache das. Okay. Aber nur, wenn ihr mir versprecht, mich zu unterstützen.«

Sofort nicken beide.

»Wir müssen die Einkäufe trennen. Den Kühlschrank unterteilen. Ich brauche ein eigenes Fach im Küchenschrank. Ich will von euch nicht ein einziges Mal in Versuchung geführt werden. Im Gegenteil. Kann ich mich auf euch verlassen?«

Wir reichen uns die Hände wie zu einer großen Verschwörung.

»Reich und schlank«, sagt Kim feierlich, und wir wiederholen den »Schwur« und trinken dann ein Glas Wein auf unser »Bündnis«.

Reich und schlank.

Könnte ich wählen, wäre mir schlank wesentlich wichtiger. Ich kann mich schließlich noch gut erinnern, wie ich mich in Kleidergröße 36 gefühlt habe: attraktiv und sexy und unschlagbar. Ich hatte herrliche Kleider. Nie habe ich so viel Zeit vor dem Kleiderschrank oder dem Spiegel verbracht wie heute. Das Leben war einfacher. Ich war nicht nur attraktiver, sondern auch aktiver. Wie in einem Teufelskreis bewegt man sich mit zunehmendem Übergewicht immer weniger. Auch habe ich schon lange keine Lust mehr, schwimmen zu gehen. Wen wundert's.

»Pass auf, dass dich die Umweltschützer nicht ins Wasser zerren, wenn du am Strand liegst, weil sie denken, du wärst ein gestrandeter Wal«, musste ich mir mal von einem guten Freund anhören. Er fand es natürlich witzig und hatte es »nicht so gemeint«.

Warum sagen viele Leute immer Dinge, die sie »gar nicht so meinen«?

Außerdem ist der Witz so alt, dass er bereits schimmelt.

Aber unter uns: Ich fühle mich oft wie ein gestrandeter Wal …

Und jetzt soll aus dem Wal ein Goldfischlein werden?

Ich verbringe eine unruhige Nacht, gequält von konfusen Träumen, und stehe richtig gerne am Morgen wieder früh auf. Längst erwache ich ohne Wecker jeweils um sechs Uhr. Meine Patentante sagte immer: »Der frühe Vogel fängt den Wurm.«

Ich unterschreibe den Vertrag und beschließe, ihn gleich selber zur Post zu bringen. Durch den kühlen Aprilmorgen zu spazieren, ist erfrischend und belebend. Die klare Morgenluft macht meinen Kopf frei. Es wird langsam hell. Die immer noch zugeschneiten Berggipfel leuchten und verkünden einen schönen Tag, genau richtig für einen Neuanfang.

Wieder zu Hause, setze ich mich mit einer Tasse Kaffee an den großen Küchentisch und höre Radio. Dann räume ich den Kühlschrank um. Jetzt gibt es ein leeres Fach, nur für mich. Hier werden all die gesunden, kalorienarmen Lebensmittel Platz finden. Innerlich schüttelt es mich ein wenig beim Gedanken an Knäckebrot und Blattsalat, und ich schaue neidisch auf die Leberwurst in Kims Fach. Auch im Schrank mache ich Platz und räume die Butterkekse, die Schokoriegel und den Honigkuchen aus meinem Gesichtsfeld.

Kim kommt von ihrem Zeitungsjob zurück.

»Heute habe ich schon mal Vollkornbrötchen mitgebracht«, lacht sie und legt sie vor mich hin. Ich schalte also wieder die Kaffeemaschine ein, und dann schauen wir uns die Post an. Gemeinsam durchwühlen wir die Tageszeitung nach interessantem Lesestoff.

Plötzlich lacht Kim glucksend vor sich hin.

»Was ist?«

»Ich weiß nicht, ob du das hören willst.«

»Sicher will ich.«

Sie kichert. Dann liest sie mit gestelzter Betonung:

»Viel Sex macht schlank und verjüngt. Sex ist der ideale Schlankmacher. Die bei heißen Liebesspielen verbrannten Kalorien reduzieren schädliches Körperfett. Regelmäßiger Sex strafft das Bindegewebe der Haut.« Jetzt lachen wir beide. Und ich schüttle meinen Kopf dazu.

»Aber weißt du, etwas Sex würde dir bestimmt nicht schaden. Und so weit möchte ich ja nicht einmal gehen. Es wäre schon ein Fortschritt, wenn du wieder einmal ausgehen und einfach mehr unter die Leute kommen würdest.«

»Warum, ich habe es doch schön daheim?«

Und dann sehe ich gleich auf der nächsten Seite einen Artikel. Wasser auf meine Mühlen.

»Hör mal zu, liebe Kim, ich liege nämlich total im Trend.«

Jetzt bin ICH dran mit dem großspurigen Zitieren:

»Sozialpsychologen haben einen neuen Trend ausgemacht: ›Cocooning‹. Cocooning heißt, sich in einen Kokon einspinnen. Der Mensch hüllt sich in einen Kokon ein, er kapselt sich ab und nutzt seine eigene Wohnung vermehrt als Lebens-, Einkaufs- und Arbeitswelt. Was vorher verpönt war, der Rückzug ins Private, in die eigenen vier Wände, gilt auf einmal als Lebenskunst.«

Ich freue mich und triumphiere:

»Ich bin hip und trendy. Eine Lebenskünstlerin. Ausgehen ist nicht mehr in. Ha! Und bald bin ich auch noch reich und schlank. Also, was willst du?«

Kim gibt auf.

»Ich muss jetzt eine Stunde schlafen. Und dann gehe ich in die feindliche Welt hinaus zu meinen unmusikalischen Kindern. Spinn du dich nur weiter ein, meine Lebenskünstlerin.«

»Wer spinnt?«, fragt Laura, die gerade noch halb schlafend hereinkommt, und tapst zur Kaffeemaschine.

»Wahrscheinlich die, die diese harten, trockenen, total gesunden Vollkornbrötchen gekauft hat«, beantwortet sie sich ihre Frage gleich selber und mustert misstrauisch das neue Gebäck.

Die Brötchen waren tatsächlich sehr gut. Aber es ist mir wichtig, etwas klarzustellen: »Ich möchte eigentlich nicht, dass ihr wegen mir eure Ernährung umstellt. Ihr seid schlank und schön. Und ich will euch nicht die Freude am Essen verderben. Ich werde keine Probleme damit haben, wenn ihr weiterhin so lebt wie bisher und all die fetten Dinge, die so lecker schmecken, in euch reinstopft. Lasst mich einfach essen, was ich darf, und kauft weiterhin so ein wie immer.«

»Genau«, meint Laura und beißt missmutig in ein Vollkornbrötchen, das sie vorher dick mit Butter und Nutella bestrichen hat.

In meinem Zimmer rufe ich meine E-Mails ab. Elmar Grün ist anscheinend auch ein Frühaufsteher. Er schreibt:

»Wenn Sie den Vertrag abgeschickt haben, was ich ganz fest hoffe, dann reservieren Sie sich schon mal den Freitag, 29. April, 10.30 Uhr. Wir werden Sie fotografieren, wiegen und ausmessen. Und am

Montag, 2. Mai, erscheint Ihre erste Kolumne. Abgabe bis Samstagabend. Ihre Gefühle davor und Ihre Erfahrungen bisher mit Diäten und so. Ihnen fällt bestimmt etwas ein.«

Heute ist Donnerstag. Morgen ist die Fotosession. Und am Montag erscheint eine Kolumne. Am Donnerstag darauf ist mein erstes SN-Treffen. WER spinnt denn hier nun wirklich? Das artet ja in Arbeit aus. Und an meine reguläre Maikolumne muss ich auch noch denken.

Ich gebe in einer Internet-Suchmaschine ein: »Ich bin dick«.

Und dann werde ich erschlagen von Diätvorschlägen, Medikamentenwerbung und so weiter. Überrascht sehe ich den Titel »Besser abnehmen mit der Bibel«.

Beten gegen Übergewicht?

Verbrennt Rosenkranzbeten Kalorien?

Versetzt der Glaube nicht nur Berge?

Voller Neugierde klicke ich mich auf die entsprechende Seite. Hier wird auf das Alte Testament verwiesen. Aus dem ersten Buch Mose wird zitiert: »Und Gott sprach: Sehet da, ich habe euch gegeben alle Pflanzen, die Samen bringen auf der ganzen Erde, und alle Bäume mit Früchten, die Samen bringen, zu eurer Speise.« Man solle also mehr von den Grundnahrungsmitteln essen, meint der Begleittext.

Ernährungstipps aus der Bibel?

Durch übermäßiges Essen – so weitere Zitate – »wird das Herz beschwert«, »verarmt der Mensch in materieller Hinsicht«, und »es entstehen Krankheit und Verdruss«.

Verdruss auf jeden Fall.

Und all dies hat man schon zu biblischen Zeiten gewusst.

Aber in materieller Hinsicht haben mich bisher all die unzähligen Versuche abzunehmen viel mehr belastet als das Essen an sich: teure Tabletten, exklusive Tropfen, undefinierbare Pülverchen, biologische Quellmittel, entschlackende Tees, entwässernde Kapseln ... Dann die unzähligen Bücher, die neue, unschlagbare Diäten beschreiben oder geistiges Umdenken propagieren ... Und die dämlichen Fitnessvideos, die ich mir ganz gerne angesehen habe, allerdings nur einmal, dazu fröhlich ein Käsebrot kauend ... Ja, das alles hat Geld gekostet. Plötzlich finde ich noch so eine lustige Seite im Internet. Die Biertrinker verkünden ihre Theorien: Eine Kalorie sei notwendig, um ein Gramm Wasser um ein Grad zu erwärmen. Der Mensch brauche also etwa 7400 Kalorien, um ein Glas eiskaltes Wasser auf Körpertemperatur zu erwärmen. Das habe mit Thermodynamik zu tun und sei wissenschaftlich erwiesen. Der Körper benutze zur Erwärmung die einzige Energiequelle, die ihm kurzfristig zur Verfügung stehe: das Körperfett.

Aber jetzt kommt's:

»Trinkt man also ein großes Glas Bier, verliert man etwa 14 800 Kalorien. Jetzt muss man noch die Kalorien des Bieres abziehen (ca. 800 Kalorien für 400 Gramm Bier). Unter dem Strich verliert man dann immer noch 14 000 Kalorien bei einem eiskalten Glas Bier. Der Kalorienverlust ist umso größer, je kälter das Bier ist.« Diese tollen Theorien könne man auch aufs Eisessen anwenden. »Bei einer Portion Eis nehmen wir etwa 1000 Kalorien auf, verlieren aber durch die Erwärmung auf Körpertemperatur 7400 Kalorien. Es ist also fast egal, was wir essen oder trinken, nur eiskalt muss es sein«, ist die Schlussfolgerung des Artikels im Internet.

Diese Logik macht mich sprachlos.

Abnehmen mit Biertrinken und Eisessen?

Vor meinem geistigen Auge hole ich gerade eine Bratwurst oder eine Schwarzwälder Torte aus dem Eisfach und versuche, diese mit dem Eispickel in mundgerechte Stücke zu zerschlagen.

Fehlt nur noch eine Homepage für den Verkauf von Bandwürmern.

Jetzt reicht's.

Ich muss raus hier. Cocooning hin oder her.

Ich spaziere nach Schwyz und besuche meinen Vater. Diese Besuche bringen mich immer wieder auf den Boden zurück, wenn ich dabei bin, irgendwie abzuheben.

Das Altersheim Bergfrieden liegt direkt beim Friedhof. Anfangs fand ich das sehr geschmacklos. Ich dachte, es sei eine Zumutung, dass die Alten und Kranken von ihren Fenstern aus auf den Friedhof schauen müssen. Aber ich glaube, das war nur meine eigene Sichtweise. Meinen Vater hat es jedenfalls nie gestört, und manchmal kommt es mir fast vor, als würde er sehnsüchtig zu all den Toten hinausblicken.

»Die haben alles schon hinter sich«, meinte er einmal, beinahe neiderfüllt.

Ich marschiere mit schnellen Schritten hinauf nach Schwyz. Wie oft bin ich diesen Weg schon gegangen. Jedes Mal wird es mir bange, und die Gefühle kommen hoch, die ich sonst so gut verdrängen kann. Ich weiß nie, was mich erwartet, wenn ich meinen Vater besuche. Seine Altersdemenz schreitet langsam fort. Er ist oft verwirrt und manchmal depressiv. Immerhin muss ich mich nicht mehr ständig um ihn sorgen. Als er noch alleine wohnte, war das manchmal sehr belastend. Zweimal fackelte er fast seine

Wohnung ab. Einmal ließ er eine Kerze auf dem Fernseher brennen, beim zweiten Mal hatte er eine Herdplatte angedreht und ging spazieren. In einer Nacht rief mich die Polizei an, weil man ihn irgendwo im Urnerland aufgegriffen hatte, durchnässt und unterkühlt, völlig verwirrt. Dazwischen sind sicher Dutzende von Zwischenfällen passiert, von denen ich nichts erfuhr, denn irgendwann war mein Vater plötzlich freiwillig bereit, ins Heim zu gehen. Er hatte wohl selber gemerkt, dass etwas nicht mehr stimmte, dass er sich verändert hatte, dass in seinem Kopf etwas passierte.

Manchmal fühle ich mich meinem Vater sehr nahe. Näher als je zuvor. Vielleicht ist das Mitleid, Mitgefühl? Wenn er einen guten Tag hat, dann reden wir von früheren Zeiten. Wenn er auch einiges durcheinanderbringt, so ist er doch ganz bei sich. Oft spüre ich dann eine tiefe Traurigkeit in seinem Innern. Wenn ich das Heim verlasse, bin ich selber meist niedergeschlagen und bedrückt.

Im Heim kommt mir David entgegen, einer von Vaters Pflegern.

»Prima, ich wollte dich gerade anrufen«, meint er. »Deinem Vater geht es heute erstaunlich gut. Wäre schade gewesen, wenn du das verpasst hättest.«

Und tatsächlich: Man hat ihn in einen Sessel gesetzt, direkt vors Fenster, und die Sonne scheint auf sein eingefallenes Gesicht. Sein Körper wirkt klein und zerbrechlich unter den dicken Decken. Trotzdem sieht er irgendwie zufrieden aus, wie er da auf den Friedhof und die Mythen blickt.

»Da oben war ich hundert Mal«, erzählt er und zeigt mit zittriger Hand auf den Gipfel des Großen Mythen. Und dann fängt er an, mir Bergerlebnisse zu erzählen, die ich alle schon kenne. Trotzdem: Es tut gut, einfach neben ihm zu sitzen und ein klein wenig Lebensfreude zu spüren, ja überhaupt zu spüren, dass er noch lebt. Mein Vater erzählt, wie er einst das Matterhorn bestiegen und mich als Kleinkind auf den Schultern von Goldau auf die Rigi getragen hat. Er kann endlos erzählen. Dass er nicht nach mir fragt, ist nichts Neues. Er hat sich auch als gesunder Vater nie groß für mich interessiert. Nur wenn es ihm schlechtgeht und er müde in den Kissen liegt, dann komme ich zu Wort.

Nein, unsere Beziehung war nie einfach, ist sie auch heute nicht. Aber ich bin nun mal seine Tochter, und er ist mein Vater.

Eine Schicksalsgemeinschaft.

Nach einer Stunde nickt mein Vater erschöpft ein in seinem Stuhl. Ich gebe David Bescheid.

Es bedeutet mir viel, diesen Pfleger an Vaters Seite zu wissen. David arbeitet mit Herz, und er leidet unter den schwierigen Arbeitsbedingungen.

»Wir haben immer weniger Zeit für unsere Patienten. Manchmal schäme ich mich wirklich, wenn ich jemanden abwimmeln muss, der unbedingt reden möchte. Hoffentlich muss ich meine Eltern nicht auch einmal in ein Heim bringen.«

»Ja, David, das habe ich auch immer gedacht. Und jetzt bin ich froh, dass es in diesem Heim Menschen wie dich gibt. Das beruhigt mein schlechtes Gewissen, wenn ich meinen Vater hier zurücklassen muss.«

Wir reichen uns die Hände. David muss weiter.

Ich spaziere noch über den Friedhof, um meine Patentante zu besuchen. Eigentlich seltsam, dass ich nie traurig werde, wenn ich an ihrem Grab stehe. Vielmehr lege ich dort manche meiner Sorgen ab.

Theas Grab liegt im Schatten einer mächtigen Birke. Ich stehe oft hier und halte stumme Zwiesprache mit ihr. Manchmal rede ich auch laut oder schimpfe gar vor mich hin. Obwohl ich nicht wirklich an ein Leben nach dem Tode glaube, jedenfalls nicht so, wie wir es im Religionsunterricht gelernt haben, bin ich überzeugt, dass es Thea gutgeht da, wo sie jetzt ist. Sie war eine herzensgute, fröhliche Frau. Und sie musste nicht so elendiglich dahinvegetieren wie mein Vater. Nein, sie starb auf einer exotischen Insel an einem Herzinfarkt. Passend, irgendwie.

Ich bin ein typisches Scheidungskind. Die Ehe meiner Eltern war ein einziger Kriegsschauplatz. Irgendwann flüchtete meine Mutter, weg aus der furchtbaren Beziehung, in die Arme eines anderen Mannes. Und der Scheidungskrieg war noch einmal grausam. Diesmal geriet ich völlig zwischen die Fronten, denn es ging dabei um mich. Mein Vater bekam schließlich das Sorgerecht, und ich verlor meine Mutter für immer, weil sie nach Neuseeland auswanderte. Als wäre damals nicht schon Muotathal unerreichbar weit weg für mich gewesen. Mein Vater verbot mir jeden Kontakt zu ihr, und ich war zu klein, um dieses Verbot zu missachten. Als Teenager wollte ich es tun und hörte, dass meine Mutter gestorben sei. Ich trauerte, weinte, und ich hatte eine riesige Wut in mir. Auf meine Mutter und auf meinen Vater. Manchmal auf die ganze Welt.

Gut, dass es immer Thea gab, diese warmherzige Frau, die Schwester meines Vaters. Wie eine Rettungsinsel lebte sie in unserer Nähe, und ich klopfte regelmäßig an ihre Tür. Heute muss ich sie auf dem Friedhof besuchen. Und selbst hier gibt sie mir noch Kraft.

Daheim stürze ich mich in die Arbeit. Ich bereite die erste

Kolumne vor, indem ich im Internet nach interessanten Infos suche. Ich schreibe die ersten Zeilen. Dann eröffne ich ein Tagebuch, damit ich auch wirklich keine Gefühle und Erlebnisse vergesse und sie meinen Lesern vorenthalte.

Am frühen Abend schon kommt Laura heim. Sie klopft an meine Zimmertür, was sie eigentlich nie macht. Dann lässt sie sich auf mein Bett fallen und sagt:

»Lucy, ich habe mich verliebt.«

Sie erzählt dies aber nicht mit Freude und Begeisterung, sondern so, als hätte sie gerade etwas Furchtbares erlebt.

»Das ist doch schön. Es ist Frühling. Du hast dich verliebt. Ich beneide dich.«

»Ich weiß nicht.«

Na, wirklich gesprächig ist sie nicht. Aber SIE ist ja schließlich zu MIR gekommen. Also will sie doch reden. Ja, auch Frauen haben es nicht immer leicht, Frauen zu verstehen.

»Was ist los? Ist er hässlich? Verheiratet? Hat er Furunkel im Gesicht oder am Hintern? Will er dich nicht haben?«

Laura schüttelt den Kopf.

»Es ist verrückt: Er sieht gut aus, er ist ledig, und er will mich.«

»Na also. Alles perfekt. Meinen Segen habt ihr.«

»Er ist mein Chef!«

Aha. Der Friseurmeister Ricardo persönlich. Ihm gehört eine riesige Kette von Casa-Ricardo-Läden. Bei Laura hat er bisher nur selten vorbeigeschaut. Sie hat jedenfalls kaum von ihm gesprochen.

»Wo ist das Problem? Umso besser, könnte man doch sagen.«

Laura seufzt und starrt nachdenklich Löcher in die

Luft. Selbstverständlich kann ich mir vorstellen, dass es da Probleme geben könnte. Wenn alles schiefgeht, steht sie am Ende nicht nur wieder alleine da, sondern auch noch ohne Job. Schlimmstenfalls. Und im Idealfall? Sie hätte einen Mann, der den gleichen Beruf hat wie sie. Das verbindet. Und sie könnte aufsteigen, zur Frau Chefin. Sie hätte einen wohlhabenden Partner.

»Ich habe Angst. Aber er ist wirklich süß«, strahlt sie vor sich hin. »Er war übrigens schon viermal in Kenia.«

Na, wenn das nicht ein Omen ist. Damit hat er bei Laura natürlich ganz schön gepunktet.

»Ricardo hat mich eingeladen.«

»Nach Kenia?«

»Nein, Spinnerin! An Pfingsten. Nach Winterthur. Dort findet immer ein afrikanisches Festival statt. Afropfingsten. Mit einem riesigen Markt, mit Straßenmusik und abends Konzerten.«

Schlauer Kerl. Hut ab! Meinen Respekt hat er. So muss man es machen, wenn man Laura erobern will.

Schließlich schwebt sie davon und meint noch:

»Ich lass dich jetzt wieder mit deinen Diäten alleine.«

»Warte mal, Laura. Hast du eigentlich noch gar nie eine Diät gemacht? Warst du schon immer so schlank?«

Sie lacht:

»Wenn ich merke, dass ich etwas übertrieben habe mit dem Essen, dann halte ich mich bei den nächsten Mahlzeiten etwas zurück. Ich esse alles. Habe ich schon immer getan. Aber du weißt ja: Ich bin schnell satt.«

Tja, genauso sollte es wohl sein.

Im Internet gebe ich bei der Buchhandlung Bol das Stichwort »Diät« ein und werde fast erschlagen von 86 Seiten voller Bücher über Diäten! 86 Seiten! Die Markert-,

Atkins-, Montignac- und Müller-Diät. Nicht zu vergessen die Kreta- und die Glyxdiät, sowie das Basenfasten und die Blutgruppendiät. Sogar eine Candida-Diät gibt es, was mir gefährlich nach irgendeiner krummen Tour mit Zahnpaste klingt. »Schlank mit Yoga« hört sich dann doch besser an oder »Klevers-Fett-weg-Plan«.

Diese unzähligen Diätbücher in ihrer bunten Vielfalt täuschen mich nicht darüber hinweg, wie viel Leid und Elend dahinterstehen. Dieser riesige Markt und dieses unglaubliche Angebot zeigen doch nur, wie viele Menschen verzweifelt nach einer Lösung für ihr Problem mit dem Übergewicht suchen.

Ich muss weg vom Internet.

Es stimmt mich traurig.

Ich mache mir in der Küche eine Tasse Kaffee und esse dazu etwas Schokolade aus dem Kühlschrankfach von Kim. Ja klar, so war das mit der neuen Fächerverteilung natürlich nicht gedacht.

Aber noch bin ich ja nicht wirklich auf Diät. Damit starte ich erst in einer Woche. Und es graust mir jetzt schon davor.

Am Freitag erlebe ich erstmals, worauf ich mich wirklich eingelassen habe. Ich werde in Zürich gestylt und geschminkt und von allen Seiten fotografiert. Wir machen auch Symbolbilder für meine Kolumne: Lucy vor einem grünen Salat, Lucy in Sportkleidung, Lucy am Computer, Lucy auf der Waage, Lucy mit Einkaufswagen, Lucy von hinten und von vorne. Ich werde tatsächlich ausgemessen und gewogen. Aber natürlich lasse ich nicht einfach alles mit mir machen: Mit Händen und Füßen wehre ich mich gegen die Idee, ein »Vorherbild« im Badeanzug sei ein unbedingtes Muss.

Oh nein!

Alles hat seine Grenzen. Und hier ist meine. Abgesehen davon kenne ich meinen Vertrag genau. Ich spüre, dass ich ein paar Leute verärgere, aber damit kann ich locker umgehen. Sollen die sich doch selber im Badeanzug fotografieren lassen.

Einen ganzen Tag verbringe ich in Zürich, als wäre ich ein Star. Alles dreht sich nur um mein Äußeres. Ein ganzes Team kümmert sich um mich. Ich sehe auf den Fotos am Ende so gut aus, dass ich mir wirklich überlege, wozu ich eigentlich noch eine Diät machen soll. Aber die Visagistin hat fast eine Stunde in meinem Gesicht herumgemalt. Die hauseigene Friseurin hat aus meinen Haaren eine Frisur gemacht. Ich habe jetzt freche Stacheln, mit Gel geknetet. Die Kleidertante hat mich neu eingekleidet und mir viele interessante Tipps gegeben. Und doch krieche ich am Ende des Tages fast auf allen Vieren zum Bahnhof, so geschafft bin ich. Im Zug kaue ich wieder genüsslich auf einem trockenen Salamibrot aus dem Büfettwagen herum. Zugfahren und Salamibrot – irgendwann muss ich diese beiden Dinge voneinander trennen können. Aber ich werde noch viel müssen in nächster Zeit.

Daheim spinne ich mich in meinen Kokon ein und mache mir Gedanken über die erste Kolumne, die ich bis morgen Abend abgeliefert haben sollte, mein großes Ich-bin-fett-Outing. Ganz beflügelt von Ideen haue ich schließlich in die Tasten und beschreibe erst einmal schonungslos meine Fettleibigkeit und meinen Frust.

»Es bleibt mir nur die Flucht nach vorne oder die Flucht in ein Land, wo ich mich für immer in einem Tschador verhüllen kann oder muss. Ich könnte mich auch mit dem Künstlerpaar Christo verbünden und mich von ihnen einpacken lassen. Aber eigentlich möchte ich den Kampf gegen die Pfunde noch einmal aufnehmen, mit meiner eigenen Frauenpower und mit der Unterstützung meiner Leser.«

Ich rechne meinen Body-Mass-Index aus: Körpergewicht geteilt durch Körpergröße in Metern hoch zwei. Natürlich mache ich das nicht im Kopf. Zahlen waren noch nie mein Ding. Dafür gibt es schließlich Computer. Mein BMI ist 29.

Ab 30 würde man mich als krankhaft fettsüchtig bezeichnen. Schon ab 24 ist man übergewichtig.

Tja.

Nicht, dass mich mein BMI noch erschrecken könnte, und doch ist so eine Zahl gnadenlos. Sie lässt sich nicht unter schwarzen Kleidern oder Längsstreifen verstecken.

Dann die Broca-Formel: Körpergröße in Zentimetern minus 100. Mein Normalgewicht wäre also 60 Kilo. 15 Kilo Übergewicht!

Und jetzt kommt es noch schlimmer: Der Waist-to-Hip-Faktor, der das Verhältnis von Taille und Hüften wiedergibt. Taillenumfang in Zentimetern geteilt durch Hüftumfang in Zentimetern. Der Faktor sollte bei Frauen unter 0,8 liegen. Und bei mir? Mir schwant Furchtbares, als ich mit meinem Maßband und dem Rechner zu Werke gehe. Glück gehabt! Ich komme mit einem Faktor von 0,78888 gerade noch gut weg.

»Trotzdem: Meine Hüftknochen habe ich schon viel zu lange nicht mehr gesehen. Ich bin sicher, dass ich welche habe, denn früher, als ich mal schlank war, habe ich mich oft schmerzhaft daran gestoßen. Ich würde trotzdem gerne den Kontakt zu ihnen wieder aufnehmen.«

Ich erzähle von all meinen bisherigen Diätexperimenten. Da waren durchaus auch Erfolge zu feiern. Aber darin kann ich mich nun auch nicht mehr sonnen, wenn ich jetzt so viel wiege wie nie zuvor.

»Manchmal aß ich so viel Rohkost, dass die Kaninchen von nebenan mich schon als Artgenossin akzeptierten. Bei einer anderen Diät gab es so viel Fleisch, dass ich nachts Albträume bekam. Ich sah mich mit riesigen Reißzähnen voller Blutrünstigkeit über die Kaninchen meiner Nachbarn herfallen. Einmal ernährte ich mich wochenlang von grässlichen Drinks. Jeder davon war eine Mutprobe. Ich kam mir vor wie Daniel Kübelböck im Dschungelcamp.«

Am Ende rufe ich meine Leser auf, mit mir in Kontakt zu treten, mir ihre Tipps zu verraten und ihren Kummer mit mir zu teilen oder mich einfach nur anzuspornen.

Ich lehne mich zurück und bin mit meinem ersten Werk zu meiner neuen Serie ganz zufrieden. Jetzt könnte ich mich doch mit einem schönen Stück Linzer Torte belohnen. Oder einem Leberwurstbrot, dekoriert mit einer dicken Essiggurke. Aber nein, ich lebe jetzt ja light.

Da fällt es mir ein: Ich habe total vergessen einzukaufen. Ich wollte mich doch mit gesundem grünem Zeug eindecken, mit Leckereien ohne Zucker und ohne alles, mit Käse, der wie Kaugummi schmeckt, und so weiter.

Aber ich werde fündig in den Fächern unseres Küchenschranks und klaue einmal mehr ein wenig von den Vorräten meiner Freundinnen. Kein Wunder, dass die schlank sind ... So bekomme ich ein Käsebrot mit wirklich rezentem Schwyzer Käse und zur Nachspeise einen Schokopudding. Immerhin war ich ja noch nicht bei Slim Now und weiß ja noch gar nicht, wie die Diät dann wirklich aussehen soll. Also stelle ich mich doof und denke, Schokopudding mache sicher nicht nur glücklich, sondern auch schlank und schön.

Schlank und schön.

Schlank und reich.

Mein neues Mantra.

Ich lasse es im Bett vor meinem geistigen Auge erscheinen und kann dabei wunderbar einschlafen.

Am Samstagmorgen schicke ich meine erste Diätkolumne in aller Frühe per E-Mail ab. Unterschreiben tue ich in einem Anflug von Übermut mit »Lucy, die Kalorien-Königin«. Später sollte ich diese Idee noch verwünschen und verfluchen. Aber ich tippe oft viel schneller, als ich denke.

Für meinen Fleiß werde ich mit einem traumhaften Wochenende belohnt. Der Frühling macht erstmals seinem Namen alle Ehre. Die Sonne ist warm, und Kim und ich schrubben den Winterdreck von unseren Balkonmöbeln. Wir haben einen riesengroßen Balkon. Und wir wohnen im Freien, wann immer es der Wettergott zulässt.

Am Sonntag ist Tag der Arbeit, und wir liegen zu dritt faul auf unseren Liegestühlen, reden über Gott und die Welt, trinken gespritzten Weißwein und hören Radio.

Eigentlich ist es noch ein wenig zu kalt für solche Gelage, aber wir haben ja Kleider. Laura wickelt sich sogar ein afrikanisches Tuch um den Kopf.

Am Montagmorgen stehe ich noch früher auf als sonst. Ich tigere durch die Wohnung und warte auf die Post, bin nervös und unruhig.

Was haben sie wohl gemacht, mit all den Bildern, mit meinem Text?

Wie wollen sie diese Diätgeschichte überhaupt ankündigen, verkaufen?

Hätte ich mir die fertige Seite nicht unbedingt vor dem Druck anschauen sollen?

Kann ich meinen Leuten vertrauen?

Was, wenn sie mich der Lächerlichkeit preisgegeben haben?

Ich esse schon die dritte rohe Mohrrübe, als Kim endlich von ihrer Zeitungstour heimkommt. Lachend schwenkt sie meine Zeitschrift über ihrem Kopf. Allerdings vergeht ihr das Lachen, als wir die Illustrierte gemeinsam auspacken. Auf dem Titelbild prangt riesengroß ein Bild von Mario, ihrem Ex.

»Schaut mal: Er hat es in die Hitparade geschafft mit seinem einfältigen Lied«, staunt sie. »Jetzt hebt er sicher völlig ab.«

Was interessiert mich Mario!

In einer Ecke des Titelblattes gibt es auch ein Bild von mir. Und ich sehe gut aus. Sehr gut.

»Möchten Sie abnehmen? Tun Sie es gemeinsam mit Lucy, unserer Kalorien-Königin. Mehr auf Seite 4.«

Was?

Kalorien-Königin?

»Was ist mit der Königin?«, fragt Laura, die wieder einmal verschlafen in die Küche schlurft.

Ich ignoriere sie.

Mit zittrigen Händen öffne ich die Zeitschrift, und dann

erschrecke ich wirklich: Eine ganze Seite hat man meiner Wenigkeit gewidmet. Ich komme extrem prominent daher. Meine Diätserie hat den Titel »Lucy, die Kalorien-Königin« bekommen. In einem Kasten erfahren die Leser, dass ich jetzt jede Woche über meine Diät berichten werde und wie sie mit mir Kontakt aufnehmen können. Immerhin steht nicht meine private E-Mail-Adresse drin. Drei Fotos umrahmen meinen Text. Es sieht gut aus. Ein wenig übertrieben groß, aber gut.

Länger kann ich die Zeitung nicht mehr halten.

Kim und Laura reißen sie mir aus den Händen.

»Kalorien-Königin«, spotten sie lachend. »Hat noch nichts abgenommen und klaut unsere Schokolade, aber soll eine Kalorien-Königin sein!«

Laura bringt es auf den Punkt:

»Das ist zu viel des Guten. Du wirst nicht mehr durchs Dorf gehen können, ohne dass alle auf deinen Hintern starren und sehen wollen, ob er jetzt schon kleiner geworden ist. Alle mustern ab sofort deine Figur, auch Leute, denen dein Übergewicht bisher gar nicht aufgefallen war. Und stell dir vor, du gehst einkaufen: Da schaut doch jeder, was du in deinem Einkaufskorb liegen hast. Du wirst es gar nicht mehr wagen, in einem Café eine Schwarzwälder Torte zu essen. Weißt du, was ich glaube: Du MUSST jetzt einfach abnehmen.«

»Und was ist schlecht daran?«, fragt Kim. »Es ist wirklich Zeit, dass sie abnimmt. Ein wenig Druck wird ihr schon nicht schaden.«

Von »ein wenig Druck« kann bald schon keine Rede mehr sein. Das wäre untertrieben. Diese ganze Diätgeschichte schlägt ein wie eine Bombe. Ich bekomme Anrufe, Briefe und E-Mails. Es scheint nicht schwierig zu sein, mich in Ibach ausfindig zu machen. Das Dorf ist ja nun wirklich klein. Fehlt nur noch, dass Leute vor der Haustür stehen und auf mich warten. Und dabei habe ich meine Diät noch nicht mal angefangen und noch kein einziges SN-Treffen besucht! Ich bin sehr beunruhigt und rufe in der Redaktion an.

Elmar Grün ist begeistert.

»Es scheint, als hätten wir DEN wunden Punkt unserer Leserinnen getroffen«, schwärmt er. »Bei uns kommen E-Mails, Briefe und Pakete für Sie an, als wären Sie ein Popstar. Wir hatten vorhin eine Sitzung und beschlossen, dass gerade am Anfang unbedingt möglichst alle Briefe und E-Mails beantwortet werden müssen.«

Super! Wie stellt er sich das vor?

»Ihr denkt, ich komme dann auch gar nicht mehr zum Essen, weil ich nur noch Antwortbriefe schreibe? Aber so wie es aussieht, werde ich auch nicht mehr zum Schlafen und zum Leben kommen.«

»Nein, Sie alleine schaffen das nicht. Wenn es Ihnen recht ist, dann stellen wir hier eine Studentin ein, die alles liest und sortiert. Die normalen Schreiben wird sie mit einer Postkarte von Ihnen beantworten und einem Brief, der erklärt, dass es Ihnen bei der Flut von Post nicht möglich sei, jedes Schreiben persönlich zu beantworten. Außergewöhnliche Briefe und E-Mails werden an Sie weitergeleitet. Die können Sie ja vielleicht in Ihre Kolumnen einbauen.«

Ich seufze tief und laut. Es artet wirklich in Arbeit aus.

»Sie können alle diese Stunden aufschreiben, die Sie brauchen, um Ihren Lesern zu antworten. Wir werden Sie gut bezahlen, denn wir halten das einfach für wichtig, jedenfalls jetzt am Anfang. Das gibt eine gute Leserbindung.«

Schlank und reich.

Reich und schlank.

Am Donnerstag bin ich bereits ein bunter Hund, als ich in Luzern das SN-Treffen besuche. Ich hätte es mir anders gewünscht, anonymer. Ich hätte gerne unauffällig meine Mitstreiterinnen beobachtet. Aber ich werde offiziell vorgestellt, mit Applaus begrüßt, und dann erklären mir alle gemeinsam das System. Zuerst muss ich kurz mein Punktekonto berechnen, aufgrund des Alters, Gewichts sowie der Größe.

19 Punkte darf ich pro Tag verbrauchen.

Die Lebensmittel haben Punkte. Allerdings kann ich Gemüse und Obst fast unbeschränkt essen, ohne mein Punktebudget anzugreifen. Auch kann ich mir mit Sport ein paar Punkte dazuverdienen. Ich bekomme eine Punktetabelle und Pläne, in die ich meine täglichen Fressorgien eintragen und in Punkte umrechnen soll. Ich kaufe einen Einkaufsführer. Sogar einen Taschenrechner finde ich im Angebot, mit dem ich jedes Produkt sofort in Punkte umrechnen kann. Es gibt bei SN Schokoriegel, die nur einen Punkt zählen, und Bonbons, die nur einen halben Punkt kosten. Ich kaufe großzügig ein, denn es geht ja schließlich auf Spesenrechnung. Billig ist das ohnehin alles nicht. Mit einer Selbsthilfegruppe ist das Ganze nicht zu vergleichen. Nein, hier geht es eindeutig ums Geld. Aber wenn's hilft, ist es vielleicht jeden Rappen wert. Zuerst zahle ich 45 Franken Einschreibegebühr und dann jedes Mal 25 Franken, um überhaupt am Treffen teilnehmen und auf die Waage steigen zu dürfen.

Aber eben: Der Zweck heiligt die Mittel.

Um mich zu motivieren, dürfen die erfolgreichsten Mitglieder mir erzählen, wie viel sie schon abgenommen haben.

Alle scheinen irgendwie von ihrem Idealgewicht noch weit entfernt zu sein und haben doch schon acht oder zehn Kilo abgenommen.

In meinem Ausweis steht es nun, mein Ausgangsgewicht: 75 Kilo. Immerhin in Kleidern und Schuhen.

Unsere Leiterin heißt Gundula, und sie ist mager und hager, wie ein Pinocchio. Sie betont, einmal 20 Kilo schwerer gewesen zu sein. Das muss lange her sein. Ich glaube, sie hat ihr Idealgewicht längst unterschritten. Aber für das SN-System ist sie natürlich eine gute Werbung.

Ich fahre im Zug heimwärts, ohne mein gewohntes Salamisandwich. Aber ich kann mich gut ablenken mit den ganzen SN-Unterlagen. Diese Punkte interessieren mich natürlich brennend. Sie werden schließlich in Zukunft mein Leben bestimmen. Als Erstes schlage ich unter Schwarzwälder Torte nach. Aha, Volltreffer! Ein Stück hat sieben Punkte! Ein Croissant sogar achteinhalb Punkte! Und eine einzige mickrige Scheibe Salami zählt zwei Punkte. Für zwei Punkte könnte ich dagegen zehn Scheiben Bündnerfleisch essen. Ein Vollkornbrötchen hat zwei Punkte. Also könnte man für ein Salamibrötchen mit vier Scheiben Salami und – oh Schreck! – sicher auch noch etwas Butter nach meiner groben Berechnung locker zwölf Punkte berechnen. Ein Salamibrot und eine Schwarzwälder Torte, und schon ist mein Tagesbudget ausgeschöpft. Dann müsste ich den Rest des Tages mit Äpfeln, Birnen oder grünem Salat vorliebnehmen.

Tja, da ist wohl wirklich Umdenken angesagt.

Ich rechne und rechne und fahre dabei fast am Bahnhof Schwyz vorbei.

Auf dem Heimweg kaufe ich in unserem Einkaufszentrum ein. Hier wird mir unvermittelt mein Hauptproblem bewusst: Tief in meinem Innern habe ich eine unerklärliche, unverständliche Abneigung gegen alles, was gesund ist. Ich mag nur wenig Obst, und zu Gemüse muss ich mich fast zwingen, außer es ist Salat, und dieser wiederum sollte in einer Sauce schwimmen. Dagegen werde ich kämpfen müssen. Sonst habe ich gar keine Chance. Ich liebe Bananen und Mangos, aber gerade die haben auch Punkte, genauso wie Kirschen und Trauben. Muss am hohen Zuckergehalt liegen. Gemüse gibt es endlos ohne Punkte. Algen, Artischocken, Auberginen, Austernpilze ... bis hin zur Zwiebel.

Isst wirklich jemand Algen?

Und Austernpilze?

Wieso steht der Rhabarber beim Gemüse?

Und was um alles in der Welt ist Topinambur? Es zählt einen Punkt. Ich werde es von meinem täglichen Speiseplan streichen. Irgendwo muss ich ja mit dem Streichen anfangen. Topinambur esse ich ab sofort nicht mehr. Da bin ich konsequent.

Ich fahre langsam mit meinem Einkaufswagen durch den Laden und werde irgendwie ganz trübsinnig. Da gibt es einen neuen Brotaufstrich von Ovomaltine. DAS wäre lecker. Ich aber kaufe eine Diätmargarine, zuckerfreie Konfitüre, Lightjogurts, einen fettreduzierten Streichkäse, eine Familienpackung Knäckebrot. Dazu Tomaten, Zwiebeln, Kohl, Gurken, Mohrrüben, Äpfel und Birnen. Aus dem Eisfach hole ich Blumenkohl und Brokkoli sowie Bohnen und Lightvanilleeis. Bei den Büchsen finde ich Ananas, die nicht im Zuckersirup liegen. Ananas mag ich wirklich gerne. Ich kaufe noch dies und das, und mein Wagen wird langsam voll. Ich versuche beim Einkaufen ein begeistertes, glückliches, topmotiviertes Gesicht zu machen, falls ich irgendwie beobachtet werde. Vielleicht lauern ja hinter dem Raviolibüchsen-Berg die Paparazzi. Die Frau an der Kasse, die mit mir zur Schule ging, lacht jedenfalls und meint:

»Du hast ja wirklich vorbildlich eingekauft. Da kann nichts mehr schiefgehen. Viel Glück!«

Sie kann gut lachen, denn sie ist schlank.

Am Abend zu Hause bin ich müde und übellaunig und mag überhaupt gar nichts essen. Aber nichts essen, das ist eben auch verboten. Und leider habe ich nun keinen Topinambur im Hause. Ich beiße lustlos in einen Apfel und denke, dass die früher auch irgendwie besser geschmeckt haben. Im Fernsehen schaue ich eine Talkshow, wo lauter extrem dicke Weiber sich gegenseitig versichern, dass sie mit ihrem Gewicht absolut zufrieden sind. »Dicke Leute sind viel gemütlicher. Sie wissen noch, wie man genießt. Sie frieren auch nicht ständig«, erklärt eine Frau, und während sie spricht, starre ich fasziniert auf ihr vielschichtiges Doppelkinn, das sich dermaßen bewegt, als würde es ihre Worte noch in Gebärdensprache übersetzen wollen.

Blödes Gerede!

Als würden nicht alle gerne ein wenig frieren, wenn man sie dafür aus ihrem Fettpanzer befreite.

Auf einem anderen Sender bekochen sich Promis gegenseitig, und mir läuft das Wasser im Munde zusammen.

Im Hintergrund höre ich Kim am Klavier Czerny-Übungen klimpern, mit denen sie ihre Finger stundenlang malträtieren kann. Laura kommt heute gar nicht heim. Sie ist wohl mit ihrem Ricardo verabredet.

Ich gehe früh ins Bett und träume irgendeinen wirren Traum, in welchem unzählige Punkte vorkommen.

Ich fange mein neues Diätprogramm recht unkonventionell an. Immerhin wird ja genau das so gepriesen: SN kann jeder in seinen Alltag integrieren und seinem Geschmack anpassen.

Zum Frühstück esse ich Büchsenananas und ein Brötchen mit Streichkäse. Da komme ich gerade mal auf drei Punkte. Danach marschiere ich schnellen Schrittes nach Schwyz und besuche meinen Vater. Zur Belohnung für diesen »Sport« genieße ich später daheim eine Banane. Am Mittag, nach einer Gemüsesuppe, fühle ich mich einfach super.

Den Nachmittag verbringe ich damit, Briefe und E-Mails zu lesen. Es gibt so viele nette Worte von Leidensgenossinnen. Anna aus Basel schreibt, dass sie von ihrem Mann verlassen wurde. Er habe ihr zum Abschied gesagt, er könne ihre ekligen Fettwürste nicht mehr länger anschauen. Trotzdem sei es ihr nach Monaten noch immer nicht gelungen, ihr Übergewicht loszuwerden. »Sie haben mir jetzt wieder Mut gemacht. Ich werde mich auch bei SN anmelden und mit Ihnen gemeinsam kämpfen«, schreibt Anna.

Susanne aus Oberägeri berichtet, dass sie im Internet einen Reiseveranstalter gefunden hat, der auf Teneriffa Ferien für Dicke anbietet. »Dort habe ich einen dicken Mann kennengelernt, mich verliebt, und seither denke ich gar nicht mehr ans Abnehmen, sondern genieße endlich das Leben. Was für eine Erleichterung! Sie sollten Ihren Leserinnen sagen, dass es auch ein schönes Leben MIT Übergewicht gibt. Bitte denken Sie darüber nach.« Sie habe über Jahre ganz vergessen zu leben, weil sie immer so mit ihrem Gewicht beschäftigt gewesen sei. Diese Susanne gefällt mir. Ich werde sie bestimmt in meiner Kolumne zitieren.

Hans aus Zug schreibt, dass er Frauen, die auf Diät sind, nicht um sich herum haben will. »Sie sind unzufrieden, gehässig und verbreiten schlechte Stimmung.« Dabei sollten sie doch wirklich lachen. Hans zitiert eine Studie aus den USA: »Lachen macht schlank. Der Mensch verbrennt beim Lachen 20 Prozent mehr Kalorien als sonst. Wer jeden Tag zehn Minuten herzhaft lacht, verbraucht dabei bis zu 50 Kalorien und kann im Jahr zwei Kilo abnehmen.«

Ach, könnte ich doch nur besser rechnen!

Wie viel müsste ich denn nun pro Tag lachen, um in einem Monat zwei Kilo abzunehmen?

Und was genau ist »herzhaft«?

Es macht mir Spaß, mit meinen Lesern zu kommunizieren. Ich komme mir ein wenig vor wie eine Briefkastentante. Zum Essen habe ich gar keine Zeit. Vier Stunden lang beschäftige ich mich mit meinen Lesern.

Abends esse ich zwei Brote mit Bündner Fleisch und zwei Äpfel. Es sieht so aus, als hätte ich am Ende meines ersten Diättages tatsächlich noch Punkte übrig.

Ich kann mir also noch einen SN-Schokoriegel leisten. Der schmeckt richtig schön süß. Ganz so, als hätte er Kalorien. Ich bin glücklich.

Am Samstag haue ich locker meine zweite Diätkolumne in die Tasten. Ich komme darin sehr optimistisch rüber, schreibe aber auch vom Kummer meiner Leser. Und ich erzähle vom Punktesystem und davon, dass ich mich gar nicht mehr getraue, fetthaltige Lebensmittel einzukaufen oder gar an einem Imbiss in der Öffentlichkeit eine Bratwurst zu essen, weil ich doch die Kalorien-Königin bin. Eine Königin wider Willen. Aber die meisten gekrönten Häupter werden ja nicht groß gefragt, ob sie denn nun wirklich möchten.

Am Sonntag ist mein Vater so gut drauf, dass wir im Park ein wenig spazieren gehen. Er ermüdet sehr schnell, aber es hat ja Parkbänke an jeder Ecke. Ich liebe den Frühling. Er auch. Alles grünt und duftet, und der Vogelgesang schon am frühen Morgen erstaunt mich jeden Tag aufs Neue. Das hat mir Tante Thea mit auf den Lebensweg gegeben: »Füttere die Vögel im Winter, dann singen sie für dich das ganze Jahr über besonders schön.« Heute ist ja das Vogelfüttern umstritten, aber ich halte mich nach wie vor daran.

Am Montag kommt ein Kleinbus aus Zürich und bringt mir meine Fanpost. Zwei riesige Kisten stellt man mir vors Haus. Es ist ein wenig wie Weihnachten, denn es sind auch Pakete dabei. Leider ist deren Inhalt nicht so spannend. Viele Firmen schicken mir ihre Diätprodukte und hoffen, ich würde darüber schreiben. Ein Mann aus Gersau, er heißt Jürgen, schickt mir ein Springseil.

»Sport ist Mord«, schreibt er dazu, »aber Mord für deine Fettpolster.«

Ein Brief von unserer Lokalzeitung ist dabei. Die haben doch tatsächlich einen offenen Sporttreff ganz in der Nähe meines Hauses. Dort sei ich ganz herzlich willkommen zum Walken. »Nordic Walking ist für Sie ganz bestimmt die beste Sportart. Man kann sehr gut dabei abnehmen, weil man mit dem Puls immer im Fettverbrennungsbereich bleibt. Kommen Sie doch einfach mal vorbei.«

Es geht mir gut mit dieser SN-Diät. Hunger habe ich nicht. Manchmal werde ich gequält und gefoltert von Gelüsten. Ich kann nur an Ravioli denken oder an Linzer Torte, an Lebkuchen mit Schlagsahne oder Kartoffelgratin, überbacken mit viel Käse. Dann werde ich ziemlich ungemütlich, und meine Freundinnen »umfahren mich großräumig«. Ich reiße mich zusammen und steige nicht jede Stunde auf die Waage, auch wenn ich es gerne täte.

Die Tage sind wunderschön. Es wird immer früher hell am Morgen. Ich erwache bei mehrstimmigem Vogelgezwitscher. In meinem Garten grünt und blüht es. Und es wächst einfach alles: kleine Blumen in allen Farben, deren Namen ich noch nie kannte und mich auch nicht wirklich interessieren. Natürlich auch das Unkraut. Gartenarbeit ist nun mal nicht mein Ding. Ich lasse wachsen, was kommt, und bisher hat mich mein Garten nicht enttäuscht. Jeden Sommer blühen die buntesten Blumen für mich. Ein Erbe meiner Tante.

Immer öfter nehme ich meinen Laptop auf den Balkon und arbeite draußen. Das genieße ich immer ganz besonders. Das Rauschen in meiner großen Birke und die warmen Sonnenstrahlen kitzeln die besten Ideen aus mir heraus. Was mir dabei aber oft auf die Nerven geht, das sind die Rasenmäher. Und wir haben eine ganze Menge davon in unserem Quartier.

Das ist es!

DIE Idee für meine Maikolumne, die ich bald abgeben sollte. Schon hasten meine Finger über die Tasten. Meine Rasenmäherkolumne schreibt sich fast von selbst.

### Von Rasenmähern, Schafen und Außerirdischen

Neulich saß ich mit meinem Laptop auf dem Balkon. Arbeiten im Freien, DAS ist Lebensqualität! Die Vögel zwitscherten lieblich in allen Tonlagen, und die Sonne schien milde auf mein Haupt. Die wahre Idylle! Gerade fühlte ich mich inspiriert, und die Finger huschten wie von selber über die Tasten, da fing es wieder an:

Wie auf geheime Absprache hin, holten zwei Nachbarn gleichzeitig ihren Rasenmäher aus dem Keller und machten sich mit viel Getöse über ihren Rasen her.

Eine ganze Weile blieb ich trotzdem sitzen und versuchte den aufdringlichen Lärm zu ignorieren.

»Ich bin die Ruhe selbst. Nichts und niemand kann mich aus der Ruhe bringen«, flüsterte ich leise und beschwörend vor mich hin. Aber wenn man so vor sich hin murmelt, kann man auch nicht mehr richtig arbeiten, und irgendwann gab ich es auf, räumte den Balkon und schloss frustriert Fenster und Türen.

Vielleicht liegt es an mir? Bin ich innerlich zu wenig gefestigt, um dem Lärm zu widerstehen? Es ist doch alles nur eine Frage der Einstellung. Rasenmäher gehören zum Frühling wie blühende Blumen und der Gesang der Vögel.

Früher, in dieser fernen Zeit, als alles noch ganz anders und natürlich alles besser war, gab es diesen Lärm noch nicht. Ich lebte damals schon hier in der Nähe. Das Gras ließ man fröhlich vor sich hin wachsen, und wenn mein Vater mal einen Energieschub hatte oder ein paar Aggressionen zu viel, nahm er die Sense und mähte. Wir Kinder spielten dann vergnügt mit den Grashaufen.

Damals gab es auch noch nicht so viele Rasenflächen. Man hatte noch Garten. Heute hat die Mehrzahl meiner Nachbarn ihre Gärten in Grünflächen verwandelt. Dies macht nicht mehr so viel Arbeit, dafür mehr Lärm. Auch wir haben jetzt Rasen, dort, wo früher Schnecken über unsere

Erdbeeren herfielen oder Bohnen ordentlich an Stangen wuchsen. Und wir haben einen Rasenmäher.

Meine Abneigung gegen Rasenmäher begann in späterer Kindheit, als mein Vater seinen ersten gekauft hatte. Das Gerät hatte einen Elektromotor, und ich musste hinter meinem Vater herlaufen, als Kabelträgerin. Phantasievoll, wie ich damals war, stellte ich mir immer vor, eine wichtige Funktion beim Fernsehen zu haben und mein Kabel hinter einem berühmten Kameramann herzutragen. Aber der Lärm holte mich schnell wieder auf den Rasen der Realität zurück.

Nun, einfach jammern, das bringt natürlich nichts. Lösungsvorschläge sind gefragt. Wie gefällt Ihnen das: Beton statt Rasen! Mehr Parkplätze braucht das Land! Etwas freundlicher wäre folgender Vorschlag: Wir kaufen ein paar Schafe. Die Rasenflächen werden eingezäunt, und dann können unsere Gemeinschaftsschafe loslegen. Geräuschlos und auch noch hübsch anzuschauen, Streichelzoo inbegriffen! Bisher stieß ich auch mit diesem Vorschlag nur auf taube Ohren. Ich glaube nämlich, dass sich gar kein Nachbar von seinem Rasenmäher trennen will. Man hat wohl ein gewisses Gefühl von Macht und Bedeutung, wenn man so viel Lärm machen kann und Herr über seinen Rasen und den Frieden der anderen ist.

Ein paar Häuser weiter, da wohnt eine Familie, die von mir den »Friedens-Lucy-Preis« bekommen würde. Die haben einen Rasenmäher, den ich für mich »den Außerirdischen« getauft habe: Wie ein kleines Ufo schwebt da eine elegante Maschine völlig geräuschlos und selbstständig stundenlang über den Rasen, mit Solarzellen auf dem Rücken. Jedes noch so kleine Gräschen, welches es sich erlaubt, ein Millimeterchen zu wachsen, wird sofort diskret und unauffällig niedergemetzelt. Der Rasen traut sich schon gar nicht mehr zu wachsen. Immer wieder bleibe ich vor diesem Außerirdischen stehen und bewundere das Wunder der Technik. Inzwischen gibt es ja sogar Staubsauger dieser Art. Faszinierend! Die perfekte Lösung für mein Problem. Und doch: Das Ding erfüllt mich irgendwie mit Unbehagen.

Vor meinem geistigen Auge tauchen Bilder auf, die ich nicht sehen möchte. Ich stelle mir vor, wie ich durchs Eigenwies spaziere, und überall fahren solche Ufos herum, die Rasen mähen, Straßen wischen, Unkraut jäten oder den Müll rausbringen. Wer grüßt mich dann noch, und mit wem kann ich dann übers Wetter reden?

Ich werde mich im Laufe des Sommers wieder an den Lärm der Rasenmäher gewöhnen. Aber immerhin muss ich nicht auch noch ins gleiche Horn blasen: Ich habe mir einen Handmäher gekauft, der mit meiner eigenen Frauenpower betrieben wird. Und den Spott meiner Nachbarn nehme ich gelassen hin. Nichts und niemand kann mich aus der Ruhe bringen.

Am Donnerstag bin ich sehr aufgeregt, als ich mit dem Zug nach Luzern fahre. Viel zu früh spaziere ich über die Brücke und bewundere die ersten Tretboote auf dem

Vierwaldstätter See. Ich bummle noch ein wenig durch die schöne Altstadt. In Luzern komme ich immer in Ferienstimmung. Hier fühle ich mich wie eine Touristin.

Schließlich finde ich mich im Kurslokal ein und stehe in der Schlange, um auf die Waage zu steigen.

Was, wenn ich mich blamiere?

Nein. Ich war wirklich brav. Ich habe das Programm genau befolgt. Gut, da war mal dieser Anfall von Schokoladenwahnsinn. Da habe ich doch tatsächlich eine halbe Tafel Schokolade gegessen, und Kim war nachher ganz schön sauer auf mich. Aber sonst …

»74,1 Kilo«, verkündet Frau Pinocchio und meint strahlend: »Das ist doch großartig. Nur weiter so. Das ist genau richtig.«

Nun, weniger wäre noch großartiger gewesen und noch genau richtiger für mich. Aber okay, es IST ein Erfolg. Und wir sollen ja langsam abnehmen.

Wir sind heute fünfzehn Frauen im Kurs.

Warum eigentlich nur Frauen? Werden nur Frauen fett? Oder können Männer locker ihre Bäuche mit sich herumtragen, ohne darunter zu leiden?

Wir reden heute über das Thema »Ersatzbefriedigung«.

Man esse oft, weil man frustriert sei, unzufrieden, gelangweilt, müde. Aber man könne sich doch auch anders belohnen oder aufmuntern.

Beispiele sind gefragt.

»Man könnte ein Bad in einem kostbaren Badeöl nehmen und Musik hören dazu«, meint eine Frau, und ich höre am Tonfall ihrer Stimme, dass sie selber nie im Leben auf so eine Idee käme. Stell dir vor, du hast Hunger und sollst baden! Der Bauch knurrt, und du überlegst dir verzweifelt, ob du in die Seife beißen sollst und wie viele

Punkte wohl ein Stück Lavendelseife hat. Hat Kernseife weniger Kalorien als Cremeseife?

»Ich kaufe mir Blumen«, erklärt eine junge Frau.

Mein Pech. Schnittblumen mag ich grad gar nicht. Weder essen noch kaufen. Ich mag den Blumen nicht beim Sterben zuschauen.

»Ich gehe rennen, das lenkt mich ab«, erklärt eine Frau. Sie hat ein Gesicht, das mich an einen Windhund erinnert. »Danach bin ich in so guter Stimmung, dass ich wieder locker auf Fressorgien verzichten kann.«

Langsam fange ich an, mich zu ärgern, und darum kann ich meinen Mund nicht halten:

»Ich beiße meine Fingernägel ab. Ich würde wohl auch meine Zehennägel abbeißen, aber ich komme da nicht mehr gut ran«, gebe ich zum Besten, und es ist nicht einmal gelogen.

Ein paar Kursteilnehmerinnen lachen prustend los, »herzhaft« könnte man auch sagen, und werden damit gleich auf nette Art ein paar Kalorien los. Andere schütteln pikiert den Kopf (ohne Kalorienverbrauch). Bei Frau Pinocchio zucken zuerst ein wenig die Mundwinkel, aber sie hat sich schnell wieder unter Kontrolle. Ob sie wohl auch, ganz im Geheimen …

Gut, dass die Zeit bald um ist und wir in die neue Woche entlassen werden.

Wir reden noch ein wenig, klopfen uns gegenseitig auf die Schultern und verabschieden uns dann gestärkt und voll von neuen Ideen.

Dafür, dass es erst mein zweites Treffen war, bin ich schon reichlich zynisch. Und viel beigetragen habe ich nicht zu unserem Gespräch. Ich fasse den Vorsatz, mir beim nächsten Mal mehr Mühe zu geben.

Direkt neben dem Kurslokal gibt es eine Eisdiele. Ich fühle mich frustriert, und da ich jetzt weder baden noch Blumen kaufen kann, gönne ich mir eine einzige winzige Eiskugel. Zitrone. Und während ich über die Brücke zum Bahnhof marschiere, lecke ich genüsslich daran.

Ich nehme also tatsächlich ab.

Gott sei Dank!

Ich entdecke meine Freude an Kohl. Meine Mitbewohnerinnen danken es mir allerdings nicht. Ich habe enorme Blähungen, und manchmal kugeln wir uns alle fast vor Lachen, weil ich so die Luft verpeste und nichts dagegen tun kann. Es ist peinlich.

Außerdem habe ich Lighteis entdeckt, das außerordentlich gut schmeckt. Ich versuche, mich mit Vollkornnudeln anzufreunden, was mir nicht gelingen will. Und ich trinke, als gäbe es morgen kein Wasser mehr: literweise, ständig, überall.

Die vielen Zuschriften meiner Leser beschäftigen mich sehr und lenken mich vom Denken an Ravioli und Raclette ab.

Ich bekomme von Marietta aus Seewen einen Zeitungsausschnitt. Darin wird eine Studie zitiert, die zeigt, dass übergewichtige Frauen erhebliche Benachteiligungen auf dem Arbeitsmarkt hätten.

»Sie werden für weniger intelligent gehalten, und ihnen wird fehlende Selbstdisziplin und Motivation unterstellt. Dicke Frauen verdienen im Schnitt weniger als schlanke.«

Mir kommen da natürlich spontan gemeine Gedanken hoch: Eigentlich brauchen doch dickere Frauen mehr Lohn, weil sie teure Diäten machen müssen und danach wieder viel Geld für Essen ausgeben. Auch Sondergrößen bei Kleidern sind teuer.

Ist Selbstironie der beste Weg zur Besserung?

Das Wochenende verbringt Laura mit ihrem Ricardo in Winterthur. Afropfingsten. Schon Tage zuvor läuft sie wie ein aufgescheuchtes Huhn durch die Gegend. Kim hingegen malträtiert uns mit Schubert-Liedern. Sie begleitet am Pfingstsonntag eine Sängerin, und übungshalber singt sie selber wieder und wieder das Programm rauf und runter. Kim ist schon eine komische Nummer, wenn sie auf »Sängerin« macht. Manchmal lacht sie am Ende selber mit, wenn sie mit Inbrunst zum fünften Mal in Folge das Lied von der »launischen Forelle« durchs Haus geschmettert hat. Ihre Stimme ist wirklich gut. Aber irgendwie haftet ihrem Gesang immer etwas Parodistisches an, wenn sie zum Beispiel mit übertriebenem Ernst singt: »Dein ist mein Herz. Dein ist mein Herz und soll es ewig, ewig bleiben.«

Erst am Dienstag nach Pfingsten treffen wir uns wieder gemeinsam am Frühstückstisch.

»Laura, komm, lass uns ein wenig teilhaben an deinem Glück. Unser Liebesleben ist zurzeit so was von tot, da möchten wir gerne ein wenig von deinem hören.«

Laura wird fast ein wenig verlegen.

»Ja, es war super.«

Dann beißt sie in ihr Brötchen und kaut in aller Gemütsruhe darauf herum.

»Super? Wie wär's mit ein paar Details?«, meckert Kim und stößt ihr den Ellenbogen in die Seite.

»Geht's auch ein wenig ausführlicher?«, dopple ich nach und stochere dabei in meinem rosaroten Lightjogurt herum auf der Suche nach der Andeutung einer Erdbeere.

Laura holt tief Luft und fängt an zu schwärmen:

»Wir haben in einem schönen Hotel gewohnt. Aber wir waren eigentlich immer unterwegs. Der Markt in der

Innenstadt war eindrücklich. So viel Afrika, mitten in der Schweiz! Ricardo hat mir eine riesige Holzgiraffe gekauft. Aus Kenia, versteht sich. Und ich habe viel kenianischen Tee gekauft. Er ist im obersten Fach.« Sie deutet auf unseren Küchenschrank.

»Wir aßen an all den verschiedenen Ständen exotische Delikatessen. Ricardo kannte viele Kenianer. Ich war erstaunt. Abends besuchten wir verschiedene Konzerte. Die Stimmung war riesig. Wir haben getanzt und gefeiert.«

Sie strahlt, und die Frage, ob denn Ricardo noch immer der Richtige sei, erübrigt sich völlig. Außerdem trägt Laura einen neuen Ring.

»Er ist natürlich aus Kenia, versteht sich«, spöttelt Kim.

»Genau«, meint Laura, gar nicht streitsüchtig, und lächelt nur in sich hinein.

»Muss Liebe schön sein«, murmelt Kim vor sich hin. Sie hat nicht wirklich gute Laune.

»Wie war denn dein Konzert?«, frage ich trotzdem vorsichtig.

Sie ersticht mich fast mit ihrem bösesten Blick, nimmt einen großen Schluck aus ihrer Kaffeetasse und wirft schwungvoll ihre Haare nach hinten, bevor sie loslegt: »Ich habe noch nie eine so schlechte Sängerin begleitet. Ich kannte die Lieder fast besser als sie. Ich musste mich voll am Riemen reißen, um nicht einfach mit einzusetzen. Die Frau hatte eine wirklich gute Stimme, aber von Rhythmus und Intonation keine Ahnung. Sie war total unmusikalisch. Ich habe mich geschämt auf der Bühne. Am liebsten wäre ich in meinen Flügel hineingekrochen und hätte den Deckel zugemacht.«

Und nach einem weiteren Schluck:

»Aber sie sah wunderschön aus in ihrem langen rosaroten Kleid und ließ ihre Brüste in voller Größe aus dem Ausschnitt quellen. Manchmal, wenn sie tief Atem holte, um einen besonders hässlichen Ton besonders laut zu singen, dachte ich: Jetzt fallen sie raus, die Titten. Das hätte dem Ganzen noch die Krone aufgesetzt.«

Jetzt lacht sie schon wieder, unsere Pianistin.

»Es war ja nur eine kleine Gesellschaft, und so hoffe ich, dass mein Ruf als Musikerin nun nicht völlig ruiniert ist. Und bezahlt hat die Tante sehr gut. Also was soll's.«

»He, schau mal, da ist ja ein Brief für mich!«

Kim dreht und wendet den Umschlag misstrauisch in ihren Händen.

»In letzter Zeit bekomme ich nur noch Rechnungen oder Werbung«, mault sie. »Briefe bekommt ja nur noch unsere Königin.«

Aber dann geht ein Strahlen über ihr Gesicht.

»Das ist doch die Firma mit dem Preisausschreiben! Da, wo wir unsere Feriengeschichte eingereicht haben!«

Ich erinnere mich. Die Reisegesellschaft hatte eine originelle Feriengeschichte gesucht. Kim hatte eine recht witzige Geschichte erlebt, und ich schrieb sie auf. Das Gemeinschaftswerk reichten wir unter Kims Namen ein.

»Los mach schon auf«, ruft Laura.

Ich reiche Kim den Brieföffner rüber.

Sie macht es spannend und spielt Theater. Sie liest langsam und lange, als müsste sie die Bedeutung jedes Buchstabens einzeln ergründen, und ihre Miene verändert sich überhaupt nicht.

Laura und ich, wir schauen uns an und beschließen, ganz cool zu bleiben und nicht zu fragen. Schließlich platzt es aus Kim heraus:

»Wir haben eine Woche in Spanien gewonnen!«

Jetzt reiße ich ihr den Wisch aus den Händen.

Tatsächlich! Wir können eine Woche in einem Hotel in Spanien verbringen. Direkt am Strand. Vollpension.

»Und die Geschichte wird in einem Buch veröffentlicht, mit vielen anderen Feriengeschichten«, lese ich weiter. »Unter dem Titel REISELUST.«

Die Geschichte, die uns nach Spanien bringt, hatte sich in China zugetragen.

**Der Volksheld und ich**
**Wie aus einer Teetasse ein Fettnäpfchen wurde**

Im letzten September habe ich mir, gemeinsam mit meiner Mutter, einen Traum erfüllt: eine Rundreise durch China. Mit einer bunt gemischten, fröhlichen Gruppe besuchten wir unter ausgezeichneter Führung Peking, Xian, Guilin, Kanton und Hongkong. Es war eine Reise voller Höhepunkte. Meine Favoriten: die Große Mauer in Peking, die gigantische Stadt Hongkong und die bizarre Karsthügellandschaft von Guilin. Wir besichtigten eine endlose Anzahl von Tempeln und Palästen. Am Ende der Reise waren wir völlig erschlagen von all den großartigen Eindrücken. Diese Erinnerungen wird uns keiner mehr nehmen können.

Eine kleine Geschichte wird mir jedoch ganz speziell im Gedächtnis bleiben, und wenn ich denn Kinder hätte, würde ich mich schon auf die Enkelkinder freuen, denen ich sie erzählen könnte ...

Haben Sie schon von der Terrakottaarmee in Xian gehört? Erst 1974 entdeckte ein Bauer, der nach Wasser graben wollte, diese unterirdische

Grabanlage. Ein nicht nur größenwahnsinniger, sondern auch sehr grausamer Kaiser ließ lange vor Christus etwa 700 000 Zwangsarbeiter für sich schuften und ganze Armeen von Terrakottasoldaten in Lebensgröße vor seinen unterirdischen Grabeingang stellen.

Viele Arbeiter waren echte Künstler und wurden nach vollendetem Werk umgebracht, damit sie den Standort des Monumentalgrabes nicht verraten konnten. Bis heute wurde erst ein kleiner Teil der unzähligen Soldaten und Pferde freigelegt. Die Anlage erstreckt sich über Kilometer, und man muss einfach dort gewesen sein, um einen Eindruck davon zu bekommen. Man sagt, dieses Grabmal müsste eigentlich als ein weiteres Weltwunder gelten.

Und was ist aus dem Bauern geworden, der die Grabanlage zufällig entdeckt hat? Sein Land wurde natürlich nicht enteignet, denn es hatte ihm in dem kommunistischen Land ja nie gehört. Es wurde ihm weggenommen. Dafür darf er jetzt im Museumsladen an einem Tisch sitzen, den ganzen Tag über Autogramme geben, rauchen, Tee aus einer kunstvollen Tasse trinken und sich von Touristenhorden anstarren lassen. Er ist eine Art Star geworden und auf jeden Fall ein Volksheld. Ob er sich nicht manchmal zurücksehnt nach der Zeit, wo er mit seiner Familie noch draußen arbeiten durfte, selbstständig, in der Natur, mit Tieren? (Könnte er die Zeit zurückdrehen, würde er das gegrabene Loch vielleicht einfach wieder zuschütten und den historischen Fund geheimhalten?)

Ich wollte ihn natürlich auch sehen, diesen ganz besonderen Bauern. Und ich drängelte mich wohl doch ein wenig zu sehr vor. Dann geschah es: Ich stieß mit meinem – zugegeben nicht gerade kleinen – Hintern an den Tisch des Bauern. Damit brachte ich seine kunstvolle Porzellantasse zu Fall, und sie zerbrach in tausend Stücke. Die Tasse des Volkshelden!!! Einen ganz winzig kleinen Moment lang blieb die Welt stehen. Alle hielten den Atem an. Unsere chinesische Reiseleiterin wurde blass und klein. Hatte ich nun eine diplomatische Krise ausgelöst? Würde ich des Landes verwiesen? Wie hatte unser Schweizer Reiseführer erzählt: In China ist die Todesstrafe noch an der Tagesordnung!

Nach dem ersten Schrecken konnte ich nicht anders: Ich ging hinter den Tisch, streckte dem Volkshelden meine Hand entgegen und stotterte in Englisch eine Entschuldigung, die er natürlich nicht verstand. Aber es war sofort Wachpersonal zur Stelle. Die dachten wahrscheinlich, nun wollte ich endgültig zum Angriff übergehen. Am schlimmsten wurde der Tumult, als ich sagte, ich möchte ihm gerne diese kostbare Tasse bezahlen. Dabei hatte ich doch längst gelesen, dass ein Chinese nie sein Gesicht verlieren will. Nein, ich müsse die Tasse sicher nicht bezahlen, erklärte eine beleidigte Dame mit unbeweglicher Miene.

Mir tat aber alles so leid, der Bauer, die Aufregung und überhaupt. Das war so peinlich. Ich stand mit rotem Kopf vor einem riesigen Touristenpublikum. Im Museumsladen kaufte ich eine wirklich schöne, viel zu teure, einem Volkshelden eindeutig würdige neue Teetasse und brachte sie ihm. Schon wieder ein Fehler! Der Bauer habe längst eine neue Tasse (hatte er tatsächlich), und man brauche meine Tasse nicht. Sämtliche chinesischen Fettnäpfchen hatten in Xian wirklich nur auf mich gewartet!

Da bewiesen die Aufseherinnen mehr Diplomatie, als man hätte erwarten können. Sie erklärten, die Tasse (meine, wohlverstanden) sei ein Geschenk vom Bauern an mich. Er schenke sie mir. Der Volksheld schrieb sogar mit einem dicken Stift seine wunderschönen verschnörkelten Namenszeichen darauf.

Jetzt steht die Teetasse in meiner Wohnung auf einem Ehrenplatz. Chinas Volksheld hat mir eine Teetasse geschenkt! Wer kann schon so etwas von sich behaupten? Nicht, dass ich sonderlich stolz darauf wäre, denn auch die Peinlichkeit des Augenblicks wird mir immer in Erinnerung bleiben.

Nach Spanien.

Warum auch nicht.

Ich freue mich, dass »meine« Geschichte der Jury gefallen hat. Der Preis selber versetzt mich nicht gerade in Ekstase. Ein Stück Schwarzwälder Torte würde mich im Moment mehr begeistern.

»Zeig mir den Brief!«, sagt Laura streng, und auf ihrer Stirn erscheint eine hässliche Falte. »Ich will mir mal das Kleingedruckte anschauen. Man weiß doch, wie mit diesen Feriengewinnen Schindluder getrieben wird. Am Ende ist jeder von euch verpflichtet, noch zwei Leute mitzunehmen, die dann voll bezahlen müssen. Oder die Fahrt ist nicht inbegriffen. Oder ihr müsst nebenbei noch als Zimmermädchen arbeiten. Zeig mal her!«

Nichts entgeht dem gestrengen Auge von Laura, unserer Reiseexpertin. Aber sie gibt dann Entwarnung: »Glückwunsch, ihr Lieben! Ich kann da nichts Schlimmes finden. Außer, dass ihr die Reise noch vor der Hauptsaison antreten müsst. Ist eigentlich eine Frechheit, so etwas.«

Jetzt schauen wir uns betreten an, Kim und ich.

Wird Kim ihre Schüler loswerden? Kann ich eine Kolumne aus Spanien einreichen?

Darf ich bei SN ein Treffen schwänzen, wo ich doch erst gerade angefangen habe?

Werde ich in einem luxuriösen Ferienhotel mit verführerischen Mahlzeiten meine Diät halten können?

Am gleichen Morgen noch telefoniere ich mit Elmar Grün.

»Sind Sie auch immer schön brav und zählen Ihre Punkte?«, will er wissen. Das findet er wohl witzig.

»Ja, das tue ich«, antworte ich ein wenig spitz.

»Ihre Kolumne ist ein Hit. Wir sind begeistert über die Reaktionen. SN hat gerade wieder für eine extrem hohe Summe Inserate bei uns geschaltet. Auch andere Diätfirmen wollen jetzt in der Nähe Ihrer Seite inserieren.«

Seeehr interessant. Gääääähn. Die Qualität meiner Texte würde doch kein Schwein interessieren, wenn die Kasse nicht so sehr klingelte. Langsam beleidigt mich das irgendwie.

»Elmar, ich habe ein Problem. Ich möchte eine Woche nach Spanien fahren. Bald.«

Einen Moment lang wird es still in der Leitung.

»Elmar, ich muss doch normal leben können. Dazu

gehört nun mal auch Urlaub. Ich werde das Thema passend in die Kolumne einflechten. Das ist schließlich ein altbekanntes Problem: Wie halte ich in den Ferien meine Figur oder eben meine Diät?«

Elmar sieht das ein.

»Aber geben Sie mir früh genug Ihren Reisetermin bekannt. Ich habe nämlich einige Sachen für Sie geplant. Sie werden sich wundern. Als Erstes möchte bald eine Fernsehstation bei Ihnen vorbeikommen.«

»Was?«

»Ja, für die Sendung ›fit und gesund‹. Eine bessere Werbung für unser Heft könnten wir gar nicht bekommen.«

Da muss ich mehrmals leer schlucken.

Schlank und reich, schlank und reich, beschwöre ich mich selber und halte die Klappe.

»Außerdem habe ich noch eine Einladung für Sie von einer Kurklinik in Deutschland. Eine F.-X.-Mayr-Schnupperkur. Aber darüber reden wir dann später einmal.«

Eine was?

Schlank und reich.

Könnte es sein, dass mir bald alles über den Kopf wächst?

Dabei habe ich doch gerade erst angefangen!

Die Auszeit in Spanien kommt genau richtig.

Beim nächsten SN-Treffen in Luzern klettere ich schon ganz routiniert auf die Waage.

»73 Kilo!«, ruft Gundula entzückt und trägt das neue Gewicht fröhlich in meinen SN-Pass ein.

Nun, ja: zwei Kilo in zwei Wochen. Deswegen braucht sie nicht so zu brüllen. Und doch bin ich stolz auf mich. Immerhin geht der Zeiger nach unten.

Vor meinem geistigen Auge tanzen 400-Franken-Stücke!

Ich nehme ab!

Schlank und reich.

Heute reden wir über Bewegung. Bis zu zwölf Extrapunkte pro Woche kann man sich gönnen, wenn man intensiv Sport betreibt.

Sport!

Ich bin ein Bewegungsmuffel, durch und durch, und kann mich nur für Fingerübungen auf der Computertastatur begeistern. Aber schließlich versprechen wir alle brav, uns in der kommenden Woche mehr zu bewegen. Die Frau mit dem Windhundgesicht strahlt. Vor ihrem geistigen Auge läuft sie uns schon allen davon und rennt und rennt und rennt.

Ich spaziere nachdenklich zum Bahnhof und versuche schließlich, meinen Schritt ein wenig sportlich zu beschleunigen. Mein Puls erschrickt.

Mir kommen Briefe meiner Leser in den Sinn. Einige haben tatsächlich mit viel, viel Sport abgenommen. Aber die Geschichte einer Luise aus Bern, die kann ich auch nicht vergessen: sie hatte extrem hohes Übergewicht. Der Arzt empfahl ihr, sich einen Hund zu kaufen. So müsse sie wenigstens regelmäßig spazieren gehen. Tatsächlich kaufte sie sich einen lebendigen, übermütigen Mischling namens Kasimir. Und Kasimir brauchte sehr viel Bewegung. Etwas völlig Neues für Luise. Schon nach einem Monat war ihr Knie ruiniert, und sie musste sich sogar operieren lassen! Jetzt geht Kasimir mit der Nachbarin spazieren, die ohnehin schon schlank und rank ist.

Aber gut: Ich werde mich bemühen.

Mehr Bewegung.

Versprochen.

Hatte nicht unsere Lokalzeitung so ein Nordic-Walking-

Angebot angepriesen? Den Brief finde ich daheim schnell wieder.

Kim meint: »Ich schenke dir meine Stöcke. Die stehen doch sowieso nur rum.«

Stöcke?

So weit ist es nun mit mir gekommen. Jetzt gehe ich schon an Stöcken.

»Das macht Spaß!«, muntert mich Kim auf. »Dieser Sport ist ideal zum Fettverbrennen, das kann man doch zurzeit überall lesen.« Inzwischen habe sogar die Schweizer Armee diese Disziplin in ihr offizielles Sportprogramm aufgenommen. Klar. Ich habe noch nie viel von unserer Armee gehalten. Und wenn die jetzt auch schon an Stöcken geht …

Sie zeigt mir, wie man die Hände richtig in die Schlaufen einwickelt, und stellt mir auch gleich die passende Höhe ein. Ich mache meine ersten gestöckelten Schritte durch die Wohnung und komme mir ein wenig lächerlich vor.

Aber:

Mehr Bewegung!

Schlank und reich.

Gut, dass der nächste Walkingtreff gleich am nächsten Tag, am Freitagabend, stattfindet. Länger hätte ich meine guten Vorsätze wohl nicht aufrechterhalten können. So spaziere ich also mit meinen ultraleichten Superstöcken Richtung Wintersried. Meine Freundinnen schauen mir nach, winken und lachen mich aus, und ich würde sie zu gerne mit diesen schönen Stöcken verhauen, aber ich muss ja zum Treff. Das Sportzentrum ist nur zehn Minuten von meinem Haus entfernt. Es ist ein kleines Leichtathletikstadion. Bisher bin ich solchen Tempeln des Sports immer ausgewichen. Jetzt betrete ich die heiligen Hallen ungeniert. Es ist 19.45 Uhr. Die Sonne scheint noch über dem

Urmiberg. Rund siebzig Sportler haben sich eingefunden. Da sind natürlich auch Fastprofis dabei. Die sportlichen Outfits sind sehr unterschiedlich, der Umfang der Muskeln auch. Wir Walker werden getrennt vom großen rennenden Haufen. Fünfzehn Frauen bleiben übrig. Zuerst machen wir ein kurzes Warm-up auf dem Vorplatz. Dann erklären zwei Leiter uns die Grundregeln.

»Der Körper soll immer aufrecht sein, als würdet ihr einen Tonkrug auf dem Kopf tragen, wie eine stolze Afrikanerin«, erklärt unsere Leiterin. Die war wohl auch schon etwas zu oft in Kenia. Aber egal. Ich habe ja Phantasie und stelle mir gleich zwei imaginäre Tonkrüge auf den Kopf, so einsatzbereit bin ich.

»Die Schritte sollen lang sein, die Füße müssen abrollen.« Über den richtigen Einsatz der Stöcke darf ich nicht zu viel nachdenken, sonst falle ich noch drüber.

»Die Hände mit dem Stock nehmen wir nur so weit nach vorne, als würden wir jemandem die Hand schütteln.«

Als ich fast schon denke, dass das ja ein ganz angenehmer Abend war, da ziehen wir los. Der Weg führt über die Eisenbahnbrücke Richtung Brunnen.

Da geht vielleicht die Post ab!

Haben die es aber eilig!

In Nu habe ich einen roten Kopf. Das kann ich sogar fühlen. Der Puls geht hoch. Das Herz klopft.

»Mit den Stöcken trainieren wir gleichzeitig die Brust-, Arm- und Beinmuskulatur«, erklärt die Trainerin begeistert. »Halten Sie sich aufrecht. Lassen Sie sich die Sonne auf die Brust scheinen.« Ich höre sie allerdings nur noch von Weitem, weil ich das Schlusslicht der ganzen Gruppe bilde, zusammen mit dem Trainer, der mich immer wieder aufmunternd antreibt:

»Sie schaffen das. Machen Sie nur weiter so. Immer gut atmen.« Dabei tue ich doch nichts anderes als atmen. Die Sportart an sich gefällt mir gut. Ich bin nur nicht fit genug, um mit den anderen mithalten zu können.

»Man sollte sich immer gerade so viel anstrengen, dass man sich noch mit jemandem unterhalten kann. Das ist eine Faustregel, die für Leute, die abnehmen wollen, ganz besonders wichtig ist.«

Ich soll mich unterhalten?

Und wann soll ich dann atmen?

Er fängt tatsächlich an, mich über meine Karriere als Kalorien-Königin auszufragen. Sogar die Männer scheinen über mich Bescheid zu wissen. Das ist mir irgendwie peinlich. Noch peinlicher ist mir allerdings, dass ich kaum in der Lage bin, ihm zu antworten, weil ich keine Puste mehr habe. Außerdem muss ich ja auch noch an die Tonkrüge auf meinem Kopf denken und an all die anderen Dinge, die wir heute gelernt haben.

Zurück im Wintersried, bin ich ziemlich fertig. Jetzt gibt es noch ein kleines Stretchingprogramm. Dann spaziere ich gemächlich heimwärts. Zwei Frauen haben den gleichen Heimweg. Anita erzählt mir, dass sie jede Woche zweimal nach Morschach hochwalke, auch bei Wind und Wetter. Soraja ist in einem Handballklub und spielt regelmäßig Tennis. Kein Wunder hatte ich Anschlussschwierigkeiten, ich Bewegungsmuffel! »Ich fand, das Training war etwas zu langsam. Ich habe gar nicht richtig geschwitzt«, erklärt Anita. Ich werfe einen imaginären Tonkrug nach ihr. Soraja ist gleicher Meinung. Gut, dass ich ZWEI Tonkrüge auf dem Kopf hatte …

Jetzt habe ich Hunger! Aber ich bin zu müde, um mir zu überlegen, was ich denn jetzt essen könnte. Und was ich wirklich essen möchte, das darf ich nicht. Es ist frustrierend.

Endlich daheim, stelle ich mit Erleichterung fest, dass meine beiden Freundinnen ausgeflogen sind. So bin ich sicher vor ihrem Spott und Hohn, den ich jetzt nicht hören möchte. Und das Badezimmer gehört mir. Ein heißes Bad, das ist es, worauf ich mich jetzt freue. Ich esse mit Genuss eine etwas in die Jahre gekommene Banane und entspanne meine müden Glieder. Und dann setze ich mich an den Computer und verarbeite das eben Erlebte in eine bissige, böse Kolumne über Sport und Mord.

Am nächsten Tag machen Kim und ich Nägel mit Köpfen. Unsere Spanienreise nimmt Gestalt an. Wir einigen uns auf die Abfahrt am Samstag, 11. Juni, also in drei Wochen.

»Ich freue mich am meisten auf ein gutes Essen, ohne Kalorien zu zählen. Ich nehme mir einfach Urlaub von meiner Diät.«

»Und ich freue mich auf heiße spanische Nächte mit Flamenco, feurigen Spaniern, auf romantische Abende.« Am Mittag essen wir auf dem Balkon eine Gemüsesuppe, die wir zuvor gemeinsam gekocht haben, mit Vollkornbrot dazu. Die Sonne scheint, die Vögel singen. Der Japanische Kirschblütenbaum zeigt stolz seine rosa Pracht. Der Geruch von frisch gemähtem Gras und süßen Blüten liegt in der Luft. Von Weitem hört man die kleinen Glocken der Schafe bimmeln. Fast wäre alles perfekt. Aber wir haben ja schließlich Nachbarn: Der eine mäht mit großem Motorenlärm seinen Rasen, ohne auf die Mittagsruhe zu achten Zwei Häuser weiter treibt es ein anderer noch bunter: Er scheint sein Motorrad reparieren zu wollen. Alle paar Minuten lässt er die Maschine aufheulen. Er kniet daneben, als wollte er Gott um Hilfe anflehen.

Wir lassen uns die Frühlingsstimmung trotzdem nicht verderben.

»Weißt du eigentlich, dass ich schon ein Kilo abgenommen habe, seit du auf Diät bist?«, fragt Kim und schiebt sich genüsslich einen Löffel Gemüse in den Mund.

Darüber kann ich nun wirklich nicht lachen. Sie ist schlank und nimmt ab, genau wie ich, aber ohne sich zu quälen? Verärgert kaue ich auf dem Vollkornbrötchen herum.

»Wo steckt eigentlich Laura immer?«, wundere ich mich.

»Sie ist mit ihrem Ricardo nach Frankfurt gefahren, wo irgend so eine Messe für Starfriseure stattfindet. Die kommen erst am Montagmorgen wieder. Ich glaube, da haben sich wirklich die zwei Richtigen gefunden.«

Sie seufzt.

Ob sie wohl an ihren Mario denkt?

Den untreuen Rockmusiker mit den unzähligen Macken?

Ich hätte auch nichts gegen ein paar Schmetterlinge im Bauch. Aber irgendwie habe ich einfach prinzipiell kein Glück in der Liebe. Meine längste Beziehung hat immerhin fünf Jahre gedauert. Er hieß Lukas und war Lastwagenfahrer. Ich war so lange glücklich mit ihm, bis ich herausfand, dass er seine häufigen Reisen auch als Alibi für diverse Liebschaften benutzte. Ich muss jahrelang blind gewesen sein für so viele Zeichen, die ich erst im Nachhinein als solche erkannt habe.

In der Zeit nach Lukas, da klappte einfach nichts mehr. Ein paar ernsthafte Versuche gab es schon, aber eine richtige Beziehung kam nicht mehr zustande.

Ich seufze.

»Es wäre schön, mal wieder richtig verliebt zu sein.«

»Ja, gerade jetzt, im Frühling. Allerdings steckt mir die Geschichte mit Mario noch in den Knochen. Ich glaube, ich kann gut noch eine Weile alleine sein.«

Dachte ich's mir doch. Ich würde meine Tonkrüge drauf verwetten, dass diese Geschichte noch nicht ausgestanden ist.

»Nun, immerhin haben wir eine Gemüsesuppe und Sonnenschein«, erkläre ich tapfer und nehme mir noch einen Teller Suppe.

»Ich will so bleiben, wie ich bin«, singt Kim neckisch vor sich hin und gießt unsere Gläser mit Wasser voll.

»Auf das Leben!«

»Auf das Leben!«

Wir stoßen an und lachen.

Am Nachmittag setze ich wieder meine imaginären Tonkrüge auf den Kopf, nehme meine Stöcke und walke nach Schwyz. Mein Muskelkater heute erinnert mich auf Schritt und Tritt an das Motto der Woche: Mehr Bewegung! Aber die Schmerzen lassen nach, je mehr Schweißtropfen mir vom Kopf über den Nacken den Rücken runterlaufen.

Vor dem Altersheim stehe ich einen Moment lang still und versuche, meinen Atem unter Kontrolle zu bekommen. Hoffentlich denkt keiner, ich wolle hier einziehen, so fertig, wie ich bin, und mit meinen Stöcken. Immerhin sind meine Tonkrüge unsichtbar, sonst würde man mich vielleicht sonstwohin einliefern.

Mein Vater ist bester Laune und ziemlich gut drauf. Unruhig läuft er im Zimmer herum.

»Seit wann hast du denn Stöcke?«, fragt er verwundert. Ich erkläre ihm die neue Sportart. Er schüttelt nur den Kopf.

»Wir sind früher einfach in die Berge gegangen. Dazu

brauchten wir nicht immer neue Sportgeräte und Kurse und Schnickschnack.«

Und schon fängt er wieder an, mir Geschichten von seinen Bergtouren zu erzählen. Ich übe mich in Geduld, höre ihm zu und halte seine Hand. Zum hundertsten Mal höre ich seine Story vom schweren Gewitter, das ihn einmal auf der Rigi überrascht hatte. Jedes Mal klingt sie ein wenig anders, aber immer kommt er als mutiger Held daraus hervor. Ich lächle in mich hinein und unterdrücke mein Gähnen.

Ich glaube, er ist bald der Einzige auf der Welt, der noch nicht weiß, dass ich eine Kalorien-Königin bin. Ich komme gar nie dazu, ihm davon zu erzählen. Aber vielleicht werde ich eines Tages froh darüber sein, dass noch nicht alle davon wissen.

Später helfe ich meinem Vater, seine Post durchzusehen, und lese ihm ein paar Briefe vor, die er nicht verstanden hat oder nicht richtig entziffern konnte. Wir füllen gemeinsam ein paar Formulare aus. Ja, in der Schweiz, da hört der Papierkrieg auch im Alter nicht auf. »Von der Wiege bis zur Bahre schreibt der Schweizer Formulare.« Der Satz bekommt erst jetzt für mich seine wahre Bedeutung.

Später walke ich über den Friedhof, an Theas Grab vorbei, wieder heimwärts. Ob SIE wohl die imaginären Tonkrüge auf meinem Kopf sehen kann?

Am Abend bin ich alleine daheim. Kim begleitet ein paar Studenten bei einem Abschlusskonzert. Schon seit Tagen hatte sie nur noch dafür geübt. »Das Zeug ist verdammt schwer. Ich darf doch meine Geiger nicht reinreiten. Im Gegenteil: ICH muss sicher sein wie ein Fels«, lautete ihre Begründung.

Ich beantworte E-Mails und Briefe. Eine Dolores aus Winterthur hat mir einen Ausschnitt aus einer Zeitschrift geschickt. Darin beschreibt ein Schauspieler namens Jared Leto, dass er ein Geheimrezept zum Abnehmen habe: Wasser mit Zitronensaft und Cayennepfeffer. Es schüttelt mich schon beim Gedanken daran. Vielleicht hat er es als Brechmittel verwendet? Ich könnte mir das höchstens als Einlauf vorstellen.

Eine Frau hat mir eine Packung Kohleablettten geschickt. Aber solche Geschenke werfe ich unbesehen weg. Ich esse keine Sachen, die mir Fremde zuschicken. Eine Ausnahme würde ich vielleicht machen, wenn ich eine Schwarzwälder Torte bekäme. Aber auf so eine feine Idee kommt natürlich keiner.

Ich zappe durch sämtliche Fernsehsender, blättere alle Zeitungen durch. Aber heute ist nicht mein Abend. Ich fühle mich alleine. Meine Laune ist mies, meine Stimmung auf dem Tiefpunkt. Dazu habe ich Hunger. Ich würde mir gerne eine große Dose Ravioli einverleiben, großzügig mit Käse bestreut, und dazu ein frisches, knuspriges Weißbrot essen. Nach dem vierten Glas Wasser verfluche ich sämtliche Theorien, die behaupten, Wasser könne den Appetit bremsen. Von wegen! Ein Vanillepudding mit Sahne, das wäre lecker. Eine Bärlauchbratwurst mit Pommes könnte mich auch aufmuntern.

Was gäbe ich für ein Salamibrot!

Für ein Kartoffelgratin!

Für heiße Himbeeren mit Vanilleeis!

Für eine Tüte Chips und eine Cola!

Leider habe ich meine Punkte für heute schon verbraucht, weil ich zum Frühstück hemmungslos Butter und Nutella aufs Brot gestrichen habe. Verzweifelt knabbere ich auf einer Mohrrübe herum und bin sauer auf die ganze Welt, das Leben, auf mich …

Am Sonntagmorgen gehe ich wieder mit meinen Wasserkrügen walken. Ich kann sowieso nicht schlafen. Ich lasse Carlos Santana mit seiner Zaubergitarre über meinen MP3-Player in meine Ohren hineindudeln und ziehe mit großen, zügigen Schritten davon. Dazu denke ich magische Worte:

»Mehr Bewegung! Noch mehr Bewegung! Schlank und reich und schön!«

Ich wohne in einer wunderschönen Umgebung, in einer richtigen Postkartenidylle, ohne Frage. Ich atme tief durch, und meine Lungen jubilieren.

Das positive Gefühl begleitet mich den ganzen Sonntag über. Vielleicht ist Sport wirklich eine feine Sache, auch für die Psyche?

Am Montag erscheint die Kolumne über meine ersten Sporterfahrungen. Sie ist mir gut gelungen. Kim und ich sitzen am Frühstückstisch und blättern im Heft, als gerade Laura heimkommt.

»Komm, setz dich zu uns! Erzähl uns was Schönes!«

Laura sieht zufrieden, aber auch ziemlich mitgenommen aus.

»Es war anstrengend. Aber es hat mir gut gefallen. Ich habe noch nie im Leben so viele Friseure auf einem Haufen gesehen. Wir hatten interessante Fachgespräche. Ich habe viel gelernt. Frankfurt ist zwar eine hässliche Stadt, aber wen störte das? Einmal haben wir sogar ein afrikanisches Restaurant besucht.«

Kim und ich schauen uns an und verdrehen die Augen.

»Ja, es hieß ›Horn of Africa‹. Man tischte uns eine große Platte mit diversen würzigen Gerichten auf. Man aß mit den Händen. Wir haben so viel gelacht.«

»Ihr seid doch wirklich gestört: Ihr fahrt nach Frankfurt, um afrikanisch zu essen?«, lacht Kim, eigentlich nicht wirklich verwundert.

Mir läuft schon das Wasser im Mund zusammen. Dabei habe ich Vollkornbrot, Lightkäse und Tomatenscheiben auf meinem Teller. Es sind glückliche Tomaten, die ich esse, solche, die in ihrem Leben schon mal die echte Sonne gesehen haben, und sie schmecken auch so.

»Ja, wir aßen auch Frankfurter Würstchen, wenn euch das beruhigt«, verteidigt sich Laura.

Frankfurter Würstchen!

»Und wir testeten neue Haarpflegeprodukte, studierten neue Schnitttechniken. Es gab Frisurenshows, und wir wurden rund um die Uhr verwöhnt.«

Ricardo habe einen Vertrag für eine neue Produktlinie abgeschlossen.

»Wir werden schon morgen damit beliefert und können sofort anfangen, damit zu arbeiten. Ich glaube, es sind ganz hochwertige Produkte, und wir konnten einen Superdeal aushandeln.«

Laura fragt unsere Pianistin:

»Wie war denn dein Konzert gestern Abend?«

Stimmt. Normalerweise würde Kim doch davon erzählen, ohne unsere Nachfrage.

Sie schüttelt den Kopf, legt ihr angebissenes Salamibrot auf den Teller und wird ernst.

»Es ging recht gut. War ja auch nicht ›mein‹ Konzert. Den letzten Geiger habe ich allerdings beinahe aus dem Konzept gebracht, weil ich viel zu schnell angefangen hatte. Seine Blicke töteten mich fast. Am Ende hatte ich Angst, er könnte mir seine Geige über den Schädel hauen oder mir seinen Geigenbogen ins Nasenloch bohren. Aber er erhielt von den Experten eine so gute Bewertung, dass er meinen Fehler völlig vergaß.«

Sie selber könne das aber nicht vergessen, denn das sei sehr unprofessionell gewesen.

»Ich langweilte mich und war dann wohl mal einen Moment lang unkonzentriert.«

Jetzt gehe sie ein wenig schlafen. Immerhin habe sie heute schon 50 Zeitungen in 50 Briefkästen gesteckt.

Laura und ich schauen uns betreten an. Wir hätten wohl besser nicht gefragt.

»Ich habe auch Sorgen«, sagt Laura leise und rührt zum hundertsten Mal in ihrer Kaffeetasse.

»Liebeskummer?«, frage ich.

»Nein.« Laura krempelt die Ärmel ihres Jeanshemdes nach hinten und zeigt mir ihre Unterarme. Ein feiner, kaum sichtbarer Ausschlag breitet sich darauf aus. Eine leichte Schwellung und rote Punkte.

»Auch meine Hände jucken seit ein paar Tagen.«

Sie sind tatsächlich etwas gerötet.

»Weißt du, was das heißt? Das könnte mein Todesurteil sein! Friseusen mit Allergien sind geliefert. Aus. Fertig.«

»Was meint denn dein Ricardo dazu?«

Laura schweigt betreten. Dann gesteht sie:

»Ich habe es ihm gar nicht gesagt. Ich gehe heute zum Hautarzt. Zu einem sehr guten. Dafür fahre ich bis nach Basel. Ich hoffe, er kann mir helfen.«

»Meine Güte. Warum kannst du mit Ricardo nicht darüber reden? Er ist doch ein Fachmann. Er hat das sicher schon oft erlebt bei seinen Angestellten und wüsste vielleicht Rat. Außerdem liebt ihr euch. Wenn ihr jetzt schon nicht miteinander reden könnt, wie soll denn das mit euch weitergehen?«

Ich bin wirklich schockiert.

»Ricardo redet ständig davon, wie großartig es sei, dass wir zusammen arbeiten können. Uns werde die Welt der Haare zu Füßen liegen, wenn wir beide gemeinsam am weiteren Ausbau der Salonkette arbeiten können. Er redete an diesem Wochenende erstmals von heiraten, und das nach so kurzer Zeit. Er möchte mir die Geschäftsleitung der neuen Salons übertragen. Wir waren voller Pläne und Träume. Es könnte alles so wunderbar sein.« Laura weint. Ich nehme sie in die Arme und spüre ihre Verzweiflung. Sie tut mir leid, aber kann ich ihr helfen? Wie würde ich mich fühlen, wenn ich Probleme in den Fingern hätte, Gicht beispielsweise, und nicht mehr tippen könnte? Oder Augenprobleme, die mir Lesen und Schreiben gleichzeitig verunmöglichen würden? Wie verzweifelt wäre Kim, wenn sie nicht mehr Klavier spielen könnte?

»Aber das kann doch auch eine harmlose Allergie auf ein Wasch- oder Lebensmittel sein«, versuche ich zu beruhigen.

»Ja, das hoffe ich auch. Und ich bete darum, dass unsere neue Produktlinie für mich die Rettung ist.«

Sie schnäuzt sich und nimmt einen Schluck Kaffee.

»Was soll ich tun, wenn ich nicht mehr in meinem Beruf arbeiten kann?«, fragt sie mich, und in ihren Augen lese ich so viel Angst und Verzweiflung. Leider kenne ich selber drei Frauen, denen es so ergangen ist. Eine davon konnte nicht einmal mehr nasse Haare anfassen, ohne allergisch zu reagieren. Da ging es überhaupt nicht mehr um spezielle Pflegeprodukte.

»Soll ich dich nach Basel fahren?«, frage ich sie.

»Nein. Ich nehme den Zug und werde dann dort bei einer Kollegin übernachten. Ich muss erst wieder am

Dienstagmittag arbeiten. Aber ich danke dir für das Angebot. Es ist schön, dass ich mit dir reden kann, immer und über alles.«

Sie umarmt mich und gibt mir einen Kuss auf die Nasenspitze. Dann geht sie unter die Dusche und lässt mich nachdenklich am Küchentisch zurück.

Ich gieße mir noch eine Tasse Kaffee ein, drehe das Radio etwas lauter, öffne die Fenster. Langsam kaue ich auf meinem Tomaten-Käse-Brot herum und schaue aus dem Fenster. Der weiße Holunder blüht und duftet. Daneben stehen violette Stängelblumen, die wie kostbare Orchideen aussehen. Und die vielen weißen Glöckchen! Ich staune immer wieder voller Dankbarkeit, wie viel mir mein Garten schenkt, obwohl ich nichts für ihn tue, als ihn zu bewundern und ihn manchmal zu gießen. Auch Nachtkerzen blühen im Garten. Sie sind meine absoluten Lieblingsblumen, und ich habe massenhaft davon. Fast zwei Meter hoch werden sie, und ihre gelben Blüten faszinieren mich: Bei schlechtem Wetter oder in der Nacht, da schließen sie sich völlig. Und morgens, bei den ersten Sonnenstrahlen, da öffnen sie sich und leuchten mich an.

Im Moment würde ich mich auch am liebsten schließen, um die negativen Schwingungen in meinem Haus nicht an mich heranzulassen.

Früher hätte ich mir jetzt zur Aufheiterung im Café Haug ein Stück Sahnetorte gegönnt, und dabei hätte ich ein paar bunte Illustrierte durchgeblättert. Zu lesen, wie es »bei Königs« so zu- und hergeht, das hat etwas sehr Entspannendes. Heute aber, wo ich doch ein total anderer Mensch geworden bin oder dabei bin, anders zu werden, hole ich meine Stöcke und meine Töpfe und walke los. Es ist wahr: Man kann seinen Frust mit Sport loswerden. Jedenfalls für einen kleinen Moment. Ich mache nur eine kleine Runde ums Wintersried herum. Das Wetter scheint mir doch recht unsicher zu sein. Aber ich setze mich anschließend mit wesentlich besserer Laune an den Computer.

Ich rufe meine E-Mails ab. Unsere Lokalzeitung, die Neue Brunner Zeitung, ein Arbeitgeber, den ich eigentlich nicht völlig vernachlässigen sollte, bittet mich, am Wochenende in Schwyz einen Multikultimarkt zu besuchen.

»Du kannst ja mit dem Fahrrad hinfahren, dann hast du auch gleich etwas für deine Fitness getan«, schreibt Hubert, der Chefredakteur, leicht spöttisch.

Multikulti?

Das ist doch mehr Lauras Fachgebiet?

Aber ich sage zu.

Dann eine E-Mail von meinem Chef Elmar Grün.

»Bitte bestätigen Sie mir umgehend folgenden Termin: Das Lokalfernsehen möchte bei Ihnen vorbeikommen. Homestory. Freitag, 14.00 Uhr. Dies ist ein wirklich wichtiger Termin. Wir werden Ihnen diesen Einsatz sehr gut honorieren.«

Reich und schlank.

Schlank und reich.

Nachdenklich schaue ich mich in meinem Zimmerchen um. Nun weiß ich, was ich heute zu tun habe: aufräumen, umräumen, putzen. Auch eine Art Fitnessprogramm.

Und was ziehe ich an? Muss ich mich schminken?

Ich rufe Elmar an. Hätte ich sowieso längst wieder einmal tun sollen.

»Hallo Königin, hier ist der König.«

Ha, ha. Ich lache später.

»Ja, ich mache natürlich den Fernsehtermin«, erkläre ich. »Dabei weiß ich überhaupt nicht, was ich groß erzählen soll. Ich habe ja erst so wenig abgenommen. Im Fernsehen werden oft Frauen gezeigt, die über 50 Kilo abgenommen habe. Dagegen ist meine Leistung wirklich lächerlich.«

Davon will Elmar nichts wissen.

»Das gefällt den Zuschauern, Sie werden sehen. Nicht eine überdurchschnittliche, unnachahmbare Superleistung, sondern eine Frau, die erzählt, wie es wirklich ist, wenn man abnehmen will.«

»Eine Frau, die gerade mal zwei Kilo abgenommen hat!«

Elmar meint, das sei völlig unwesentlich.

»Es ist die Art, wie Sie mit dem Thema umgehen, die so besonders ist. Die Art, wie Sie darüber schreiben können: witzig und unterhaltsam, aber ohne jemanden zu verletzen, weil Sie ja mitten drin sind im Thema.«

Aha.

»Wenn Sie dann wirklich richtig viel abgenommen haben, wird das Lokalfernsehen noch einmal vorbeikommen. Und dann wird man die beiden Aufzeichnungen im Vergleich senden. Das wird eine sehr spannende Sache.«

WENN!

»Wenn Sie fünf Kilo abgenommen haben, dann verspreche ich Ihnen eine Überraschung.«

Ich lache laut. Eine Überraschung?

»Eine Schwarzwälder Torte? Ein Käsefondue à discretion?«

Elmar lacht auch.

»Ich verrate nichts. Und, Lucy: Ich freue mich, dass Sie für uns arbeiten. Ich lese jeden Text gerne, den Sie für uns schreiben.«

Das geht runter wie Honig, hat aber weniger Kalorien.

Doch, das freut mich. Ich bin sogar ein wenig gerührt.

»Lucy, wenn Sie möchten, dann kann ich Ihnen eine Stunde vor dem Fernsehtermin eine unserer Stylistinnen vorbeischicken. Sie sorgt für ein dezentes Make-up, schaut sich mal die Haare an, hilft bei der Garderobe. Was meinen Sie?«

Jawohl! Super!

Eine Sorge weniger.

Elmar scheint bei dem Frauenmagazin schon viel über Frauen gelernt zu haben.

In dieser Woche brauche ich keine Stöcke und Töpfe mehr. Ich verwandle mich in einen Putzteufel und bin ganz schön in Bewegung.

Am Mittwoch hole ich ein paar alte leere Koffer aus dem Keller und verwirkliche einen alten Vorsatz: Ich entrümple meinen Kleiderschrank. Kleider, die ich schon mehr als ein Jahr nicht mehr getragen habe, kommen in den Koffer. Und davon gibt es viele.

Hei, was ist denn das?

Ein kleines Beutelchen aus blauem Samt liegt in einem Seitenfach eines alten Koffers. Es muss von Tante Thea sein. Ich werde ganz aufgeregt.

Was könnte das sein?

Vielleicht ein paar vergessene Edelsteine?

Ein paar kostbare Münzen?

Familienschmuck?

Fast traue ich mich nicht, den Beutel zu öffnen. Thea würde ihre wahre Freude an meiner Neugierde und Aufregung haben. Theas kleine Wundertüte.

Mit Herzklopfen öffne ich das Beutelchen und finde darin drei Püppchen. Sie sind ganz einfach von Hand gearbeitet, mit Stoff, Schnur und ein paar Glasperlen. Ratlos drehe und wende ich die geheimnisvollen Figuren.

»Hallo«, begrüße ich vorsichtig die seltsamen Kofferwesen. Dann setze ich sie auf meinen Nachttisch und betrachte sie nachdenklich.

Schließlich arbeite ich aber weiter und vergesse die Kreaturen vorläufig. Es gibt zu viel zu tun.

Am Donnerstag sieht mein Zimmer schon richtig gemütlich aus. Die ganze Wohnung ist sauber und aufgeräumt. Bei den SN in Luzern kann ich nun 3,2 Kilo Gewichtsverlust feiern. Wenn ich beobachte, wie viele Teilnehmer immer wieder zunehmen, dann ist mein Erfolg doch etwas wert. Im Treffen referiert diesmal eine Modeexpertin. Sie gibt uns Tipps und nennt Tricks, wie man sich am besten kleidet, wenn man dick ist. Am Ende verkauft sie sogar Kleider. Die Teilnehmer sind fast aus dem Häuschen. Aber ich werde mich hüten, jetzt neue Klamotten zu kaufen. Darüber können wir reden, wenn ich mehr abgenommen habe, wenn ich schlank bin.

Am Abend beschließe ich, früh zu schlafen, weil ich ja im Fernsehen gut aussehen will. Ich sage meinen Thea-Püppchen »Gute Nacht« und lösche das Licht, als jemand an meine Zimmertür klopft.

Laura.

»Komm rein«, rufe ich. Sie kommt rein und legt sich zu mir aufs Bett. Ich gebe ihr ein wenig von meiner Bettdecke ab.

»Es wird besser«, sagt Laura, und ich weiß, wovon sie spricht. »Die Kortisonsalbe wirkt. Man sieht die Allergie kaum noch. Ich habe in den letzten Tagen eine meiner Lehrtöchter ziemlich hart rangenommen. Sie hat für mich ständig Haare gewaschen und mir alle leichten, nassen Arbeiten abgenommen. Sie hasst mich wahrscheinlich, weil sie nicht weiß, warum sie all das für mich tun musste.«

»Ich verstehe einfach nicht, warum ihr nicht darüber reden könnt. Dann würde dich das nicht dermaßen belasten. Du hast ja nicht Syphilis, sondern eine Berufskrankheit, die jeden deiner Kollegen treffen könnte.«

»Das verstehst du nicht«, meint Laura nur.

Genau. So ist es.

»Und wie läuft es mit Ricardo?«

Laura strahlt. »Er ist lieb. Wir verstehen uns blind. Wir sind uns so nahe.«

Wie kann sie das sagen, wo sie ihm doch ihre größten Ängste verheimlichen muss? Ich halte meinen Mund.

»Er ist so unglaublich ehrgeizig. Manchmal verstehe ich das nicht. Er hat doch schon fünf Geschäfte. Und er will noch in diesem Jahr zwei weitere eröffnen. Ich frage mich, ob er sich auch mal zurücklehnen und seinen Erfolg wirklich genießen kann.«

Aber sie haben immerhin schon gemeinsame Ferien in Kenia geplant.

»Wir werden in den luxuriösesten Safaricamps absteigen. Ich freue mich riesig, dass er sich auch so für Kenia begeistert.«

Viel Kohle. Viel Keniabegeisterung. Friede, Freude, Eierkuchen.

Werde ich meine Freundin wohl bald als Mitbewohnerin verlieren? Ich kann es mir fast nicht vorstellen, das Leben ohne sie. Vielleicht sollte ich mich langsam darauf vorbereiten?

Laura schläft einfach neben mir ein. Die Decke hat sie ganz über sich gezogen, und mir bleibt nur, mich ganz nahe an sie zu drücken, um nicht zu frieren und nicht aus dem

Bett zu fallen. Trotzdem verbringen wir eine ganz angenehme Nacht.

Beim Frühstück auf dem Balkon sind wir alle furchtbar nervös, kichern und albern herum.

»Sollen wir besser beide verschwinden, wenn deine Fernsehleute kommen?«, will Kim wissen.

Laura meint: »Ich muss sowieso arbeiten. Sonst würde ich mich bestimmt nicht aus dem Haus werfen lassen, wenn es endlich mal spannend wird.«

»Nein, bleib bitte da, wenn du kannst. Ich bin froh, wenn ich denen nicht ganz alleine ausgeliefert bin«, sage ich zu Kim, die mir dann verspricht, auf mich aufzupassen. Laura geht zur Arbeit, und Kim kriecht noch einmal ins Bett. Nach ihrem Zeitungsausträgerjob hat sie ein wenig Schlafbedarf. Ich bleibe auf dem Balkon sitzen und trinke noch einen Milchkaffee. Die Amseln singen in meiner Birke. Erste Rosenbüsche blühen am Gartenzaun. Eine weiße Katze, die es immer wieder schafft, unseren Balkon zu erklimmen, streicht mir um die Beine und schnurrt. Ich streichle ihr Fell und hole mir so auch gleich ein paar Streicheleinheiten.

Um dreizehn Uhr klingelt Yvonne, die Stylistin, die ich schon von meinem Fototermin in Zürich kenne. Yvonne hat einen Koffer dabei. Sie mustert mich von oben bis unten und kommt dann gleich zur Sache. Sie bittet mich, das schwarze Kleid anzuziehen, das sie damals für mich ausgewählt hat. Tatsächlich passt es jetzt schon ein wenig besser und sitzt nicht mehr so straff um meine Hüften. Ich freue mich sehr. Yvonne sieht das natürlich nicht. Sie selber ist ein dürres Klappergestell. Ihr muss ich vorkommen wie ein überdimensionaler Fleischberg. Aber sie gibt sich Mühe mit meinen Haaren, meinem Make-up, ohne zu übertreiben. Sie hat sogar Modeschmuck dabei. Nur dreißig Minuten braucht sie, um mir das nötige Selbstwertgefühl zu geben, den Fernsehleuten gegenüberzutreten. Sie muss dann auch gleich wieder weiter und verabschiedet sich kühl.

Kim stand die ganze Zeit beobachtend im Hintergrund. Jetzt pfeift sie anerkennend und sagt:

»Von der Tante kann man tatsächlich noch einiges lernen. Sie ist zwar kalt wie eine Hundeschnauze, aber sie hat was drauf.«

Viel Zeit habe ich gar nicht, mich im Spiegel zu bewundern. Die Fernsehleute kommen. Ich bin verblüfft, als ich sie in der Tür stehen sehe: zwei junge Frauen, die wohl meine Töchter sein könnten. Diese wissen aber genau, was sie wollen. Eine Aufnahme soll in der Küche gemacht werden und eine in meinem Arbeitszimmer. In der Küche soll ich meine Berge von Fanpost präsentieren. Die beiden Frauen sind zuckersüß, bis die Kamera läuft.

Die Blonde mit dem Mikrofon erschlägt mich schon mit ihrer ersten Frage:

»Lucy Janser, Sie sind innerhalb kurzer Zeit als Kalorien-Königin bekannt geworden. Finden Sie, dass Sie diesen Titel zu Recht tragen, wo Sie doch erst 3,2 Kilogramm abgenommen haben?«

Meint diese junge Frau wirklich, sie könne mich einschüchtern? Nein, da spiele ich nicht mit. Ich schlucke mal kurz und antworte:

»Ich habe mir diesen Titel nicht selber gegeben. Ich wollte noch nie eine Königin sein.«

»Wie erklären Sie sich das große Echo auf Ihre Kolumnen? Wieso schreiben Ihnen so viele Menschen?«

»Ich glaube, heute quälen sich unglaublich viele Menschen mit irgendwelchen Diäten herum. Als Vorbilder haben sie nur diese superdürren Models. Vielleicht fühlen sie sich von mir verstanden. Sie haben eine Leidensgenossin gefunden.«

Ob ich ihr mal Einblick in meinen Kühlschrank geben würde, fragt sie nun.

Was?

Augen zu und durch. Ich öffne den Kühlschrank, und dieser ist prall gefüllt. Natürlich erkläre ich, dass mir inzwischen nur noch ein Fach gehört und dass ich mit zwei Freundinnen in einer Wohngemeinschaft lebe. Gerne präsentiere ich meine große Auswahl an Obst und Gemüse. Ich erzähle, was ich esse, wie ich die Punkte berechne, und von meinem neuen Sport, dem Nordic Walking.

»Glauben Sie denn nicht, dass Sie mit Ihrer Kolumne dazu beitragen, den Schlankheitswahn aufrechtzuerhalten?«

Alle meine inneren Alarmglocken klingeln. Vielleicht hat sie sogar ein bisschen recht. Was soll ich hier antworten?

»Ich denke, zu viel Übergewicht ist ungesund und macht oft einsam und unzufrieden. Aber ich glaube nicht daran, dass jeder eine Idealfigur haben muss. Ich selber werde das wahrscheinlich auch nicht schaffen.«

In meinem Zimmer soll ich mich an den Computer setzen und die E-Mails abrufen. Tatsächlich sind gerade wieder fünfzehn Stück gekommen.

»Glauben Sie, dass Sie kompetent genug sind, diese E-Mails zu beantworten? Sind Sie eine Art Briefkastentante geworden?«

Langsam werde ich ein wenig sauer.

»Ich bin keine Königin und keine Tante. Die meisten meiner Leser wollen gar keine Tipps von mir, sondern geben mir ihre eigenen Ratschläge. Oft berichten sie mir ihre Erfahrungen und Erlebnisse, ihre Sicht der Dinge.«

Als Beispiel erwähne ich die Frau, die in den Ferien für Dicke einen dicken Mann gefunden hat und nun glücklich ist, ohne ein Kilo abgenommen zu haben.

»Manchmal versuche ich auch, den Lesern Mut zu machen, den Kampf gegen die Pfunde nicht aufzugeben.«

Mir sei voll und ganz bewusst, dass ich weder Ernährungsberaterin noch Psychotherapeutin sei, betone ich dann noch einmal zur Sicherheit.

Ich bin unglaublich erleichtert, als die beiden Fernsehfrauen wieder gehen. In mir bleibt ein eigenartiges, ungutes Gefühl zurück. Selbst Kim, die immer nur ganz diskret im Hintergrund geblieben war, schaut ganz betreten drein.

»Es ist ja nur der Sender ›Vierwaldstättersee-TV‹«, versucht sie mich zu beruhigen. »Den schauen wir doch eigentlich nie. Ich glaube nicht, dass der hohe Einschaltquoten hat.«

»Und trotzdem: Wenn die TV-Leute mir so feindlich gesinnt sind, wie es sich anfühlte, warum kommen sie dann überhaupt zu mir? Ich habe sie doch nicht eingeladen.«

Kim muss zu ihren Schülern.

Ich sitze alleine mit meinen Gedanken auf dem Balkon.

Was war das?

Und was mache ich eigentlich?

Was passiert mit mir?

Will ich das überhaupt?

Ich glaube, ich muss mehr auf mich aufpassen. Ich habe früher auch ohne das Geld von FRAUEN POWER gelebt. Ich MUSS nicht alles machen, was die von mir wollen.

Abends sitzen Laura, Kim und ich in unserem Wohnzimmer vor dem Fernseher. Wir sind alle gespannt und aufgeregt. Um 21 Uhr fängt die Sendung »fit und gesund« an. Ich halte buchstäblich den Atem an, als mein Gesicht auf dem Bildschirm erscheint. Die Reportage dauert gerade mal ein paar wenige Minuten. Man hat im Gespräch herumgeschnitten, sodass alles etwas anders rüberkommt, als es wirklich war. Aber ich kann damit leben. Wirklich ärgern tut mich nur das Schlussbild, wo ich die Kühlschranktür öffne und die Fülle an Lebensmitteln präsentiere. Meine Worte über meine Mitbewohnerinnen hat man rausgeschnitten. Dafür sage ich gerade in diesem Moment, dass ich nicht daran glaube, dass jeder eine Idealfigur haben müsse und dass ich es selber wohl auch nicht schaffen würde. Dazu kommentiert die Präsentatorin im Übergang cool, dass sie das bei diesem vollen Kühlschrank auch nicht glaube. Und dann geht die Sendung weiter mit einem Musiker, der jetzt nach Amerika auswandern wird.

Ich würde auch am liebsten auswandern.

»Und diese dämliche Sendung wird nun auf diesem Langweilesender bis morgen alle vier Stunden aus gestrahlt«, empört sich Laura.

»Wieso waren die bloß so negativ?«, wundert sich Kim und schüttelt den Kopf.

Ich sitze still da und warte, bis ich den ersten Schrecken verdaut habe. Das Telefon klingelt mich aus meiner Erstarrung heraus.

Es ist Elmar Grün.

»Gut gemacht fürs erste Mal, Lucy. Vielen Dank«, meint dieser begeistert.

»Schicken Sie mich nie wieder vor eine Fernsehkamera!«, fauche ich ihn an.

Er lacht. »Es ist nicht einfach, ich weiß. Aber glauben Sie mir, das war okay. Wir werden Sie gut honorieren.«

Bevor ich ihm sage, dass er sich sein Honorar sonst wo hinstecken könne, lege ich einfach den Hörer auf.

Das Telefon klingelt gleich wieder.

»Ja?«, frage ich unfreundlich.

»Kannst du mir bitte erklären, was du gerade im Fernsehen gemacht hast?«, fragt mein Vater vorwurfsvoll. »Die waren ja sogar bei dir zu Hause.«

Er sagt das in einem Ton, als hätte ich in einem Pornofilm mitgespielt.

»Du, ich erklär dir das alles ganz genau. Aber nicht jetzt. Schlaf gut. Ich lege jetzt auf.«

Wer hätte gedacht, dass gerade ER sich diesen müden Sender reinzieht? Nun, vielleicht ist er auch zufällig über seine Fernbedienung gestolpert. Und wann hat er mich zum letzten Mal angerufen? Ich kann mich gar nicht daran erinnern.

Ich lasse mich aufs Sofa fallen und heule.

Kim entkorkt eine Flasche Rotwein und füllt drei Gläser.

»Heute trinken wir, Punkte hin oder her«, meint sie. »Heute geht das unter Notfallmedizin.«

Recht hat sie.

Wir sitzen noch eine ganze Weile beisammen. Draußen geht ein heftiges Gewitter nieder.

»Hoffentlich fällt der Strom im ganzen Dorf aus«, wünsche ich böse. Aber so schlimm kommt es dann halt doch nicht.

Der Alkohol macht mich wunderbar schwer, und irgendwie wird mir bald alles völlig gleichgültig.

»Es gibt Leute, die würden sich ihren Fuß abhacken für einen Fernsehauftritt«, sage ich schließlich. »Also, was soll's.«

Und ich gehe auf wackeligen Beinen in mein Zimmer.

Die Strafe kommt am Morgen danach: Kopfschmerzen! Ich bin richtig froh, dass ich einen Job habe und für die Neue Brunner Zeitung den Markt in Schwyz besuchen muss. Man kann sich doch nicht immer mit Pfunden beschäftigen, den eigenen und fremden.

Ich marschiere in flottem Tempo nach Schwyz. Die frische Luft tut mir gut.

Der Hauptplatz hat sich verwandelt: er lebt, pulsiert, ist bunt und riecht. Der Multikultimarkt ist riesig. Die Italiener verkaufen Penne aus riesigen Pfannen. Die Chinesen sind mit Frühlingsrollen da. Drei Inder preisen Tücher in allen Farben und teuren Silberschmuck an. Ein paar Afrikaner haben Holzfiguren im Angebot. An einem Stand sind CDs aus der ganzen Welt zu haben. Die Leute sitzen auf der Kirchentreppe und essen, trinken oder unterhalten sich.

Begeistert mache ich mir Notizen und versuche, ein paar gute Fotos zu schießen.

Und plötzlich bleibe ich vor einem Stand stehen, wie vom Donner gerührt: da liegen Theas Püppchen!!! Ganz vorsichtig nehme ich eines in die Finger. Schon steht der Verkäufer neben mir.

»Das sind Sorgenpüppchen aus Bolivien«, erklärt er. »Man holt sie abends aus dem Stoffsack heraus und erzählt ihnen seine Sorgen. Dann steckt man die Püppchen wieder in den Sack und legt diesen unters Kopfkissen. Am Morgen sind nur noch die Püppchen drin.« Ich höre ihm fasziniert zu.

Sorgenpüppchen!

Und ich habe drei Stück davon!

Der Verkäufer spürt mein Interesse und zeigt mir ein Paket: »Dies sind tibetische Gebetsfahnen. Wir nennen sie auch Windreiter. Sie können Ihre Sorgen den Fahnen anvertrauen, und diese übergeben sie dann dem Wind.«

Was soll ich mit Fahnen?

Ich habe doch Sorgenpüppchen!

»Entschuldigung, aber sind Sie nicht die Kalorien-Königin?«

Ich nicke nur und mustere ihn unauffällig-argwöhnisch mit einem Auge. Hat er wohl diese bescheuerte Fernsehsendung gesehen, oder liest er tatsächlich Frauenzeitschriften?

Er wühlt in einer Schachtel und hält mir einen Stein hin.

»Ich schenke Ihnen diesen Stein. Tragen Sie ihn herzseitig im BH. Er wird Ihnen beim Abnehmen helfen, glauben Sie mir.«

Ich lache, nehme ihn aber dankend an.

»Zuerst werde ich damit ja wohl schwerer werden«, spotte ich. Der Stein fühlt sich gut an in meiner Hand. Er ist weiß, mit einer zarten grauen Maserung.

»Das ist ein Howlith. Er hilft beim Abbau von Fettablagerungen und wirkt entgiftend, gibt aber auch Standfestigkeit.«

Schnell fasse ich unter mein T-Shirt und lasse den Stein in meinem BH verschwinden, herzseitig, versteht sich. Ich gebe dem jungen Mann die Hand und bedanke mich. Er hat noch sehr viele exotische und unerklärliche Artikel in seinem Angebot. Aber ich will jetzt weiter.

Eine Frau mit Kopftuch verkauft Seifen, die sie selber hergestellt hat. Eine Schwyzerin, die ich kenne, präsentiert Teekräuter aus dem eigenen Garten. Ein Mann bietet Schuhsohlen an, die nach Zimt riechen. Daneben steht der Grieche mit einer Knoblauchsauce.

Auf einer kleinen Bühne tanzt gerade eine kroatische Kindergruppe.

Hier gefällt es mir. Der Markt geht weit in die Herrengasse hinein. Auf dem Hofmattplatz haben die Ungarn ein Festzelt. Aber da gehe ich lieber nicht hin. Gulasch, dem könnte ich jetzt nicht widerstehen.

Lieber spaziere ich langsam heimwärts und haue dort meine Eindrücke in die Tasten. Es tut gut, mal wieder über etwas anderes zu schreiben als über Kilos und Kalorien.

Die Geschichte vom Stein im BH und den Sorgenpüppchen, die hebe ich mir für eine Kolumne auf.

Ja, die Sorgenpüppchen. Ich betrachte sie nun mit viel mehr Interesse und Respekt.

»Euch brauche ich bestimmt noch«, sage ich zu ihnen, blase ihnen den Staub von den Köpfen und setze sie wieder auf meinen Nachttisch. Immer wenn ich sie sehe, weiß ich nun, dass mir nicht mehr viel passieren kann.

Der Sonntag ist sonnig und warm. Laura und Kim haben heute auch keine Termine. Wir fahren gemeinsam mit Seilbahn und Sessellift auf den Fronalpstock und sind übermütig wie auf einer Schulreise. Dort oben sitzen wir im Gipfelrestaurant auf 1900 Meter Höhe und lassen uns die Sonne auf die Köpfe scheinen. Die Aussicht ist berauschend. Wir können uns gar nicht sattsehen:

Der Seelisberg!

Die Mythen!

Der Vierwaldstätter See!

Auch die Luft ist wohltuend frisch.

Wir reden wenig, sitzen einfach nur da. Irgendwann beginnt eine Ländlerkapelle zu spielen. Zwei Schwyzerörgeli und ein Kontrabass.

»Der Bass hat sich wohl unterwegs verstimmt, und keiner weiß jetzt, an welchem Wirbel man drehen muss, um ihn zu stimmen«, meint Kim nach einer Weile bissig. Mag sein, dass der Bassist einfach nur falsch spielt, aber heute ist mir das egal.

»Spielen die eigentlich immer dasselbe Lied, oder klingen diese Stücke einfach alle gleich?«, fragt sich unsere Pianistin nach einer weiteren Viertelstunde. Wir beschließen zu gehen. Nach oben hatten wir ja den Sessellift genommen. Runter gehen wir zu Fuß. Unsere Knie leiden ein wenig, aber wir lachen viel auf unserer Wanderung, und Kim singt.

Der Tag war wunderschön.

In der nächsten Woche sieht es jeden Tag mehr danach aus, als müsste Elmar Grün bald seine Überraschung springen lassen. Die Pfunde scheinen immer schneller zu purzeln.

»Ich glaube, ich habe jetzt fünf Kilo abgenommen«, verrate ich Laura beim Donnerstagsfrühstück. Damit nichts mehr schiefgeht, esse ich nur einen Apfel. »Elmar Grün hat mir eine Überraschung versprochen.«

»Versprich dir nicht zu viel. Vielleicht ein neuer Fernsehtermin. Oder eine eigene Fernsehshow. Da gab es doch so eine prominente Amerikanerin, die über ihr Abnehmen eine tägliche TV-Show machte.«

Mich schüttelt es schon beim Gedanken daran.

»Mir wird das langsam alles zu viel, das ganze Diättheater. Ich werde es nach drei Monaten auf jeden Fall beenden. Es ist mir alles zu persönlich. Ich möchte mal wieder einfach nur schreiben, so wie am Samstag über den Markt. Ich möchte mich wieder um andere Themen kümmern können«, jammere ich bei Laura. Diese hat wenig Mitleid und schaut mich nur streng an.

»Du willst doch nicht etwa aufgeben? Du hast doch bloß Hunger!«

»Nein«, gebe ich böse zurück und beiße demonstrativ laut in meinen knackigen Apfel, »ich mag nur nicht mehr.«

Wenn ein Mitglied bei SN fünf Kilo abgenommen hat, dann gibt es eine kleine Zeremonie. Diese darf ich am heutigen Donnerstagabend tatsächlich für mich in Anspruch nehmen. Gundula macht das ganz feierlich. Ich bekomme einen goldenen Kleber, den ich in mein Mitgliederbüchlein kleben kann. Aber das ist nicht der Punkt. Man bekommt den goldenen Kleber vor allen anderen überreicht, verbunden mit einem stehenden Applaus. Ich habe selber schon so oft applaudiert. Und tatsächlich freue ich mich riesig, dass ICH jetzt da vorne stehe.

Aber dann passiert genau das, was Laura vorausgesagt hat: Elmar Grün hat einen Fotografen geschickt, und der schöne Moment wird auf tausend Bildern für die Zeitschrift FRAUEN POWER verewigt.

DAS soll eine Überraschung sein?

Es machen alle gerne mit, und wir stellen ein paar lustige Gruppenbilder. Es scheinen sich alle darauf zu freuen, auch mal »auf der Seite der Königin« zu erscheinen, wie sie sagen. Nur ich, ich bin frustriert. Hoffentlich sieht man das nicht auf den Fotos. Ich sehe sehr frustriert aus, wenn ich frustriert bin.

Aber ich habe Elmar Grün unterschätzt. Eigentlich hätte ich längst meinen Freundinnen ansehen müssen, dass da noch Geheimnisse im Raum stehen. Aber meine schlechte Stimmung hat mir wohl die Augen verschlossen. Jedenfalls meint Laura am Samstag zu mir: »Heute Abend gehen wir aus. Wir ziehen unsere besten Sachen an. Abfahrt um achtzehn Uhr.«

»Was soll das? Wohin gehen wir? Warum werde ich

nicht gefragt? Ich habe keine Lust, irgendwohin zu gehen. Tut mir leid.«

Laura schaut mich nur eindringlich an und meint:

»Du musst!«

Irgendwas scheint also los zu sein.

Widerwillig steige ich am späten Nachmittag in mein schwarzes Kleid. Unglaublich! Jetzt passt es wirklich gut. Meine Stimmung hebt sich mit einem Schlag. Irgendwie kommt es mir vor, als wären sogar meine Schuhe etwas zu groß. Ich schmiere schmieriges Geschmiere in meine frisch gewaschenen Haare, damit sie nicht mehr sauber aussehen. Und ich male ein wenig unkontrolliert in meinem Gesicht herum. Schminken ist einfach nicht mein Ding. Schade, dass ich nicht wirklich eine Königin bin. Dann hätte ich die Stylingtante immer in Rufweite und müsste nicht selber experimentieren.

Laura und Kim sind schon eine halbe Stunde zu früh fertig und albern in der Küche herum.

Was ist bloß los?

Feiert Laura Verlobung?

Aber als Überraschungsparty? Nein.

Ich werde immer nervöser. Gerne würde ich etwas essen, aber das haben mir meine Freundinnen verboten.

Um achtzehn Uhr fährt vor unserem Haus eine Limousine vor, schwarz, groß und elegant. Sie schafft nur knapp die schmalen Kurven zur Eigenwiesstraße. Am Steuer sitzt ein uniformierter Chauffeur.

Und wer steigt nun aus?

Elmar Grün!

Die Überraschung!

Mein Chef holt uns persönlich ab. Und er hat keinen Tross von Fotografen und Schreibern dabei.

Wie hysterische Teenager rennen wir kichernd und aufgeregt die Treppen runter. Meine Freundinnen laden Sporttaschen in den Kofferraum. Dann steigen wir ein. Keine von uns ist jemals zuvor in einer Stretchlimousine gefahren. Elmar Grün wirkt sichtlich vergnügt. Er schenkt Champagner ein. Ich nippe nur an meinem Glas. Wer weiß, was heute noch so passiert. Und ich habe fast nichts gegessen.

Wir fahren nach Luzern und sind längst per Du, als wir dort ankommen. Den Fahrer haben wir wohl reichlich nervös gemacht, denn wir wollten natürlich alles ausprobieren, was die Limousine hergab. Richtig erleichtert öffnet er uns die Tür und lässt uns aussteigen.

Ein unvergesslicher Abend beginnt. Wir essen in einem luxuriösen Schlosshotel, etwas oberhalb von Luzern, mit bezauberndem Ausblick auf die Stadt. Auf den Tischen brennen Kerzen. Unzählige Kellner schwirren lautlos und aufmerksam um uns herum. Die Küche bietet uns die auserlesensten Köstlichkeiten, ohne Rücksicht auf Kalorien, aber trotzdem nicht fett und schwer. Ein Pianist spielt dezent leicht verdauliche Melodien. Einmal kommt sogar ein Geiger an den Tisch und bohrt irrtümlich seinen Bogen fast in mein Ohr hinein, worauf wir Frauen sicher fünf Minuten lang lachen müssen. (Herzhaft!) Wir amüsieren uns und genießen jede Stunde.

Wir werden wie Promis bedient und verwöhnt.

Ja, ja, das Foto für die Zeitschrift muss dann doch noch gemacht werden. Aber das kann meine Stimmung nicht mehr verderben. Elmar fotografiert selber. Das Personal gruppiert sich um uns herum, sogar der Chefkoch kommt aus der Küche.

»Das Foto wird es zeigen: So speist nur die Kalorien-

Königin mit ihrem Gefolge«, meint Elmar lachend, während er unentwegt knipst.

Wir sind alle fröhlich und ausgelassen. Hoffentlich kann Elmar das mit seiner Kamera einfangen.

Wir werden dann in ein Zimmer geleitet. Allerdings, so erfahre ich, nur zum Umziehen. Badeanzug, Bademantel, Badeschuhe. Dann geht es in den Spa-Bereich. Wir Frauen werden herzlich begrüßt. Eine ganze Mannschaft steht zu unserer Verfügung. Alle Arten von Massagen und Verwöhnprogrammen stehen uns zur Auswahl. Ich werde von einer Asiatin mit wohlriechenden warmen Ölen massiert. Im Ruheraum liege ich schließlich, in zahlreiche warme Tücher eingewickelt, völlig entspannt und mit der Welt versöhnt da. Bald liegen auch Laura und Kim neben mir. Wir sagen kein Wort. Irgendwann fängt eine von uns an zu schnarchen, und wir müssen derart lachen, dass wir mit einem Schlag wieder hellwach sind.

»Elmar hat gesagt, das Hallenbad sei ab zweiundzwanzig Uhr nur für uns offen«, erzählt Laura, als wir uns wieder von unserem Lachanfall erholt haben. Und das Hallenbad ist wirklich edel, einer Königin durchaus angemessen. Goldverzierte Säulen!

»Sieht fast aus wie in einer Kirche«, meint Laura ehrfürchtig.

»Etwas zu viel Gold und Ramsch«, kommentiert Kim.

»Die Hauptsache, das Wasser ist warm«, meine ich dazu. Und so schwimmen wir unsere Runden in dem absolut ruhigen leeren Hallenbad. Ja, so könnte ich mich auch fürs Schwimmen begeistern.

Irgendwann hängen wir nur noch erschöpft am Beckenrand. Da ruft Elmar durch die Hausanlage:

»Mädels, in dreißig Minuten fahren wir heimwärts.«

Wir duschen, ziehen uns wieder an und steigen mit Elmar in die Limousine. Auf dem Heimweg schlafe ich ein. Ich bin fix und fertig, glücklich und zufrieden.

Die Montagsausgabe von FRAUEN POWER ist in unserer WG total umkämpft. Jede von uns will als Erste die Fotos sehen. Und sie sind tatsächlich schön geworden.

»Wir sehen so richtig satt und vollgefressen aus«, meint Kim.

»Aber vor allem auch fröhlich«, entgegne ich.

Auch die Fotos vom SN-Klub sind gut geworden. Die Frauen werden sich freuen.

Es fällt mir in diesen Tagen wieder leichter, die Kalorien-Königin zu sein. Ich kümmere mich intensiv um die E-Mails und Briefe und beantworte viele davon.

Meine Sorgenpüppchen muss ich nicht belästigen. Und den Stein in meinem BH spüre ich gar nicht.

Meinem Vater erzähle ich von meiner Arbeit bei FRAUEN POWER, damit er in Zukunft nicht mehr erschrickt, wenn irgendwo mein Bild auftaucht. Er findet das alles total bescheuert. »Aber wenn du damit Geld verdienen kannst …«, sagt er. »Früher hätte keiner fürs Hungern Geld bekommen. Jeder war froh, wenn es genug zu essen gab.« Und dann erzählt er mir von seiner Kindheit auf dem Bauernhof im Bündnerland. Seine Familie arbeitete viel und war sehr arm. Ich kenne die Geschichte. Als ich klein war, lauschte ich gerne seinen Erzählungen vom Leben auf dem Bauernhof. Jetzt mag ich es einfach nicht mehr hören.

Ich bin froh, als David uns unterbricht. Er geht mit Vater zum Abendessen. Ohne Rollstuhl. Plötzlich scheint Papa wieder mehr Kraft zu haben. »Rechne noch nicht mit meinem Ableben«, meint er lachend, als er sieht, wie erstaunt ich bin.

Am Donnerstag hat mir Elmar für jede Frau im SN-Club eine Zeitschrift geschickt. Gute Werbung. Aber die Frauen freuen sich.

Ich habe noch mehr Grund zur Freude, denn trotz des großen Gelages am Samstag habe ich 600 Gramm abgenommen. Es ist mir erstaunlich leichtgefallen, mich an das Programm zu halten.

Eine wesentlich schwierigere Prüfung, als nur dieses eine Festessen, kommt jetzt auf mich zu: ich melde mich erstmals für ein SN-Treffen ab, denn am Samstag fahren wir nach Spanien. Gundula lässt meine Kolleginnen von ihren Ferienerlebnissen erzählen, und ich bekomme viele Tipps und Ratschläge.

Als Kim und ich am Samstagabend den Bus nach Spanien besteigen, habe ich diese alle bereits vergessen. Ich möchte endlich mal eine Woche lang nicht an meinen Königinnentitel denken und einfach nur Touristin sein.

## Spanien, Costa Brava

»Wir sind in Rosas eingetroffen!«

Der Busfahrer brüllt die freudige Nachricht ins Mikrofon, dass sich der Ton fast überschlägt. Bestimmt ist er erleichtert, nach zwölf Stunden Fahrt endlich die Costa Brava erreicht zu haben.

Trotzdem: Muss er so brüllen?

Ich schrecke aus einem mehr oder weniger gequälten Halbschlaf auf und fühle mich wie durch den Wolf gedreht. Die Sitze waren zwar bequem, aber ich konnte trotzdem die ganze Nacht über nicht schlafen.

Kim hatte damit gar keine Probleme. Sie lehnte sich mit dem Kopf ans Busfenster und war innerhalb kürzester Zeit nicht mehr ansprechbar. Neiderfüllt hörte ich bald schon ein leises Schnarchen.

Jetzt ist sie bereits wieder hellwach. Sie drückt ihre Nase am Busfenster platt.

»Das Meer! Der Strand!«

Kim ist entzückt.

Ich aber brauche erst eine Weile, bis ich überhaupt weiß, wer und wo ich bin und warum. Wir waren immerhin zwölf lange Stunden in diesem Bus unterwegs. Dafür sollen wir jetzt mit einer Woche Spanienurlaub belohnt werden. Ob dieses Verhältnis stimmt?

Kim pufft mich in die Seite:

»Schau mal! Unser Hotel liegt tatsächlich direkt am Meer!«

Dem Foto auf dem Hotelprospekt hatten wir beide nicht so recht getraut. Aber es stimmt: Das Hotel Maria ist zwar ein hässlicher riesiger Kasten, aber seine Lage ist bezaubernd.

Es ist sechs Uhr morgens. Der Strand ist fast menschenleer. Nur ein paar Männer schleppen große Säcke herum und klauben mit bloßen Händen den Müll der Touristen aus dem Sand: leere Getränkedosen, Schalen von Kokosnüssen, kaputte Luftmatratzen. Am Ende bleiben nur noch Massen von Zigarettenstummeln übrig. Und Sand. Ein wunderbarer riesiger Sandstrand.

»Herzlich willkommen in Rosas! Sie werden nun in Ihrem Hotel das Frühstück einnehmen. Die Zimmer können Sie um zwölf Uhr beziehen. Das Hotel stellt Ihnen einen Raum zur Verfügung, in dem Sie Ihr Gepäck deponieren können. Wir wünschen Ihnen einen angenehmen Aufenthalt.«

Ich will kein Frühstück!

Ich will mein Gepäck nicht »deponieren«!

»Ich will ein Bett!«, schimpfe ich, müde und misslaunig, wie ich bin.

»Ich will Kühe!«, lacht Kim mich aus, indem sie die meckernde Kundin aus der Ferienfernsehwerbung imitiert.

Wir verlassen den Bus. Ein schönes Gefühl, sich wieder so richtig zu recken und zu strecken. Ich stehe am Strand, und in fast greifbarer Nähe präsentiert sich das Meer mit seinem einladendsten Blau.

Kim legt den Arm um meine Schulter. »Schau dir das an! Dafür hat sich diese Reise doch gelohnt.«

Ich lehne mich an sie und nehme eine Nase voll von

ihrem Achselschweiß, spüre aber gleichzeitig, wie die wohltuende Meeresluft meine Nase kitzelt. Die Schleimhäute jubilieren.

Ein laues Lüftchen weht vom Meer her. Der Sandstrand liegt wie ein gemütlicher warmer Teppich einladend vor uns. Vielleicht könnte mir dieser heute mein Bett ersetzen?

Aber zuerst schleppen wir unser Gepäck ins Hotel.

»Warum packen wir bloß immer viel zu viel ein?«, schimpft Kim vor sich hin.

Im Speisesaal packt mich das nackte Grauen:

Es müssen über hundert Gäste sein, die sich hier und heute am frühen Morgen verpflegen. Laute Hektik, nervöses Jagen nach einem Sitzplatz.

Duftwolken von Schweiß und Sonnenöl. Der Raum ist viel zu klein. Eine lange Touristenschlange steht geduldig am Frühstücksbüfett, um sich ein Brötchen zu ergattern.

»Das ist immer nur an den An- und Abreisetagen so chaotisch«, tröstet mich eine Frau, die schon seit einer Woche hier ist und anscheinend freiwillig noch länger hier bleibt. »Normalerweise verteilen sich die Leute besser. Die meisten kommen ja nicht freiwillig so früh zum Frühstück. Der Kaffee schmeckt hier übrigens sehr gut.« Kim hat uns schnell einen Platz organisiert. Wir reihen uns in die Schlange ein. Die Müdigkeit macht uns geduldig.

Es gibt dann auch Brötchen, hell und knusprig, Aufschnitt, blass und fade, ein paar überreife Früchte, undefinierbare Kuchenstücke und irgendwelche Flocken. Käsestücke schwitzen vor sich hin. In einer Glasschüssel ist so etwas wie Jogurt oder Quark oder eine Mischung von allem. Die Farbe, zwischen Hellblau und Rosa, weckt allerdings meine Skepsis.

Nach altbekannter Touristenart schaufelt Kim gleich

von allem reichlich auf ihren Teller. Schließlich wolle sie nicht noch einmal so lange anstehen. Ich begnüge mich mit Kaffee und einem Brötchen. Noch bin ich zu erschlagen, um Appetit zu haben. Das muss ich ausnutzen.

Ungemütlich, diese Atmosphäre. Massentourismus, wie ich ihn mir bisher nicht vorstellen konnte. Ich kaue fassungslos auf meinem Brötchen herum und schaue mich um. Schreiende Kinder mit entnervten Müttern. Sonnenverbrannte Frauen, die schon zum Frühstück halb nackt herumlaufen. Männer, die, völlig unbeeindruckt von dem Chaos, seelenruhig ihre Zeitung lesen, als wären sie zu Hause. Ich höre Deutsch, Holländisch, Französisch und noch ein paar andere, nicht identifizierbare Sprachen. Bilde ich es mir ein, oder suche ich tatsächlich umsonst die zufriedenen, glücklichen Feriengesichter? Das Brötchen bleibt mir im Halse stecken. Unser Bus fährt heute wieder heimwärts. Vielleicht sollten wir einfach wieder einsteigen?

»Jetzt vergiss doch einfach das Zimmer. Wir zupfen die kurzen Hosen aus dem Koffer. Ich möchte gern am Strand entlangspazieren und das Meer begrüßen. Bist du dabei?«

Kim ist bester Laune und voller Tatendrang. Ich bewundere sie. Hoffentlich ist ihre gute Laune bald ansteckend.

Wir ziehen uns in den engen Toiletten des Restaurants um. Natürlich haben auch andere ähnliche Ideen, und es geht darin zu wie in einem Bienenhaus. Zwei Frauen versuchen, ihre busgeschädigten Frisuren wieder herzustellen. Dazu verwenden sie viel Haarlack, und in diesem kleinen Raum wirkt der wie Kampfgas. Flugs bin ich umgezogen.

Im Hotelgarten sehen wir, wie die ersten verschlafenen Touristen ihre Badetücher auf die Liegestühle legen, um diese für den Tag zu reservieren. Ich lache laut, habe ich das doch bisher nur aus Erzählungen gehört.

»Das machen wir auch!«

Kim reißt wild entschlossen unsere Badetücher aus dem Koffer. Vielleicht ist die Idee gar nicht so schlecht.

Zuerst aber gehen wir an den Strand und baden die Füße im erstaunlich kühlen Meer. Immer wieder begrüßen uns leichte Wellen. Es ist, als würde das Wasser alles Unschöne von uns abspülen. Ich fühle mich schon viel leichter. Wir gehen schweigend, beide in unsere eigenen Gedanken versunken, Richtung Rosas, der Sonne entgegen.

Der Strand gehört uns zu dieser frühen Morgenstunde. Der frühe Vogel fängt den Wurm … Die Atmosphäre ist unglaublich friedlich, und ich erhole mich langsam von meinem ersten Schock.

Ab und zu rennen ein paar Jogger an uns vorbei. Irgendwo macht ein junger Mann ganz alleine, in sich selbst versunken, seine Tai-Chi-Übungen. Ein anderer liegt in Kleidern im Sand, tief schlafend und laut schnarchend, als hätte er nach einer nächtlichen Party den Heimweg nicht mehr gefunden. Eine Frau sitzt auf einem bunten Tuch und spielt auf ihrer Gitarre verlorene, melancholische Melodien, sehnsüchtig auf das Meer hinausblickend.

Bald schon ziehen uns die reservierten Liegestühle magisch an. Im Hotelgarten legen wir uns gerne hin und sind beide innerhalb kürzester Zeit eingeschlafen. Den ganzen Morgen verbringen wir dort. Immer mehr Sachen holen wir aus unseren Koffern: Badeanzug, Sonnenöl, Hut.

Um elf wird im hauseigenen Swimmingpool Wassergymnastik angeboten. Der braungebrannte Animateur kommt an jeden Liegestuhl und bettelt fast um unsere Teilnahme. Aber da ist er bei uns an der falschen Adresse. Wir sind beide so richtig faul, schauen aber mit Interesse zu, wie er schließlich, verzweifelt um Fröhlichkeit bemüht, mit zwei alten Frauen im Pool herumplanscht. Dazu lärmen alte Discohits aus einem scheppernden Lautsprecher.

Als wir dann endlich unser Hotelzimmer beziehen dürfen, erleben wir eine angenehme Überraschung: Unser Zimmer ist wunderschön. Wir können es kaum fassen. Wir wohnen im achten Stock und haben einen riesigen Dachbalkon mit direktem Meerblick. Zwei Liegestühle und ein Tisch mit Stühlen stehen für uns bereit.

Ich bin irgendwie gerührt. Immerhin haben wir den Urlaub als Preis gewonnen. Da hätte es uns ja gehen können wie in dem Film »Drei Männer im Schnee«, wo der vermeintliche Preisträger in der Besenkammer wohnen musste und schikaniert wurde.

Wir stehen auf dem Balkon. Das Meer ist laut. Die Wellen brechen sich am Ufer. Der Wind pfeift um die Hausecke.

Die Ferien könnten vielleicht doch noch ganz nett werden.

Wir packen unsere Sachen aus, jedenfalls das, was unbedingt aufgehängt werden muss. Das große französische Bett sieht verlockend aus. Aber Kim hat bereits andere Pläne.

»Komm, lass uns mal durch den Ort spazieren. Ich bin richtig neugierig auf dieses Städtchen.«

Unser Hotel steht in Santa Margarita, einem Ortsteil von Rosas. Hier gibt es eigentlich nur Hotels. Vom ursprünglichen Spanien ist da kaum etwas zu sehen. Aber für den Touristen ist alles vorhanden: Schweizer Restaurants, deutsche Kneipen, eine deutsche Bäckerei, Läden für jeglichen Bedarf, Fahrradverleih und so weiter. Dutzende von Shops bieten alle genau die gleichen Artikel an, von der Badehose über die Luftmatratze bis zu Schmuck und Handtaschen. Ein Ärzteteam preist sich an: »Wir spreken Deutch.« Na, hoffentlich wird uns dieses »Deutch« erspart bleiben. Viele Lokale sind noch geschlossen und bieten auf großen Plakaten abends Livemusik an. »Peter und Seppel« aus Österreich spielen in einer Bar. Wir lachen. Die beiden Musiker tragen Tiroler Hüte und halten Akkordeons in ihren Armen.

»Da quetschen wir uns in einen Bus und fahren stundenlang durch die Gegend, um dann Seppel und Peter mit dem ›Anton aus Tirol‹ zu hören?«, fragt Kim und schüttelt angewidert den Kopf. In der nächsten Bar spielt ein Frauentrio aus Polen. Drei knackige junge Blondinen in engen Schlauchkleidern. Ein spanisches Lokal mit einheimischer Musik oder gar Flamencoshow, das suchen wir vergeblich.

»Wir sind ja auch nicht wegen des Nachtlebens hier, sondern um ein paar Tage am Meer zu verbringen. Und dieses ist doch wirklich traumhaft«, versuche ich Kim zu trösten.

Irgendwann setzen wir uns wie erschlagen in eine Strandbar, um gemütlich ein Glas kalten Weißweins zu trinken. Dazu haben wir gleich noch eine riesige Flasche Wasser bestellt. Die Sonne hat eine enorme Kraft und brennt auf unsere Bleichgesichter nieder. Wir strecken ihr unerschrocken unsere Nasen entgegen.

Die Wellen rauschen unaufhörlich. Die Aussicht ist herrlich. Ich war schon viele, viele Jahre nicht mehr am Meer. Es hat seine Anziehungskraft nicht verloren.

Aus dem Lautsprecher dudelt spanische Musik. Ein Kellner singt die Melodien lauthals mit. Die Tonlage trifft er nicht so genau, aber sein Stimmvolumen und sein Enthusiasmus sind gewaltig. Dabei zwinkert er uns immer zu, wenn er an uns vorübergeht.

Ferien sind eine wunderbare Erfindung. So viele Stunden und Tage liegen vor uns, frei von jeglichen Terminen. Wir können uns einfach hängen lassen.

Als wir in unser Hotel zurückkommen, erteilt der Animateur auf dem Balkon gerade ein paar holländischen Frauen Tanzunterricht. Mambo, Samba und dergleichen ist angesagt. Eine Weile schauen wir dem unterhaltsamen Spektakel zu und empfinden wachsende Bewunderung für den jungen Mann, der sich mit eisernem Lächeln und bester Laune auf diese hoffnungslose Aufgabe stürzt. Die Damen sind guten Willens, aber ungelenkig und wohl auch unmusikalisch. Der junge Mann tanzt begnadet, schwingt rhythmisch seinen Hintern und ist sichtlich überqualifiziert für diesen Job.

»Knackig, knackig«, meint Kim.

»Beim nächsten Kurs machen wir mit«, erkläre ich lachend, »was immer es auch ist.«

Aber jetzt zieht es uns ins Meer. Wir rennen durch den warmen Sand in die Wellen hinein. Brr, das Wasser ist immer noch kühl. So hatte ich mir das nicht vorgestellt. Und das Schwimmen kostet viel Kraft bei diesem Wellengang.

Wie ein Pfeil schießt Kim dahin. Ihre muskulösen Pianistinnenarme bahnen sich problemlos einen schnellen Weg durch das klare Wasser. Ich habe etwas Mühe. Die Wellen wollen mich immer wieder an den Strand spülen. Aber ich kämpfe.

Ein unglaublich schönes Gefühl, in diesem erfrischenden Wasser zu schwimmen, so frei und leicht. Wie Kinder tummeln wir uns in dem herrlichen Nass. Wir lachen, kreischen und albern herum. Ich bin sehr glücklich, und mir wird bewusst, dass ich dieses Glücksgefühl schon lange nicht mehr so intensiv empfunden habe. Diese Erkenntnis macht mich einen Augenblick lang betroffen und nachdenklich, aber dann tauche ich kurz unter und schüttle die trüben Gedanken wie Wasserperlen von mir ab.

Vor dem Abendessen schlafen wir in unserem Zimmer noch eine Stunde. Und das Abendessen hätten wir wohl besser auch verschlafen, denn es hält, was uns das Frühstück bereits versprochen hat: lauwarmes, fades Zeug, lieblos auf den Teller geklatscht, serviert in einem stickigen Raum mit Blick auf die Rückseite des angebauten Hallenbades.

Wir sind beide ganz still, beobachten den Rummel um uns herum. Ich denke so für mich, ganz im Geheimen, wie gut es doch ist, dass wir nur EINE Woche Urlaub gewonnen haben. Ich würde am liebsten jetzt schon wieder heimfahren. Aber ich will keine Spielverderberin sein. Vielleicht müssen wir uns zuerst eingewöhnen, und am zweiten Tag wird alles besser.

»Komm, wir nehmen an der Bar noch einen Absacker«, schlägt Kim vor.

»Von mir aus auch zwei«, erkläre ich, und wir suchen die Hausbar. »Sundowner heißt das übrigens in der Touristensprache.«

Auf dem Balkon spielt ein Alleinunterhalter gerade »Herzilein«. Der Wind bläst, als möchte er ihn unbedingt noch wegpusten, bevor er zur dritten oder gar vierten Strophe ansetzt.

»Nein, hier will ich nicht sitzen«, erklärt Kim kategorisch, »zu viel Wind und zu viel Herzilein.«

Wir gehen also freiwillig hinein und setzen uns an die

Bar. Wir sind die einzigen Gäste. Der Raum ist groß, und die Klimaanlage hat ihn eisgekühlt. Die Barmaid holt sich gelangweilt mit einem Zahnstocher den Dreck unter ihren Fingernägeln hervor oder bohrt damit in den Zähnen herum. Ab und zu schickt sie einen vorwurfsvollen Blick in unsere Richtung. Wir haben sie dabei gestört, in einem Heftchenroman zu lesen. Wegen uns muss sie nun wieder hinter der Theke stehen und so tun, als würde sie arbeiten. Das nimmt sie uns übel.

Unsere Stimmung ist mies und wird auch nicht besser, wenn wir viel Sangria trinken. Rosas ist immer noch Rosas, auch wenn es inzwischen ein wenig schwankt.

Und dann passiert's: Zwanzig Engländer kommen rein. Zwanzig laute junge Männer in bester Laune.

»Eine Lokalrunde«, ruft einer, und schon sind unsere Gläser wieder gefüllt. Die Engländer, es sind alles Polizisten, haben heute irgendein internationales Polizeiplauschfußballturnier gewonnen. Die Burschen sind wirklich sympathisch. Von Rosas haben sie noch nichts gesehen, außer dem Meer und dem Fußballplatz. Einer entdeckt einen Flügel in der Ecke der Bar und klimpert ein paar Töne. Leider kann er nicht spielen. Kim kann es nicht ertragen, wie er den schönen Flügel beleidigt. Ich stoße ihr meinen Ellbogen in die Seite. Kim versteht und macht mit. Sie setzt sich an die Tasten und fängt an zu spielen und zu singen: »We are the champions, my friend« von Queen. Das schlägt natürlich ein wie eine Bombe. Sofort stimmen alle mit ein. Zwanzig Fußballer brüllen ihre Siegerhymne, mit Leidenschaft und vollem Einsatz. Sie schwenken ihre Biergläser im Takt und grölen mit strahlenden Gesichtern.

Kim ist wirklich eine Wucht. Ihr Repertoire überrascht mich immer wieder. Die Bar füllt sich mehr und mehr. Kim ist nun nicht mehr zu bremsen. Sie spielt und singt, und ihre Fußballer unterstützen sie lautstark dabei. Die Barmaid fordert Verstärkung an, und die Party ist nicht mehr aufzuhalten. Ich trinke mit, ich singe, ich tanze. Der Abend hat eine verblüffende Wende genommen. Kim spielt Beatles, Status Quo, rockt wie Elton John oder die Rolling Stones.

Ich bin so stolz auf sie!

Kim, die Königin der Nacht!

Meine Freundin bringt Rosas zum Rocken!

Um eins ist hier im Hotel absolute Nachtruhe angesagt. Die Barmaid bittet uns zu gehen. Es hätten sich ohnehin schon Hotelgäste über den Lärm beschwert.

Lärm?

Wir sind beleidigt.

Aber meine Kondition ist ohnehin am Ende. Und auch der Polizistenchor klingt langsam etwas heiser. Warum nicht gehen, wenn es gerade am schönsten ist? Zum Abschied ein letztes »We are the champions« aus inzwischen fast fünfzig Kehlen. Im Lift hoch zu unserem Zimmer umarme ich meine Freundin.

»Du warst einfach großartig!«

Direkt aus unserer lauten Partyhölle heraus, aufgeputscht und doch völlig erschöpft, knallen wir uns aufs Bett und schlafen beide sofort ein.

Der nächste Tag beginnt spät und dafür mit extremen Kopfschmerzen. Langsam sollte ich mal wieder ans Punktezählen denken. Und an meine Kolumne. Wie viele Punkte ich wohl gestern getrunken habe? Zu viele auf jeden Fall. Ich werde dann zur Freude und zum Trost meiner Leser sämtliche Sünden beichten und vielleicht so zum Spaß ausrechnen, wie lange ich nun gar keine Punkte mehr brauchen dürfte.

Wir umfahren den Frühstücksraum großräumig und legen uns an den Strand.

»Ich bin krank«, stöhne ich.

»Ich auch. Aber die Party gestern war super«, schickt Kim hinterher. Wir lachen beide.

»Ich hab schon lange nicht mehr so gefeiert. Nur dafür hat sich die Reise doch schon gelohnt.«

»Ja. Und das Spielen hat richtig Spaß gemacht.«

Heute sind kaum Leute im Wasser. Dabei ist es gar nicht so kalt. Wir schwimmen und planschen ein wenig im Meer. Das tut unseren Köpfen wirklich gut und belebt die müden Geister. Als wir aus dem Wasser kommen, fragt uns eine Frau verwundert:

»Habt ihr denn gar keine Angst?«

»Angst?«

Wir schauen uns ratlos an.

Vor Haien?

Vor Wasser im Allgemeinen?

»Habt ihr denn die rote Fahne gar nicht gesehen?«

Sie stochert mit ihrem spitzen Finger nach rechts. Siehe da: An einem dünnen Mast hängt eine winzige, sonnengebleichte rote Fahne. Na und? Wir sind in Spanien. Die können doch so viele rote Fahnen aufhängen, wie sie wollen.

»Die rote Fahne ist eine Warnung. Man sollte dann nicht ins Wasser gehen.«

Sie hänge im Moment draußen, weil diese Meeresbucht voll von Quallen sei. Viele Touristen wären mit schweren Verbrennungen aus dem Wasser gekommen. »Wenn man mit den Viechern in Berührung kommt, dann sieht die Haut nachher aus, als hätte man kochendes Wasser darübergeschüttet. Und es tut auch genauso weh«, erklärt uns die total Informierte.

Kim und ich schauen ganz nervös an unserem Körper herunter. Nein, da ist alles noch heil. Aber die Lust aufs Meer ist uns natürlich vergangen.

»Jetzt bin ich sauer«, sagt Kim, »und beleidigt. Die Stadt ist hässlich, das Hotel ist hässlich. Jetzt nimmt man uns auch noch das Meer weg. Ich kann mir doch nicht jeden Abend die Ferien schöntrinken. Das halte ich nicht durch.«

Betretenes Schweigen.

»Wir könnten heute Nachmittag mal bei der Reiseleiterin vorbeischauen. Vielleicht gibt es Busse, die schon früher heimfahren?«, erlaube ich mir vorsichtig vorzuschlagen.

»Du sprichst mir aus dem Herzen«, meint Kim nur, legt sich auf ihren Liegestuhl und schläft gleich ein. Ohne auf ihr Gemurre zu achten, schmiere ich sie mit Sonnenmilch ein.

Die Reiseleiterin ist sehr überrascht, als wir am Mittag mit unserem ungewöhnlichen Anliegen bei ihr in der Sprechstunde aufkreuzen.

»Meistens wollen die Gäste ihren Urlaub verlängern«, sagt sie leicht pikiert. Sie blättert nervös in ihren Unterlagen.

»Aber Sie haben doch ohnehin nur eine Woche gebucht«, ruft sie nun aus und versteht die Welt nicht mehr.

»Ja, und wir möchten schon vorher wieder heim«, erkläre ich ihr geduldig.

»Wir können Ihnen kein Geld zurückerstatten, nur weil es Ihnen nicht gefallen hat. Oder haben Sie ernsthafte Reklamationen?«, fragt sie und gibt uns mit ihrem Blick eindeutig zu verstehen, dass sie diese auf keinen Fall hören will. Sie scheint tatsächlich nicht zu wissen, dass wir die Reise gewonnen haben.

Ich trete Kim mit dem Schuh ans Schienbein.

Sie versteht.

»Nun, das Meer ist voller Quallen. Und wir haben einen Badeurlaub gebucht«, meckere ich drauflos.

»Und letzte Nacht, da hat eine ganze Horde Besoffener in der Hotelbar gefeiert und gelärmt. An Schlaf war überhaupt nicht zu denken«, doppelt Kim nach.

»Das Klavier. Du hast vergessen, das Klavier zu erwähnen!«, fordere ich sie heraus.

»Stimmt. Jemand hat die ganze Zeit über Klavier gespielt. Es hat mich noch in meine Albträume verfolgt«, schimpft Kim.

Wir sind nahe daran, vor Lachen zu platzen. Meine Mundwinkel zittern gefährlich. Kims Gesicht hat schon eine ganz rote Farbe. Aber diese Reiseleiterin ist einfach zu unfreundlich. Touristen scheinen ihr ein echter Gräuel zu sein. Vielleicht sollte sie auch mit uns heimfahren.

»Gut, gut.« Sie hebt beruhigend ihre Hände mit den langen, klauenartigen Fingernägeln. Unruhig blickt sie sich in der Hotelhalle um. Ob sie wohl Angst hat, wir könnten auch noch andere Gäste gegen sie aufbringen? »Wenn Sie finanzielle Ansprüche geltend machen wollen, dann müssen Sie mir dieses Formular ausfüllen.« Sie hält uns ein langes Formular unter die Nase.

»Wir wollen eigentlich nur heim«, beruhige ich sie.

»Am Mittwoch fährt ein Bus Richtung Schweiz. Da hat es noch zwei Plätze frei. Mittwoch um zwanzig Uhr.«

Kim und ich schauen uns an und nicken.

»Den nehmen wir«, erklären wir feierlich und einstimmig.

Draußen vor dem Hotel können wir so richtig herzhaft lachen. Wir sind übermütig, wie nach einem gelungenen Schulmädchenstreich. Und ich freue mich wie eine Schneekönigin: erstens, weil ich gerade auf so angenehme Art und Weise Kalorien verbrauche (herzhaftes Lachen: fünfzig Kalorien in zehn Minuten), und weil ich zweitens bald wieder zu Hause bin. Übermorgen schon!

»Und was machen wir nun?«, fragt Kim. Der Tag ist schließlich noch jung.

»Kampfbräunen«, schlage ich vor.

»Gute Idee!«

Wir legen uns an den Strand und versuchen, das verlockende Meer zu ignorieren. Dafür tanken wir Sonne und arbeiten an unserem »gesunden« Aussehen. Als am späteren Nachmittag der Animateur vorbeikommt und einen Spanischkurs ausruft, sind wir zu allen Schandtaten bereit und machen mit. Wir haben ohnehin schon verbrannte Nasen.

In unserem Extraschnellkurs für dämliche Touristen können wir viel und herzhaft lachen. Der Animateur, der knackige, er heißt Miguel, hat immerhin zehn Leute zusammengetrommelt. Ich glaube, er ist selber erschrocken über seinen unerwarteten Erfolg. Nervös flattert er hin und her, verteilt ein paar Blätter, lächelt und freut sich.

Und wir können weiterlachen. Auf dem Blatt stehen nämlich besonders nützliche Wörter und Sätze.

Einer heißt zum Beispiel: »Hay aquí medusas?«

Das heißt übersetzt: »Gibt es hier Quallen?«

Das spanische »Ja« heißt »si«.

Wir lernen auch wichtige Sätze wie »Ich habe Durchfall« und »Ich möchte eine Dauerwelle«.

Miguel ist hartnäckig und sagt immer wieder: »Repita, por favor.« Wir wiederholen also die Sätze gehorsam, so oft, bis Miguel entweder mit unserer Aussprache zufrieden ist oder es einfach aufgibt. Wir dürfen dann Fragen stellen. Eine Frau möchte wissen, was »Olivenöl« heißt. Ich würde ihm ja gerne das Leben etwas schwerer machen und Worte wie »Klimakterium« oder »Verkehrsknotenpunkt« ins Spiel bringen. Aber Kim hält mich zurück.

»Benimm dich!«, zischt sie mir zu.

Sie macht dem Knackigen schöne Augen. Sie klimpert mit ihren Wimpern. Meine Güte! Sie will doch nicht wirklich ... Klar, er ist süß. Aber doch nur so zum Anschauen. Sie will doch nicht wirklich ...?

Am Abend genießen wir das Essen noch einmal ganz bewusst. Es ist ja bereits unser zweitletztes. Und es ist auch irgendwie das Allerletzte: pampige Teigwaren mit beinahe roter Sauce, ein wenig Hackfleisch, ein paar Tomaten und dicke Gurkenscheiben. Dies wird als italienisches Büfett angepriesen. Das Tiramisu würde ich mir niemals antun. Es sieht gefährlich aus.

»Irgendetwas scheint mit uns nicht zu stimmen«, rätselt Kim. »Schau mal herum: die nehmen das alle hin und finden es wahrscheinlich auch noch gut.«

Unsere vorzeitige Abreise scheint wirklich für alle Beteiligten die beste Lösung zu sein. Vielleicht sind wir einfach nur undankbares Touristenpack.

Nach dem Essen wollen wir uns von unserer Bar verabschieden. Aber da gerade ein leichter Regen niedergeht, hat der Herzilein-Künstler seine Orgel IN der Bar aufgebaut, wo er nun frisch und froh vor sich hin dudelt.

»Dann setzen WIR uns eben raus«, meint Kim grimmig.

»Es regnet!«

»Egal«, erklärt sie unerbittlich. Volksmusikanten kann sie schon daheim nicht ausstehen. Hier in Spanien grad gar nicht.

Schließlich kann ich sie dann doch noch umstimmen,

und wir verkriechen uns in die hinterste Ecke der Bar und bestellen den größten, buntesten Drink, den wir auf der Karte finden. Er schmeckt nach Zuckerwatte und Sugus. Ob sie wohl den Alkohol vergessen haben? Oder hat sich dieser ganz hinterlistig unter dem bunten Dekorationsschirmchen versteckt?

Wir sitzen einfach so da, lassen uns hängen. Wir haben »auf Durchzug geschaltet«, wie wir das nennen: Die Musik geht zum einen Ohr rein, zum anderen raus. Wir träumen Löcher in den Raum.

»Was wirst du daheim als Erstes machen?«, fragt Kim.

»Ich werde in der Küche meine Füße hochlegen und Zeitungen lesen. Dann werde ich meine Erlebnisse hier aufschreiben, damit ich sie später für eine Kolumne verwenden kann. Anschließend werde ich mich in meinen Kokon einspinnen und will stundenlang keinen einzigen Menschen sehen.«

»Und was werde ich machen?«

»Klavier spielen«, antworten wir beide wie aus einem Munde.

Uns fehlt sogar Laura mit ihren Keniageschichten, ihren bunten Tüchern überall und ihrem italienischen Lover. Was sind wir doch für komische alte Weiber. Sitzen in einem spanischen Ferienort und träumen vom Alltag daheim!

Plötzlich stößt Kim mir ihren Ellenbogen in die Seite. Ich sehe sofort, worum es geht: Miguel, der Knackige, hat die Bar betreten. Ein schöner Mann, keine Frage.

»Er kommt zu uns«, flüstere ich, fast erschrocken.

Aber Kim strahlt, lacht, winkt. Miguel setzt sich zu uns, ist charmant und höflich. Und dann flirten die beiden so heftig, dass ich beschließe, mich unauffällig zu verdrücken.

Draußen regnet es nicht mehr, und unter dem Vordach gibt es im Dunkeln ein paar trockene Stühle. Ich setze mich und schaue aufs Meer hinaus. Hier gefällt es mir. Ich träume ein wenig vor mich hin, höre dem Meer zu.

Plötzlich räuspert sich jemand direkt neben mir, und ich fahre erschrocken hoch.

»Oh, das wollte ich nicht, entschuldigen Sie«, stottert eine Männerstimme. »Ich fand nur, Sie sollten nicht so alleine in der Dunkelheit sitzen.«

Der Mann stellt eine Kerze vor mich hin und zündet sie an. Jetzt kann ich ihn wenigstens sehen. Nein, zum Erschrecken sieht er nicht aus: ein kleiner, rundlicher Spanier mit wenig Haaren, aber einem sympathischen Lächeln, das sich vom Mund aus übers ganze Gesicht ausbreitet und die Augen in strahlende Sterne verwandelt.

»Me permite? Darf ich mich nur einen kleinen Moment zu Ihnen setzen? Ich bin Carlos.« Er streckt mir seine Hand entgegen, drückt meine ganz fest, und schon sitzt er da. Mir hat's die Sprache verschlagen. Er aber plaudert munter drauflos.

»Ich will mich ja nicht aufdrängen, aber mir gehört dieses Hotel, und es tut mir persönlich leid, wenn eine so schöne Frau hier traurig im Dunkeln herumsitzt. Kann ich Ihnen irgendwie helfen?«

Nein!

Ihm gehört dieser Kasten!

»Nein, mir geht es gut. Ich wollte nur meiner Freundin das Feld überlassen.« Ich deute durch die Fenster, wo man jetzt Kim eng umschlungen mit Miguel tanzen sieht. Plötzlich scheint der Musiker gut genug zu spielen. Ich muss ein wenig lächeln.

Carlos schüttelt den Kopf.

»Hoffentlich ist sie alt genug, dass sie weiß, was Miguel für ein Typ ist. Vielleicht wären Sie besser bei ihr geblieben.«

»Nein. Da macht sie sich bestimmt keine Illusionen. Sie weiß schon, was sie tut.«

Wir schweigen uns ein wenig an. Es ist schön, mit ihm dazusitzen.

»Ich beneide Miguel oft und muss mich zusammenreißen, dass ich nicht anfange, ihn zu schikanieren. Wenn ich sehe, dass er immer die schönsten und nettesten Frauen abschleppt, ohne sich groß anzustrengen, dann würde ich ihn manchmal gerne für ein paar Tage zum Fensterputzen einteilen.«

Zu seinen Worten lacht Carlos. Er gestikuliert mit seinen Händen und meint:

»ICH bin schließlich der Chef, und ich gehe immer leer aus.«

»Vielleicht hätten Sie das im Arbeitsvertrag besser regeln sollen.«

»Sie meinen, die Aufteilung der Frauen?«, will Carlos wissen und legt seine Stirn in Falten. »Bitte nehmen Sie mich bloß nicht ernst! Aus diesem Alter bin ich raus. Ich bin schon fünfundvierzig. In diesem Alter müsste ich schon Opa sein, wenn es nach meiner Mutter ginge.«

Er lacht, aber das klingt schon nicht mehr so fröhlich.

Plötzlich fragt er mich:

»Ihnen gefällt es hier nicht?«

Was soll ich auf eine derart direkte Frage schon anderes antworten, als:

»Nein.«

»Oh!«

Jetzt ist er wohl beleidigt. Das kann ich verstehen.

Schade. Der Mann hat mir gefallen. Er steht einfach auf und geht weg.

Jetzt bin ICH beleidigt.

Was ist denn das für ein Benehmen?

Ich sitze einen Moment lang da und schüttle den Kopf. Kim ist mit Miguel von der Tanzfläche verschwunden. Kann ich denn jetzt überhaupt in unser Zimmer gehen? Es wird langsam kühl, und ich bin sauer und müde.

Doch Carlos kommt wieder. Er bringt zwei Gläser und eine Flasche Wein mit. Dazu eine riesige Wolldecke, die er mir um die Schultern legt.

»Es ist ein wenig kühl geworden, nicht wahr?«

Er entkorkt routiniert den Wein.

»Der steht hier auf keiner Weinkarte«, sagt er und blinzelt mir verschwörerisch zu. »Probieren Sie ihn. Mein Onkel hat ihn gemacht.«

Der Wein ist schwer und hat doch eine versteckte süße Note, ein gewisses Suchtpotenzial.

Dieser Mann schafft mich.

Thea, hilf mir!

Es ist ja durchaus vertretbar, hier eine kleine Affäre mit einem Schönling wie Miguel anzufangen.

Aber es ist völlig unangemessen und unmöglich, sich in Spanien in einen Spanier zu verlieben. Das bringt nur Kummer. Nein. Das geht einfach nicht. Es wäre kindisch und unüberlegt. Ich bin eine vierzigjährige Frau, die längst gelernt hat, ihre Gefühle im Griff zu haben und sich gegen unnötiges Gefühlschaos zu schützen.

Notfalls kann ich ihn mit einem meiner imaginären Tontöpfe erschlagen.

»Erzählen Sie mir doch einfach, was Ihnen nicht gefällt.«

Ich erzähle ihm von der Massenabfertigung im Speisesaal, von den lieblos gekochten und zerkochten Speisen, von unserer Suche nach etwas mehr Spanien in Rosas, von unserer Abneigung gegen deutsche Volksmusik in spanischen Lokalen, von den Quallen im Meer, die uns den Rest gegeben haben.

»Wir haben deshalb beschlossen, schon am Mittwoch heimzufahren.«

Jetzt wird er mich wohl wirklich hassen. Auch gut.

Er sitzt ganz still da, hat wohl Mühe, meine ganzen Vorwürfe zu verdauen.

Schließlich nimmt er meine Hand und schaut mich an: »Dann habe ich noch einen ganzen Tag Zeit, Ihnen zu zeigen, wie schön Spanien ist. Schenken Sie mir den morgigen Tag. Ich mache etwas, das ich noch nie mit einem Gast gemacht habe: Ich zeige Ihnen, wo ich herkomme. Es ist nur ein kurzer Ausflug, eine Autofahrt von einer Stunde. Ich zeige Ihnen Cadaqués.«

Seine Blicke beschwören mich.

»Warum?« Ich muss es einfach fragen.

Er lacht und meint:

»Denken Sie einfach, dass Sie meinen katalanischen Stolz herausgefordert haben. Ich will nicht, dass Sie heimgehen und nicht wissen, wie schön Spanien ist.«

Dabei schaut er mir tief in die Augen, und es liegt so viel Unausgesprochenes in seinem Blick, dass mir klar ist: Die einzig vernünftige Antwort auf sein Angebot wäre ein klares Nein.

»Na los, machen Sie mir doch die Freude! Es ist ja nur ein Tag! Und was verpassen Sie hier?«

Er hat recht.

»Gut, ich bin dabei.«

Carlos ist zufrieden.

»Estupendo. Prima.«

Warum lässt er meine Hand einfach nicht mehr los?

Und warum ist das so angenehm?

Wir sitzen da, rücken ein wenig näher zusammen und reden über Gott und die Welt. Carlos ist begeistert, dass ich vom Schreiben lebe. Er lacht schallend, als ich ihm erzähle, dass ich zurzeit nur vom eigenen Abnehmen schreibe und man mich Kalorien-Königin nennt.

»Was für eine Vergeudung von Zeit und Talent!«

Er erzählt mir stolz, dass man auf den Modeschauen in Spanien jetzt keine untergewichtigen, magersüchtigen Models mehr zulasse. Das sei doch verrückt, was der Schlankheitswahn alles bewirke.

»Was für eine Beleidigung für eine Schriftstellerin, wenn man Sie auf ein so lächerliches Thema festnagelt!«, ruft er aus.

Nun, als Schriftstellerin hatte ich mich eigentlich bisher nicht gesehen. Er aber kann sich fast nicht mehr erholen, lacht und schimpft abwechselnd.

»Ich bin selber auch nicht besser. Ich liebe es zu kochen. Die katalanische Küche ist Zauberei. Und wir haben daheim eine Perle von einem Hotel. Aber mein Geld verdiene ich mit diesem Betonklotz, mit einer Masse von Touristen, die hier billig Ferien macht. Wir kochen ihnen ein möglichst geschmackloses Essen, dann kommen am wenigsten Reklamationen. Die paar Sommermonate sind wirklich sehr einträglich.«

Die Gäste seien im Schnitt sehr zufrieden.

»Die suchen nicht mehr als ein billiges Hotel, nahe am Meer, und ein Städtchen, das alles bietet, was sie daheim auch haben können.«

Der Preis sei entscheidend. Kaum einer würde nach dem echten Spanien suchen. Einmal in der Woche ein wenig Flamenco auf der Piazza, das reiche den meisten Touristen.

»Diese Leute möchte ich gar nicht in Cadaqués haben, wo ich herkomme. Dort gibt es wenig Touristen. Viele davon kommen, um an Malkursen teilzunehmen oder weil sie Maler sind. Man sagt, Cadaqués sei der meistgemalte Ort in Spanien.«

Es kämen immer viele Künstler hierher: Musiker, Maler und auch Schriftsteller.

»Cadaqués hat ein besonderes Flair und zieht daher auch besondere Menschen an. Und große Hotelkomplexe gibt es keine. Auch der Strand ist nicht wirklich spektakulär. Du wirst es sehen.«

Inzwischen sind wir also beim Du.

Carlos wirkt sehr einnehmend, wenn er von seiner Heimatstadt schwärmt. Er gestikuliert, schwärmt, beschreibt. Seine Augen funkeln. Nur meine Hand will er nicht mehr loslassen.

»Was machst du denn im Winter?«, frage ich ihn.

»Ich stecke dann viel von meinem verdienten Geld in unser Haus in Cadaqués. Dort bastle ich dann herum. Ich bin ein Hobbyhandwerker. Ich habe dann endlich Zeit für meine Freunde, die auch alle im Winter viel Freizeit haben. Der Winter ist immer eine ganz besondere Jahreszeit. Ich koche für meine Freunde und die Familie. Manchmal machen wir auch Reisen. Letzten Winter war ich mit drei Freunden in der Schweiz. Das war aber ein Reinfall!«

»Warum denn? Ist es nicht schön bei uns?«, frage ich verwundert.

»Oh doch. Sicher. Wir waren in Sankt Moritz. Zum Skifahren. Aber DAS war wirklich nichts für mich. Après-Ski ja. Aber auf diesen Brettern habe ich mich sehr unwohl gefühlt. Manchmal hatte ich richtig Angst. Dabei hat es mir in den Bergen sehr gefallen.«

Die Schweiz finde er sogar wunderschön. Er war schon in Luzern, in Montreux, im Tessin, sogar auf dem Jungfraujoch.

»Ich habe einen Teil meiner Ausbildung in Interlaken gemacht.«

Aha, deshalb spricht er so gut Deutsch.

Schließlich holt er eine Landkarte aus dem Büro, damit ich ihm genau zeigen kann, wo ich herkomme. Wir fackeln sie beinahe ab, weil wir mit dem Feuerzeug darauf herumleuchten.

Dann sitzen wir nur noch da und trinken den letzten Tropfen Wein aus der Flasche. Ich fühle eine wohlige Müdigkeit in mir aufsteigen.

»Wenn wir morgen nach Cadaqués fahren, muss ich mich jetzt leider verabschieden«, bedauert Carlos. »Ich muss dann heute noch ein paar Mitteilungen rausschicken, um Termine abzusagen, und noch ein wenig im Büro arbeiten.«

Arbeiten?

Mitten in der Nacht?

Ich kann ein großes Gähnen nicht mehr unterdrücken. »Du kannst ruhig schlafen gehen. Wenn Miguel noch mit deiner Freundin zusammen ist, dann hat er sie mit auf sein Schiff genommen. Ganz sicher. Ich kenne seine Masche.«

Carlos erkennt meine Sorgen, bevor ich sie ausgesprochen habe. Wir verabreden uns auf neun Uhr morgens.

»Frühstück gibt es bei mir. Du kannst also bis fünf vor neun schlafen.«

Er bringt mich noch bis zum Lift. Dort umarmt er mich

und drückt mich an sich. Still und zärtlich. Es raubt mir fast den Atem, wie wohl ich mich dabei fühle. Wir stehen eine Weile so da, eng umschlungen. Hoffentlich hört er nicht, wie laut mein Herz schlägt. Es schlägt, als möchte es mich verhöhnen: »Was, du WILLST dich nicht verlieben? Seit wann wird man da gefragt?«

Der Nachtportier schaut diskret weg.

Ich flüchte mich in den Lift, und Carlos winkt mir hinterher.

Es ist gut, dass mein Zimmer leer ist und dass Kim heute wahrscheinlich den Knackigen vernascht. Ich mag ihr das Abenteuer gönnen und mir die Ruhe im Zimmer. Alles in mir ist ohnehin in Aufruhr.

Carlos.

Was will ich mit einem Spanier?

Unsere Leben haben keine Berührungspunkte. Ich könnte niemals hier wohnen, in diesem hässlichen, lauten Ferienort. Er aber hat hier sein Hotel, das wohl mehr ist als nur irgendein Arbeitsplatz, den man einfach so wechseln könnte.

Wir fühlen uns jetzt nahe, aber wollen wir wirklich eine Beziehung anfangen?

Eine Fernbeziehung?

In mir schrillen sämtliche Alarmglocken.

Andererseits: Wer redet denn von Beziehung?

Typisch Frau!

ER denkt vielleicht an ein paar unterhaltsame Stunden, einen netten Ausflug und ich an FERNBEZIEHUNG.

Ich muss lachen und beruhige mich wieder etwas.

Am Morgen holt mich mein Wecker aus einem tiefen, traumlosen Schlaf. Ich bin noch immer alleine.

Wo ist Kim?

Einen Moment lang muss ich überlegen.

Gestern Abend, da war doch irgendwas?

Carlos!

Mit einem Schlag bin ich hellwach.

Ich werde ganz furchtbar hektisch. Die Zeit reicht gerade noch für eine kurze Dusche. Vor dem Spiegel zupfe ich dann verzweifelt an meinen Haaren herum. Ich ziehe ein luftiges Kleid an. Es zeigt nicht zu viel »Figur«, und zur Ablenkung von meinen Kurven hat irgendjemand in China viele Blumen auf den Stoff gedruckt.

Ich schreibe Kim ein paar Zeilen über Carlos und Cadaqués. »Spätestens am Mittwoch um zwanzig Uhr zur Abreise sollten wir uns wieder treffen!!«

Ein Handy wäre jetzt eine feine Sache. Ich habe schon lange eines, nur ist es eigentlich immer in der untersten Schublade meiner Kommode versteckt.

Punkt neun – wie man es von einer Schweizerin erwartet – stehe ich vor dem Hotel. Carlos ist schon da. Er sitzt in einem kleinen roten Wagen, der mit zahlreichen Rostlöchern verziert ist. Wenn sein Animator schon ein Schiff hat, könnte er da als Chef nicht wenigstens einen anständigen Wagen fahren?

»Hallo, meine Schöne, querida!«

Er spurtet aus dem Wagen und öffnet mir galant die Tür. Ich alleine hätte sie gar nicht öffnen können, denn sie klemmt irgendwie und quietscht. Er küsst mir lachend die Hand und vertreibt mit seiner fröhlichen Laune meine Zweifel über die Richtigkeit dieser Verabredung.

Ich kann doch diesen Tag einfach genießen. Das ist ja schließlich keine Verlobung. Irgendwie bin ich schon ein altmodisches Weib. Thea lacht mich sicher aus, wo immer sie gerade ist.

Wir fahren also los. Hinter Rosas düsen wir zuerst einmal durch eine trockene Einöde. Alles hier scheint nach Wasser zu schreien. Ich bekomme selber Durst. Die Gegend wird hügelig. Wir fahren langsamer an Weinstöcken vorbei. Einzelne traumhafte Villen werden sichtbar. Wir kurven immer mehr in die Höhe.

Hier oben wohnt keiner mehr. Rechts unten bietet sich noch einmal ein Blick auf das blaue Meer, bevor wir endgültig in den trockenen Hügeln verschwinden. Am Horizont drehen sich Windräder.

Carlos sagt kein Wort, aber er ist bester Laune. Aus dem Radio dudelt spanische Musik, und manchmal singt er ein paar Takte mit, bis er plötzlich ganz erschrocken innehält und mir einen verlegenen Blick zuwirft.

»Ich mag es, wenn du singst«, sage ich beruhigend und meine es ernst. Er drückt meine Hand, braucht seine aber gleich wieder am Steuerrad.

Jetzt geht es nämlich kurvenreich bergab. Noch mehr Hügel. Sie sind wild bewachsen. Ein dichter Dschungel.

Und endlich steht da ein großes Schild am Straßenrand: Cadaqués.

Nun geht es steil nach unten, und plötzlich präsentiert sich Cadaqués dem Besucher.

Der Anblick des kleinen Ortes ist unbeschreiblich. Ich bin mit sofortiger Wirkung begeistert. Carlos, der mich beobachtet hat, ist mit meiner Reaktion zufrieden. Sein ganzes Gesicht strahlt.

Cadaqués ist ein Ort mit besonderem Charakter. Die malerischen weißen Häuschen sind eingebettet in grüne Hügel und Felsen. Das Dorf liegt in einer Bucht am Meer, das blauer gar nicht sein könnte. Die Atmosphäre ist ganz speziell.

Ist das echt?

Oder eine Filmkulisse?

Wie wunderbar, dass es so etwas noch gibt. Man hat das Gefühl, hier wirklich in Spanien zu sein, in einem Spanien wie aus dem Bilderbuch. Kein Wunder, dass dieser Flecken Maler aus aller Welt beflügelt. Ich möchte am liebsten sofort aussteigen und jede einzelne der kleinen, engen Gassen durchstreifen. Aber Carlos hat bei seiner Mama ein Frühstück für uns bestellt.

Wir fahren durch den kleinen Ort, und ich kann mich kaum sattsehen. Nur ganz wenig außerhalb, mit perfekter Aussicht auf das Meer und das Dorf, steht das Hotel Villa Maria.

»Maria ist meine Mama. Ich muss dich warnen: Ich bringe eigentlich nie Frauen mit heim. Sie wird also schon die Hochzeitsglocken hören, wenn sie dich sieht. Nimm es ihr einfach nicht übel.«

Noch während Carlos redet, fährt er auf den Parkplatz seines Hotels, und ich sehe schon eine aufgeregt winkende Frau auf uns zukommen.

»Was habe ich gesagt? Meine Mutter!«

Aber Carlos sagt es nicht wirklich missbilligend. Er scheint seine Mutter sehr zu lieben. Jedenfalls liegen sich die beiden schnell in den Armen.

Maria ist nicht eine kleine, runde spanische Mama, wie sie in meiner Phantasie herumgeisterte, sondern eine schmale, elegante Frau mit langem schwarzem Haar. Sie sieht aus wie eine in die Jahre gekommene Madonna. Eine stolze, schöne Frau.

»Herzlich willkommen in unserer Familie«, flüstert sie verschwörerisch in mein Ohr, während sie mich umarmt, nur ganz kurz, aber herzlich.

Hochzeitsglocken, ich hör euch bimmeln!

Oder waren das nur ihre großen goldenen Ohrgehänge?

Ihre schweren Armreife?

Die Ketten mit bunten Steinen um ihren Hals?

Zu ihrem einfachen schwarzen Kleid passt der Schmuck prima.

Auch das Haus ist ein Schmuckstück. Es ist klein und einladend, mit vielen Balkonen, auf denen hellblaue Sonnenschirme stehen. Natürlich ist es weiß bemalt, wie eigentlich alle Häuser hier, und hat ein rotes Ziegeldach. Die Villa Maria braucht keine Schnörkel, keine Säulen, keine besondere Zierde. Sie besticht mit einfacher Schönheit, erfreut das Auge durch ihre Ehrlichkeit, ihre fühlbare Geschichte. Hatte mir nicht Carlos noch auf dem Weg erzählt, dass sein Urgroßvater ein alter Seebär und gefürchteter Schmuggler gewesen sei? Dies scheint sich für die Familie noch heute auszuzahlen.

»Von nichts kommt nichts«, hätte Tante Thea dazu lachend gesagt und die Achseln gezuckt.

Carlos reißt mich aus meinen Gedanken und zieht mich mit ins Haus.

»Ich habe oben auf der Terrasse für euch gedeckt«, ruft Mama Maria und verschwindet, wahrscheinlich in die Küche.

»Wunderbar«, meint Carlos und schiebt mich die Treppe hoch. Durch einen leeren kleinen Aufenthaltsraum führt er mich auf einen Balkon. Hier ist ein Tisch für uns gedeckt, mehr als reichlich. Aber ich habe noch keine Zeit für das Frühstück. Ich lehne mich an das schmiedeeiserne Balkongeländer und betrachte begeistert die Aussicht. Cadaqués ist ein idyllischer Flecken. Da liegen kleine, bunte Boote mitten im Ort im Hafen. Die Kirche überragt alle Gebäude und zeigt damit wohl auch ihren Stellenwert. Der Strand ist nur klein. Das ist ein Glück für den Ort, denn damit bleiben die Horden von Touristen weg. Hinter den weißen Häusern, die alle ganz einfach gebaut sind und schon viele Jahre auf dem Buckel zu haben scheinen, fangen die Olivenhaine an. Man könnte hier bestimmt schöne Spaziergänge und Wanderungen machen. Ein leichter Wind weht mir ins Gesicht, wie ein Gruß oder wie eine kleine Ohrfeige, weil ich doch Spanien den Rücken kehren wollte, ohne wirklich etwas davon gesehen zu haben.

Carlos sitzt am Tisch, trinkt Kaffee und lässt doch seinen Blick nicht von mir. Er strahlt so stolz vor sich hin, als hätte er den Ort selber erfunden und gebaut, als wäre er Tourismusminister und Bürgermeister von Cadaqués in Personalunion.

Ich gebe ihm einen schnellen Kuss auf seine Halbglatze. Dabei lässt Carlos fast seine Kaffeetasse fallen. Und natürlich kommt in diesem Moment auch gerade Mama Maria dazu.

»Habt ihr alles?«, fragt sie und lächelt verschwörerisch. Sie gießt mir Kaffee ein, und ich erzähle ihr von meiner Begeisterung für den Ort.

Maria freut sich und meint: »Ja, ich bin nach all den Jahren noch immer glücklich hier. Ich selber bin in Figueras aufgewachsen.« Sie sei wegen der Liebe hierhergekommen, erzählt sie mit bedeutungsvollem Blick auf ihren Sohn.

»Du kannst gerne ein paar Tage hierbleiben. Ich habe ein Zimmer frei für dich«, erklärt sie.

Da kann ich ihr gleich mal zu verstehen geben, dass es nichts wird mit den Hochzeitsglocken.

»Nein danke. Das ist ja sehr lieb. Aber ich reise morgen Abend wieder zurück in die Schweiz.«

Ihr Lächeln fällt in sich zusammen. Sie ist schockiert. Gerade hatte sie wieder einmal Hoffnungen für ihren Carlos geschöpft, und schon sind alle wieder zerstört. Fängt sie nun an zu weinen?

»Mama, weißt du, wie lange wir uns kennen, Lucy und ich? Seit gestern«, lacht Carlos und streichelt ihr tröstend übers Haar.

Maria staunt und wundert sich.

»Carlos müsste endlich eine Frau finden«, erklärt sie mir dann. »Es ist nicht gut für einen Mann, immer alleine zu leben.«

»Ja, ja, außerdem möchtest du Enkelkinder«, ergänzt Carlos. »Aber beides gibt es nun mal nicht auf Bestellung.«

Maria schaut mich an und fragt: »Warum bist du denn noch alleine?«

Carlos schnappt empört nach Luft. Aber ich kann der Mama nicht böse sein, und bevor Carlos protestieren kann, erkläre ich ihr, dass ich einfach kein Glück in der Liebe habe. Als ich dann wirklich befürchten muss, dass sie nun gleich weint, füge ich hinzu: »Ich habe dafür sonst viel Glück. Ich habe einen schönen Beruf, ein großes Haus, Freundinnen.«

Carlos und Maria wechseln ein paar Worte in Spanisch. Und dann lachen beide wieder vergnügt und schütteln ihre Köpfe.

Carlos erklärt:

»Ich habe ihr erzählt, dass du Schriftstellerin bist, zurzeit eine Diät machst und darüber schreibst.«

Schön, dass das wenigstens zwei Menschen erheitern kann. Ich selber finde es ja langsam nicht mehr so lustig. Aber immerhin: Das Eis ist gebrochen. Wir sitzen noch eine ganze Weile gemeinsam auf dem Balkon. Das Frühstück ist längst in ein Mittagessen übergegangen. Einmal bekommt Carlos einen Anruf und geht für etwa dreißig Minuten weg. Maria und ich unterhalten uns locker alleine.

»Ich wurde in einem Schweizer Internat erzogen«, erklärt sie ihre Deutschkenntnisse. »Ich komme aus sehr gutem Hause«, meint sie stolz. »Aber meine Eltern hatten keine Ahnung von der Liebe. Sie haben einander nie richtig geliebt. Als ich dann meinen Alberto heiratete, einen Nachfahren eines Seeräubers, wie meine Eltern immer betonten, waren sie sehr enttäuscht.« Aber sie könne diese Nachfahren nur weiterempfehlen, meint sie und schaut mich herausfordernd an.

Ich sage darauf gar nichts.

»Aber irgendetwas läuft doch bei euch?«, fragt sie jetzt ganz direkt.

Wie soll ich ihr etwas erklären, das ich mir selber nicht erklären kann?

»Vielleicht sind wir ein wenig verliebt«, gebe ich zu. »Aber wir wissen beide, dass unsere Beziehung keine Zukunft hat.«

Jetzt strahlt Maria wieder. Das gibt mir zu denken.

Habe ich mich falsch ausgedrückt?

Hat sie mich missverstanden?

»Wir werden sehen. Die Liebe findet ihren Weg«, sagt sie nur und lässt das Thema fallen. Aber wie sie das so gesagt hat ... als wäre es eine Prophezeiung. Es geht mir richtig unter die Haut.

Carlos kehrt von seinem Telefongespräch zurück, und Maria verlässt uns, weil Hotelgäste ankommen, die sie natürlich immer ganz persönlich begrüßt.

»Gibt es Probleme?«, frage ich.

»Nein, ganz und gar nicht. Aber ich muss dich etwas fragen. Es hat sich herumgesprochen, dass ich heute hier bin. Mein bester Freund lädt uns zu einer Party ein. Er will heute seine Verlobung bekannt geben. Verlobung! Unglaublich! Ich wäre wirklich gerne dabei. Aber dann könnten wir heute nicht mehr zurückfahren. Morgen Mittag muss ich dann sicher wieder im Hotel sein. Was denkst du darüber? Hättest du Lust auf eine richtige einheimische Feier?«

Eigentlich habe ich gar keine Lust auf Jubel und Trubel. Und zum Umziehen habe ich auch nichts dabei. Aber ich lasse mich von Carlos' Vorfreude anstecken. ER wäre bestimmt gerne dabei.

»Meine Mutter wird dir helfen, weil du kein Gepäck dabei hast. Das kann sie.«

Am Nachmittag spazieren wir ein wenig durch die Gassen von Cadaqués. Es ist sehr heiß. Die kleinen Läden bieten verlockende Souvenirs an. Ich kaufe einige Postkarten. Dazu einen deutschsprachigen Reiseführer. Ein Poster, gemalt von Salvador Dalí, der hier aufgewachsen ist und immer wieder Cadaqués gemalt hat. Carlos spielt gerne den Touristenführer. Wir besuchen die Kirche, die auf dem höchsten Punkt des alten Ortskerns steht. Ein imposantes spätgotisches Bauwerk mit einem barocken Altarbild. Wir sitzen in der vordersten Bank, ganz still.

»Die Kirche heißt Santa María«, flüstert Carlos mir ins Ohr. Wir halten uns an den Händen. Erschreckend, wie wohl ich mich bei ihm fühle. Ich kenne ihn kaum, und schon sehe ich mich vor meinem geistigen Auge durch die Kirche schreiten, im weißen Brautkleid. Ich möchte mich nicht so weit aus dem Fenster lehnen. Ich rufe meine Gefühle zur Vernunft. Ich schicke mehrere Stoßgebete zur heiligen Maria. Aber vielleicht hat sich diese ja schon mit ihrer Namensvetterin, Carlos' Mutter, verbündet?

Von der Kirche aus hat man einen wunderschönen Ausblick auf die Bucht und den malerischen Ort. Wir spazieren wieder hinunter, durch die kleinen Gassen, an den Strand, wo wir uns in eine Freiluftbar setzen und einfach nur kaltes Mineralwasser trinken.

Ob er auch sein aufgewühltes Gefühlsleben, sein erhitztes Gemüt, abkühlen muss?

»Was denkst du?«, fragt Carlos, beugt sich über den Tisch zu mir und ergreift meine Hände.

Eine der blödesten Fragen, nicht wahr?

Darauf kann man nur selten ehrlich antworten.

Es hat doch keinen Sinn, ihm mein Gefühlschaos zu offenbaren, wenn sich doch morgen sowieso alles von selber erledigt.

»Ich kann dir sagen, was in MIR vorgeht, Lucy. Ich bin beunruhigt, und es bringt mich aus der Fassung, dass ich mich dir so nahe fühle. Wir kennen uns erst seit Stunden, und ich fühle mich pudelwohl in deiner Nähe. Das erschreckt mich. Ich könnte mir alles Mögliche mit dir vorstellen, und dabei weiß ich, dass du morgen wieder gehst. Ich versuche, vernünftig zu sein, aber es fällt mir schwer.«

Wow, das war ja eine richtige Ansprache. Mir kommen die Tränen. Er hat mir aus dem Herzen gesprochen. Wohin soll das führen?

»Sag, dass du genauso fühlst, meine Liebe. Ich kann mich doch nicht so sehr täuschen?«

»Ja, du hast recht«, gebe ich leise zu.

Unsere Augen versinken ineinander. Ich muss mich mit Gewalt lösen.

»Es hat keinen Sinn. Ich reise morgen ab. Ich kann mir nicht vorstellen, wie wir zusammen sein könnten. Es macht mich traurig«, sage ich und ziehe meine Hand zurück.

»Du hast recht. Andererseits: Wir sind beide erwachsen. Wir können auch einfach beschließen, dass wir nicht an morgen denken und heute unsere Gefühle genießen und leben.«

Er schaut mich fragend an.

DAS soll ein »erwachsener« Lösungsvorschlag sein?

Vielleicht.

Warum sollen wir das Heute ans Morgen verschenken? Ein Tag voller Glück, den keiner uns nehmen kann?

Wir spazieren zum Hotel zurück, und wir lachen und albern herum. Maria lässt uns an der Küche vorbeiziehen, ohne uns anzusprechen. Wir gehen die Treppen hoch bis ganz nach oben, wo Carlos unter dem Dach sein Zimmer hat. Es ist groß und gemütlich und hat einen bezaubernden Ausblick. Nur, dass uns dieser jetzt nicht interessiert.

Wir halten uns fest, wir küssen uns. Wir erlauben unseren Gefühlen, das Kommando zu übernehmen. Wir werfen übermütig unsere Kleider von uns und werden dann langsam und ruhig. Auf dem Bett entdecken wir uns neu, lernen uns kennen. Ich könnte platzen vor Glück. Auch unsere Körper passen zusammen. Wir sind ein Paar. Wir würden uns am liebsten ineinander auflösen, so verliebt sind wir. Unser Sex hat allerdings auch eine kleine verzweifelte Note, weil wir trotzdem ein wenig an morgen denken müssen. Aber die Leidenschaft ist stärker. Viel stärker. Wir fallen übereinander her, wir klammern uns aneinander, wir versinken ineinander. Es ist einfach schön.

Wie viele Punkte kann ich mir nun gutschreiben?

»Viel Sex macht schlank und verjüngt. Sex ist der ideale Schlankmacher. Die bei heißen Liebesspielen verbrannten Kalorien reduzieren schädliches Körperfett. Regelmäßiger Sex strafft das Bindegewebe der Haut.« Ja, ich kann das noch beinahe wörtlich auswendig herunterbeten. Ich lache übermütig vor mich hin. Carlos schaut mich fragend an.

»Sex ist der ideale Schlankmacher. Das habe ich mal gelesen«, erkläre ich ihm und klimpere mit den Wimpern. Carlos lacht und schimpft empört: »Ach, deshalb hast du mich mit Gewalt abgeschleppt und verführt!« Aber er ist gerne bereit, noch ein paar Kalorien mit mir zu verbrennen.

Es wird langsam Abend. Wir möchten hier liegen bleiben und nie mehr aufstehen. Aber die Party ruft.

»Ich gehe jetzt unter die Dusche, ziehe mich an, und während du dich dann frisch machst, besorge ich dir etwas zum Anziehen für heute Abend.«

Ich bin peinlich berührt. »Carlos, auch wenn du es netterweise nicht sehen willst: Ich werde niemals in ein Kleid von Maria hineinpassen.«

»Keine Sorge. Glaubst du, Maria war immer so schlank? Sie hatte Krebs und hat nur deshalb so viel abgenommen. Auch darum kommt es uns vielleicht komisch vor, dass bei euch dem Abnehmen so viel Bedeutung beigemessen wird. Maria war immer kugelrund. Kein Wunder: Schließlich können wir alle gut kochen.«

Und tatsächlich: Ich bekomme mehrere Kleider zur Auswahl, die mir durchaus passen. Am Ende bin ich in elegantes Schwarz gekleidet, und ich trage wertvollen Goldschmuck aus Marias Schatulle. Dieser klimpert bei jeder meiner Bewegungen.

Maria ist begeistert. Überhaupt schwirrt sie ganz nervös um uns beide herum, als würde sie etwas ahnen und erhoffen. Sie ist eine sympathische Frau. Ich würde sie sofort als Schwiegermutter akzeptieren, aber eben …

»Ihr seid ein hübsches Paar. Wehe, ihr kommt vor Mitternacht heim!«, ruft sie uns zum Abschied hinterher.

Ich erlebe einen unvergesslichen spanischen Abend. Ich werde von unzähligen Menschen begrüßt, gedrückt und herzlich aufgenommen. Wir essen exotische Gerichte. Ich höre spanischen Gitarristen zu und sehe erstmals einen Flamenco, wie er von Einheimischen getanzt wird, ohne pompöse Kleider, aber mit Leidenschaft.

Irgendwie ist alles ein wenig zu viel für mich. Ich stehe neben mir, denn meine Gefühle für Carlos sind so stark, dass sie mich völlig benebeln. In mir ist ein großer Aufruhr. Manchmal möchte ich mich mit meinen eigenen Tontöpfen erschlagen, dann wieder bade ich in den Glücksgefühlen des Moments. Vernunft und Unvernunft scheinen sich verbrüdert zu haben. Manchmal weiß ich nicht mehr, was ich fühle.

Carlos ist immer neben mir. Er hält meine Hand, drückt mich an sich, vergisst mich keinen Moment, auch wenn er seine alten Freunde trifft. Natürlich werde ich von den Spaniern aufmerksam beobachtet und geprüft. Jeder, der ein bisschen Deutsch spricht, redet mit mir, kümmert sich um mich.

Irgendwann schleiche ich aus dem lauten Restaurant heraus und setze mich einen Moment auf einen warmen Stein am Meer. Ich atme tief durch und versuche, wieder zu mir zu kommen.

Wie konnte ich bloß so blöde sein?

Wie komme ich aus dieser Geschichte wieder raus?

Jetzt schon fühle ich, wie ein nahezu körperlicher Schmerz direkt hinter meinen Glücksgefühlen auf mich lauert.

Ich hätte mich besser kennen sollen!

Ich bin nun mal nicht wie Kim, die Affären haben kann,

genießen kann, um sie dann anschließend einfach abzuhaken und in wohlwollend guter Erinnerung zu behalten. Ich bin zu alt, um mich da noch groß zu ändern.

Zu späte Selbsterkenntnis.

»Bist du in Ordnung, Lucy?«, fragt plötzlich ein Mann neben mir, und ich schrecke hoch aus meinen tiefgründigen Gedanken. Es ist Diego, Carlos' bester Freund, der heute Verlobung feiert. Er setzt sich zu mir. Es wird eng auf meinem wackeligen Stein. Aber Diego ist ein schmales Männchen. Er sieht gut aus mit seinen langen schwarzen Haaren. Sein braungebranntes Gesicht ist voller Lachfältchen. Er war mir gleich auf Anhieb sympathisch. Kein Wunder: er ist ja auch Carlos' bester Freund.

»Ja, ja, alles ist in Ordnung«, sage ich, peinlich berührt, dass er mich hier draußen beim Grübeln erwischt hat.

»Ich bin hier der Gastgeber, und ich kann es nicht zulassen, dass eine schöne Frau mein Fest verlässt und traurig aufs Meer hinausschaut.«

Er wirft ein paar Steine ins Wasser und hört meinem Schweigen zu.

»Was ist los?«, fragt er dann noch einmal. »War Carlos nicht gut zu dir? Dann haue ich ihm eine rein. Willst du das?«

Ich lache nun doch.

»Nein, nein. Es ist ganz einfach, Diego: Carlos und ich kennen uns erst seit gestern, und wir werden uns morgen wieder trennen.« Meine Stimme wird bei dieser Erklärung leicht brüchig, und ich habe tatsächlich Tränen in den Augen.

Diego schüttelt unwillig den Kopf.

»Ihr werdet schon einen Weg finden. Jeder sieht doch, wie verliebt ihr seid. Wir freuen uns mit euch. Ihr seid schließlich alt genug. Die Schweiz ist doch gleich um die Ecke.«

Er drückt mich leicht an sich und nimmt mich dann an der Hand, um mich wieder ins Restaurant zurückzubegleiten.

»Jetzt, wo ich Carmen gefunden habe, möchte ich wirklich gerne, dass Carlos auch eine Frau findet. Er ist ein großartiger Freund, und er wäre sicher auch ein guter Ehemann«, erklärt mir Diego unterwegs. Vor dem Restaurant bleibt er stehen, schaut mir in die Augen und sagt: »Carlos liebt dich. So was kann ich sehen.«

Er liebt mich?

Liebe ich Carlos?

Carlos kommt uns entgegen. Er habe mich gesucht, sagt er, und wundert sich über uns beide hier draußen.

»Deine Lucy ist traurig. Tu irgendwas«, sagt Diego. »So was kann ich auf meinem Fest nicht zulassen.« Und er verschwindet.

Jetzt kann ich mich in Carlos' Armen verkriechen, und mein Gefühlschaos entlädt sich: Ich weine ihm sein sauberes Hemd nass. Das ist mir sehr, sehr peinlich. Aber Carlos hält mich fest, küsst meine Tränen weg, spricht mir beruhigende spanische Worte ins Ohr.

Schließlich sitzen wir zusammen auf dem warmen Stein am Meer.

»Du liebst mich, und ich liebe dich. Ist es das, was dich traurig macht?«, fragt er nach einer Weile.

»Ja«, sage ich nun einfach.

»Kann man von Liebe sprechen, wenn man sich erst seit ein paar Stunden kennt?«, frage ich leise.

»Ja«, meint Carlos bestimmt.

Und nach einer Weile fragt er:

»Du denkst, wir haben keine gemeinsame Zukunft, nicht wahr?«

Ich schüttle nur den Kopf und sage:

»Du würdest Spanien nie verlassen, und ich bin in der Schweiz zu Hause. Wir sind zu alt. Wir haben uns beide ein Leben aufgebaut, das uns viel bedeutet. Ich habe ein Haus, einen Job und Freunde. Du hast eine ganze Familie, ein Hotel, das gut läuft.«

In Spanien könnte ich nicht einmal für eine Zeitung arbeiten, weil ich nicht Spanisch spreche, denke ich so für mich. Ich würde mich fühlen wie ein Fisch im Trockenen. Und Carlos ist zu alt, zu erfolgreich und zu selbstständig, um wegen mir in einem Schweizer Hotel irgendwo Oberkellner zu spielen.

Es gelingt uns dann, Diegos Fest doch noch zu genießen. Wir lassen uns mitreißen von der allgemeinen Fröhlichkeit und tanzen ausgelassen, als eine Band auf der Terrasse Musik macht. Bei langsamen Melodien kriechen wir uns gegenseitig in die Arme und schauen nur ab und zu in die Sterne.

Heute ist heute.

Morgen ist weit.

In der Nacht schlafen wir kaum. Wir lieben uns, dazwischen reden wir stundenlang oder schweigen gemeinsam. Wir sitzen auf dem Balkon und trinken Wein. Wir beobachten, wie langsam der Morgen anbricht. Zum Schlafen ist uns die Zeit zu kostbar.

Beim Frühstück verscheucht Carlos seine Mutter ziemlich unwirsch, als sie wieder anfängt, uns mit allen möglichen Fragen zu löchern. Wir brechen früh auf, Richtung Rosas. Eine feste Umarmung von Maria bekomme ich mit auf den Weg. »Ich bete für euch«, sagt sie zum Abschied.

Ich hatte es ja geahnt: Sie hat einen besonderen Draht zu der Kirche Santa María, von Maria zu Maria. Sicher wird sie dort noch heute ein Dutzend Kerzen für uns anzünden. Ein schönes Gefühl, irgendwie.

Die Rückreise verbringen wir schweigend, fassen uns nur ab und zu kurz an den Händen, wenn es die Serpentinen zulassen. In Rosas bleibt für einen großen Abschied wenig Zeit: Carlos muss in zwei wichtige Sitzungen. Ohne Schlaf! Das wird sicher nicht leicht für ihn.

»Ich werde dich noch verabschieden, wenn du abreist. Versprochen«, sagt er und rennt davon. Seine Sekretärin hat schon nervös vor dem Hotel auf ihn gewartet. Er muss jetzt mit ihr nach Figueras fahren. Es gehe um die Möglichkeit, noch einen weiteren Hotelkasten günstig zu erwerben.

Im Zimmer packe ich wie in Trance meine Sachen. Kim ist noch nicht da. Der Bus fährt um zwanzig Uhr. Ich wurstle alle meine Sachen achtlos in den Koffer. Dann lege ich mich kurz aufs Bett und schlafe tief und fest ein. Gut, dass Kim dann doch noch heimkommt. Sie ist total aufgekratzt, singt vor sich hin, knallt mit den Schranktüren und ignoriert meinen Zustand völlig, weil sie so mit sich selber beschäftigt ist.

»Ich packe, ich pa-a-acke, ich reise ba-a-ald aa-aa-ab«, singt sie daher, als wär's eine große Arie aus einer Wagner-Oper, und sie braucht mindestens zwei Oktaven für ihren Jubelgesang.

Während sie, genauso sorglos wie ich, ihre Sachen in ihren Koffer schmeißt, erzählt sie von Miguel. Die ganze Nacht haben sie auf seinem Boot verbracht. Er habe für sie Gitarre gespielt und gesungen. Aber auch sonst sei er ein Glückstreffer gewesen.

»Er ist wirklich heiß. Es war super«, schwärmt sie. »Er ist süß, und er weiß, was Frauen lieben. Am Morgen sind wir dann aufs Meer hinausgefahren, bis wir nur noch Wasser gesehen haben und Himmel. Es war umwerfend. Wir sind nackt im offenen Meer geschwommen.« Aber Miguel sei natürlich ein spanischer Macho, ein Kindskopf.

»Ideal für eine Affäre, katastrophal für eine Beziehung«, fasst sie zusammen. Das Abenteuer habe ihr trotzdem richtig gutgetan.

Um halb acht stehen wir vor unserem Hotel. Der Bus ist schon da. Wir wuchten unsere Koffer in seinen Gepäckraum.

»Jetzt geht's heimwärts«, freut sich meine Freundin und reibt sich die Hände, als wäre uns ein ganz besonderer Coup gelungen. Kim will sofort einsteigen. Sie versteht nicht, warum ich noch zögere.

»Geh doch schon rein. Ich komme sofort«, sage ich.

Kim ist so voll von ihren Erlebnissen, dass sie gar nicht wahrgenommen hat, dass ich nicht nur still und geduldig im Zimmer auf sie gewartet habe. Und ich habe auch noch keine Lust zu erzählen.

Als Carlos in letzter Minute vor dem Hotel ankommt, muss er zuerst Dutzende Gästehände schütteln. Man freut sich allgemein, dass der Chef persönlich zur Verabschiedung erscheint. Viele sind ja auch Stammgäste und kennen Carlos länger als ich. Irgendwann steht er dann vor mir, und ich muss mich unglaublich zusammenreißen. Plötzlich wird mir bewusst, dass jetzt mit einem Schlag alles aus ist. Dass wir uns trennen. Und es war doch so viel zwischen uns. Es gibt keine Worte mehr, die nicht schon gesagt worden sind.

Wir umarmen uns zart, wir küssen uns.

»Ich liebe dich«, sagt er.

»Ich liebe dich auch«, sage ich.

Noch eine Umarmung, und ich muss mich losreißen und in den Bus einsteigen.

Carlos bleibt wie angewurzelt stehen und winkt dem abreisenden Fahrzeug ein wenig verloren hinterher. Jetzt ist es um mich geschehen. In der kommenden Stunde weine ich ohne Unterbrechung vor mich hin.

Ein paar Stunden Busreise reichen, um mich wieder einigermaßen zu fangen. Ich erzähle Kim von meinem Carlos, von Cadaqués, von meinem Gefühlschaos. Sie hört zu, staunt und wundert sich, tröstet mich, ohne groß Kommentare und Ratschläge abzugeben.

Eine echte Freundin eben.

Bereits an der Schweizer Grenze kann ich wieder lachen. Und zwar herzhaft. Auslöser ist der Cadaqués-Reiseführer, den ich gekauft hatte und den ich nun voller Stolz Kim zeige.

Unglaublich!

Dieses Büchlein war von einem schlechten Computer oder einem noch schlechteren Schüler in die deutsche Sprache übersetzt worden. Viele Sätze verstehen wir auch nach mehrmaligem Lesen nicht.

Über die Costa Brava steht da beispielsweise:

»Es ist unmöglich zu beschreiben in ihre Allgemeinheit, die ausgezeichnete Ecke diese Erde.«

Was?

Es gibt noch bessere Sätze. Ja, man kann das noch steigern. Über Cadaqués steht nämlich geschrieben:

»Zweifelnlos, der Ortschaft des Gebietes mehr besuchte, fast alle Jahren ist Cadaqués, mit einen malerischen Entzücken, die fast alles was kennt für sich nimmt.«

Kim ist begeistert von den Fotos, denn Cadaqués ist wirklich ein Juwel. Aber sie kann sich auch von dem Text nicht losreißen und liest mit Tränen in den Augen: »Die Möglickeiten für unsern genießen Zeit, sind so viele, dass wir sollen nicht eine Sekunde verloren.«

Endlich können wir wieder lachen.

»In Cadaqués alles steigern sich zu den Kategorie von ausgezeichnet.«

Dabei hätte mich schon der Titel des Büchleins warnen sollen: »Eine touristische Führer«. Gegen diesen Führer sind Ikea-Bauanweisungen wahre Literatur.

Schließlich nicken wir dann beide ein und wachen erst wieder richtig auf, als man uns in Ibach aus dem Bus entlässt.

# Schweiz, Ibach

Gemächlich rollen wir unsere Koffer durchs Eigenwies. Es ist früher Morgen, viel zu früher Morgen, und wir fühlen uns ziemlich bettreif und erschlagen. Die Luft ist kühl und der Himmel bewölkt.

Kim seufzt: »Ich freue mich total auf meine Tasten.« Dem kann ich nur zustimmen, wenn ich dabei auch an andere Tasten denke. Mein Bedürfnis, meine Gefühle niederzuschreiben oder in eine Kolumne einfließen zu lassen, ist groß.

»Ein heißes Bad wäre auch nicht schlecht«, melde ich schon mal an.

Wir gehen also heimwärts. Es riecht gut bei uns. Es muss in den letzten Tagen viel geregnet haben, denn alles Grünzeug ist gewachsen. Es grünt und blüht in jeder Ecke, jedem Winkel. Die Vögel singen gut gelaunt. Drei kleine Mädchen kommen uns auf Einrädern entgegen. »Schön hier, oder?«

Wir sind uns einig. Keine Frage. Schön, dass ich in dieser herrlichen Gegend zu Hause bin.

»Es ist unmöglich zu beschreiben in ihre Allgemeinheit, die ausgezeichnete Ecke diese Erde«, erinnert sich Kim an den Reiseführer und kichert zu ihrem gelungenen Zitat wieder vor sich hin.

»Der war wirklich sein Geld wert«, meine ich. »Der

bringt uns jederzeit zum Lachen, sicher auch in großen Lebenskrisen. Müsste als Selbsthilfebuch verkauft werden.«

»He!« Kim bleibt plötzlich stehen und deutet auf mein Haus. Vor der Haustür sitzt ein junger Mann auf der Treppe. Neben ihm steht eine Sporttasche. Er ist schwarz.

»Ein Kenianer«, sagen wir beide wie aus einem Munde.

»Aber was will der hier?«

Ja, das ist die große Frage. Außerdem: Ich wollte jetzt eigentlich meine vier Wände genießen und keine Besucher bewirten. Können wir ihn nicht einfach wieder nach Afrika schicken?

»Wir erklären ihm, wo Laura arbeitet, und schicken ihn dorthin. So einfach ist das«, sagt Kim und schreitet munter durch unser Gartentor.

»My name is Kipkogei«, erklärt der junge Mann und versucht, uns mit einem gewinnenden Lächeln für sich einzunehmen. Alle seine strahlend weißen Zähne präsentiert er dabei gleichzeitig.

»WIE heißt er?«, frage ich Kim, während ich die Haustür aufschließe.

»Irgendwas mit Kip.«

Aha.

Der junge Mann folgt uns zögernd und blickt sich suchend um. Wir führen ihn in die Küche, wo ich sofort die Kaffeemaschine einschalte.

Auf dem Küchentisch findet Kim einen Zettel von Laura. Sie liest ihn und verkündet fassungslos:

»Das glaubst du nicht: Sie ist mit ihrem Ricardo in Kenia. Last minute gebucht«, verkündet Kim. »Sie kommt am 1. Juli wieder!«

Jetzt sind wir platt.

»Laura is not here?«, fragt der Kenianer, der anscheinend auch etwas Deutsch versteht, und jetzt kullern ihm doch tatsächlich riesengroße Tränen über die Wangen. Er scheint völlig erschöpft zu sein. So vergessen wir beide unsere eigenen Wünsche und kümmern uns um den armen Kerl.

Es braucht eine ganze Weile, aber schließlich finden wir Folgendes heraus:

Er ist ein Kenianer. (Gut, das war nicht schwer.)

Er sitzt schon seit gestern Nachmittag vor unserer Haustür.

Er hat Probleme mit Leuten, die ihn in die Schweiz eingeladen hatten. Da erinnerte er sich an Laura, die ihn einmal aufgefordert hatte, ihn zu besuchen, sollte er zufällig in der Schweiz sein.

Er kennt sonst niemanden hier, und sein Rückflug ist erst am 1. August.

»Ja und jetzt: Will er bis zum August bei uns bleiben?«, fragt Kim ungläubig.

Ich schaue ratlos zu unserem Überraschungsgast.

»My name is Kipkogei«, sagt der Mann noch einmal und versucht wieder zu lächeln. »My christian name is Samuel. You can say Samuel to me.«

Samuel.

Das kann ich mir schon eher merken.

»Sämi heißt so einer in der Schweiz«, erklärt Kim.

Und wo er jetzt einen Namen hat, wird er wohl auch bleiben müssen.

»Wir werden morgen alles genauer besprechen. Heute bleibst du einfach mal hier«, erkläre ich ihm. »Wir haben eine kleine Kammer, eine sehr kleine, mit einem Klappbett.« Sämi nickt begeistert.

Leider muss ich aber dort noch ein wenig aufräumen. Es

ist unser Bügel- und Wäschezimmer. Unser Lagerraum. Unsere Abstellkammer. Aber wir hatten früher auch schon mal ein kleines Gästebett dort aufgebaut.

Kim gibt unserem ausgehungerten Gast etwas zu essen, während ich sein Zimmer vorbereite.

Ich brauche nur dreißig Minuten, um den Raum in ein Gästezimmer zu verwandeln. Aber das ist schon zu viel. Ich komme zurück in die Küche. Eine lauwarme Tomatensuppe dümpelt auf dem Herd vor sich hin. Sämi und Kim liegen auf dem Balkon in Liegestühlen und schlafen tief und fest.

Nein, diese Punkte kann ich mir sparen. Auf Suppe habe ich jetzt gar keine Lust. Nur mein Bett lockt mich. Ich schaffe mein Gepäck in mein Zimmer und lasse mich mit einem tiefen Seufzer auf mein Bett fallen, wo ich mich unter die Decke verkrieche. Ich vergieße nur ein paar einzelne Tränen, denke fest an Carlos und schlafe sofort ein. Wilde Träume quälen mich. Ich fahre irgendwo in Spanien mit Carlos über kurvenreiche Straßen rauf und runter. Aber es ist keine gemütliche Ausfahrt, mehr eine Flucht, eine Jagd.

Ich wache auf mit Schweißperlen auf der Stirn.

Sechzehn Uhr.

Wo bin ich?

Was ist los?

Erst die Erleichterung: Ich liege im eigenen Bett.

Dann der Schmerz: Carlos ist nicht hier, wird auch nicht kommen.

Ich höre Stimmen aus der Küche. Gut, jetzt nicht allein zu sein. Ich schüttle mich ein wenig, aber die Traurigkeit hat sich irgendwo tief in mir festgesetzt. Trotzdem gehe ich in die Küche, wo Kim und Sämi einen Tee trinken und fröhlich plaudern.

»Ich habe ihm schon erzählt, dass du hier die Chefin bist«, sagt Kim.

Sämi schaut auch ganz beeindruckt aus. »Kann ich hierbleiben?«, fragt er, und seine Augen spiegeln seine Furcht, ich könnte ihn wieder auf die Straße schicken.

Hierbleiben?

Klar. Wenn er nicht für immer hier einziehen will.

»Du kannst bis zu deinem Abflug hierbleiben, wenn du dich ein wenig anpasst und wir uns alle vertragen«, erkläre ich dem jungen Mann.

Dann erzählt er uns seine Schweizer Erlebnisse. Er sei vor zwei Wochen hier angekommen. Ein reicher Geschäftsmann aus Lausanne hatte ihn eingeladen. Dieser musste sehr viel Papierkram für Sämi erledigen, bis er hier einreisen konnte. Aber Sämi dachte, er könne dann auch tatsächlich drei Monate bei dem Geschäftsmann wohnen. Dieser wollte ihm aber nur die Reise und das Visum bezahlen, aus Dankbarkeit.

»Er war mit seiner Frau letztes Jahr im Rift Valley unterwegs. Sie hatten ein Auto gemietet und waren auf dem Weg zum Lake Bogoria. Und natürlich waren sie überfordert mit unseren teilweise ganz furchtbaren Straßen. Sie hatten einen kleinen Unfall, kollidierten mit einem Schaf. Es gab einen Tumult. Die Einheimischen wollten viel zu viel Geld für das tote Schaf. Sie waren böse. Er fühlte sich bedroht. Seine Frau hatte eine Prellung am Kopf. Die Situation war hässlich. Da kam ich zufällig auf dem Fahrrad vorbei und half den beiden.« Er habe die beiden mit heimgenommen, und seine Mutter habe sich um sie gekümmert, bis es ihnen besser ging und sie weiterreisen konnten. »Dafür hat er mir eine Reise in die Schweiz versprochen. Ich war so glücklich über diese Chance.« Seine ganzen Ersparnisse habe er in einen Reisepass investiert. Dass er in der Schweiz noch Geld brauchen würde, hatte er nicht eingeplant. Und dass die Schweiz dermaßen teuer ist, hatte er sich im Traum nicht vorstellen können. Das Ehepaar habe ihm schnell einmal klargemacht, dass er nur ein paar Tage bei ihnen wohnen könne. »Ich hatte das ganz anders verstanden.« Da sei ihm Laura in den Sinn gekommen. »Sie ist die einzige Schweizerin, die ich sonst noch kenne. Meine Gastgeber haben mir die Zugfahrkarte gekauft und mich selber noch in den richtigen Zug nach Schwyz gesetzt.«

Armer Kerl. Kim und ich schauen uns betroffen an. So viel zur Schweizer Gastfreundschaft.

»Was arbeitest du denn in Kenia?«, will Kim wissen.

»Ich kann Auto fahren«, antwortet Sämi.

Aha.

Er kann Auto fahren.

Sämi scheint die Fragezeichen in unseren Gesichtern zu erkennen.

»Ich fahre Touristen durchs Land. Ich lasse mich von verschiedenen Agenturen engagieren. Ich arbeite als Fahrer. Manchmal organisiere ich auch selber einen Wagen und arbeite auf eigene Rechnung. Ich fahre Touristen durch die Nationalparks. Ich bin gut«, sagt er mit großem Stolz. »Ich weiß viel über die Tiere und über unser schönes Land.«

Doch, das glauben wir ihm unbesehen.

»Wie hast du Laura kennengelernt?«, setze ich das Verhör fort.

»Laura war mit einem Schweizer Reiseveranstalter in einer Gruppe auf Safari. Aber die sind irgendwo mit ihrem alten Bus stecken geblieben, nach einem großen Regenfall. Und so hat man einheimische Agenturen zu Hilfe gerufen. Die Touristen wurden auf unsere Fahrzeuge verteilt, und ich brachte Laura und drei andere Frauen in ihr Hotel zurück.«

Laura habe neben ihm gesessen, und ihr großes Interesse an allem habe ihm gefallen. »Und sie ist so schön«, sagt er zum Abschluss, um dann für den Rest des Tages mehr oder weniger zu schweigen.

Wie wird das wohl gehen mit Sämi, frage ich mich. Wir müssen ihn finanzieren, ihn unterhalten, beschäftigen. Und wir müssen auf ihn aufpassen. Es kommt mir vor, als hätte man ein Kind bei uns abgegeben.

Sämi als eine Art Findelkind.

Ein »Findelkenianer«.

Kim geht einkaufen, denn Laura hat uns einen leeren Kühlschrank hinterlassen. Ich zeige inzwischen Sämi das ganze Haus, damit er sich bei uns zurechtfindet. Ob ich ihm das Badezimmer erklären muss? Nein, er wird schon wissen, wie das alles funktioniert. Ich will ihn doch nicht beleidigen.

Er wirft auch einen Blick in Lauras Zimmer und ist fasziniert von ihrer afrikanischen Oase. Klar: Da würde er gerne einziehen. Aber so geht das natürlich nicht.

Irgendwann sitzt Sämi zufrieden vor dem Fernseher und zappt durch die Sender.

Das wird schon irgendwie gutgehen mit ihm, denke ich.

Ich versuche, Laura auf ihrem Handy zu erreichen, aber es klingelt, respektive trommelt, natürlich prompt in ihrem Zimmer.

Ich rufe meinen Vater an und melde mich zurück. Er hat keine Zeit zum Reden, denn eine Frau von einem Besuchsdienst sei da und lese ihm vor. Unter anderem auch meine Kolumnen. Da will ich natürlich nicht stören. Er klingt jedenfalls erstaunlich munter, was mich beruhigt.

Es hält mich nun also nichts und keiner davon ab, meinen Computer aufzustarten und meine Tasten zu begrüßen. Heute habe ich ja mein Slim-Now-Treffen geschwänzt. Trotzdem darf ich meine Arbeit nicht ganz vernachlässigen. Morgen muss ich auch noch eine Kolumne abgeben.

Ich lese die zahlreichen E-Mails von Lesern, die meinen Posteingang fast verstopfen. Ihr Mitteilungsbedürfnis ist groß. Ich erreiche tatsächlich viele Menschen mit dieser Diätkolumne in der FRAUEN POWER.

Eine Frau gibt mir den Rat, im Internet mal unter dem Schlagwort »Lichtnahrung« nachzuschauen.

Mache ich doch glatt.

Ich falle fast aus den Socken, was ich da alles zu lesen bekomme. Ich halte mich für einen offenen, toleranten Menschen, aber hier stoße ich an die Grenzen meines Verständnisses.

Ich lese da:

»Man tritt mit einer höheren Energie in Kontakt. Das Universum ist in der Lage, uns mit allen notwendigen Dingen zu versorgen.«

Schön.

Man stellt anscheinend nach einer dreiwöchigen Umgewöhnung seine Ernährung um und braucht dann nichts mehr, nicht einmal Getränke.

»Man lebt von vergeistigter und unsichtbarer Prana-Ernährung. Dies ermöglicht ein erweitertes Bewusstsein, gepaart mit spirituellem Fortschritt«, schreibt jemand. Die Australierin Jasmuheen (Ellen Greve) soll seit 1993 nichts mehr essen und nur ab und zu etwas trinken. Sie lebt nach eigener Aussage vom Licht.

Sie treibt es wirklich noch weiter:

»Dies wäre eine Nahrungsquelle für das kommende Jahrtausend, eine Möglichkeit für eine Welt ohne Hunger.« Diese These finde ich dann doch sehr gewagt.

Inzwischen sind mehrere Leute beim Versuch, von Licht zu leben, gestorben.

»Sie haben meine Anleitungen nicht befolgt«, erklärt Jasmuheen ungerührt.

Irgendwo finde ich auch noch ein paar Erfahrungsberichte von Selbstversuchen irgendwelcher mutiger Menschen. Tausende sollen dies auch in der Schweiz schon ausprobiert haben. Nicht alle bleiben dann dabei. Vielen reicht schon das Erlebnis, dass sie wirklich keine Nahrung bräuchten.

Ich bin beeindruckt, echt.

Da jammere ich, wenn ich Punkte zählen und ein paar Lebensmittel meiden muss. Und jetzt lese ich von Leuten, die sich an ein solch großes Experiment wagen.

Am Abend sitzen Sämi, Kim und ich beim Abendessen. Wir hören Radio und essen Spaghetti. Ich kaue allerdings minutenlang auf den gleichen Teigwarenwürmern herum. Ich habe keinen Appetit.

»Das ist ja mal was ganz Neues«, spottet Kim.

Aber ich bin einfach müde und traurig. Ich bin froh, dass Kim munter unseren Gast unterhält und ihm wilde Geschichten von unserer Spanienreise erzählt.

Auch Sämi scheint nicht besonders gut drauf zu sein. Er ist still und isst, lacht ab und zu ein wenig.

Wir lösen unsere kleine Gesellschaft schnell auf, und jeder zieht sich in sein Zimmer zurück. Ich höre Sämi bald schon schnarchen, was mich beruhigt. Kim klimpert komplizierte Etüden.

Ich setze mich an den Computer und schreibe eine traurige Kolumne mit dem Titel »Liebeskummer als Appetithemmer«. Ich erzähle ein wenig von Spanien, und schwups sind die Zeilen geschrieben. Natürlich gestehe ich nicht alles, es ist nicht der absolute Seelenstriptease, aber ich bin doch recht offen und werde persönlich. Ich schreibe jedenfalls, dass ich so blöde war, mich in den Ferien zu verlieben, und das trotz meines hohen Alters. Und dass ich zur Strafe nun leiden müsse, was sich aber sehr positiv auf meine Figur auswirke. Aber die Liebeskummerdiät sei nicht wirklich empfehlenswert. Sie sei sehr schmerzhaft. Und eigentlich würde ich eine Fressattacke aufgrund von herrlicher Verliebtheit vorziehen, Gewicht hin oder her.

Ich schicke die Kolumne noch am gleichen Abend ab.

Erstmals lege ich die drei Sorgenpüppchen unter mein Kopfkissen. Zuerst habe ich ihnen natürlich meine Sorgen anvertraut:

Werde ich Carlos niemals mehr wiedersehen?

Hat es Sinn, die Beziehung weiterzuführen?

Sollte ich darum kämpfen?

Er war und ist mir so nahe!

Wie komme ich aus dieser Diätnummer wieder raus?

Ist es tatsächlich eine »Verschwendung von Talent«, wie Carlos es bezeichnet hat?

Wie wird es mit Sämi weitergehen?

War es gut, ihn aufzunehmen?

Wir kennen ihn doch überhaupt nicht. Und Kim und ich haben noch nie mit Afrikanern zu tun gehabt. Vielleicht machen wir alles falsch?

Gut, dass ich Sorgenpüppchen habe. Wie sollte ich denn sonst schlafen, mit so vielen quälenden Gedanken? Danke, Tante Thea.

Am Morgen tapse ich noch halb verschlafen ins Bad

und bin gleich mal sauer: Ich stehe mit meinen Füßen im Wasser.

Sämi!

Er hat unser Badezimmer unter Wasser gesetzt.

Nein, es ist nichts Ernstes. Nur ein paar Pfützen. Trotzdem fauche ich innerlich. Wir drei Frauen hielten im Badezimmer eine ganz penible Ordnung und Sauberkeit, ohne dass es je eine Hausordnung gegeben hätte.

Kaum ist ein Mann im Haus …

Ja, ich rege mich auf. Aber genauso schnell habe ich dem Kerl wieder vergeben. Wahrscheinlich hat er in der Badewanne geduscht, aber den Duschvorhang nicht in die Wanne hineingehängt, sondern außen vor gelassen. Ich muss ihm das erklären.

Ich dusche, ziehe mich an und gehe in die Küche. Meine Küche. Meine heilige Stunde am Morgen.

Aber siehe da: Sämi sitzt schon am Küchentisch, und mein Radio läuft. Ehrlich, das passt mir gar nicht. Das ist wirklich gewöhnungsbedürftig. Ich werde mich sozusagen zwangsläufig mit diesem Jungen anfreunden müssen, weil er mich sonst stört, und zwar gewaltig.

Es fällt mir leicht, meine Diät zu halten, denn ich habe einfach keine Lust, etwas zu essen. Ich kaue missmutig auf einem Apfel herum. Dazu trinke ich ein paar Tassen Kaffee. Sämi schiebt sich inzwischen eine Scheibe Brot nach der anderen rein. Darauf hat er sich Butter und Honig geschmiert. Er genießt es sichtlich.

»Warum isst du nichts?«, fragt er mit vollem Mund.

»Ich muss abnehmen«, erkläre ich ihm.

»Warum?«, will er wissen.

Ich schiebe ihm die Zeitschrift rüber, in der ich als Kalorien-Königin gefeiert werde.

»Ich nehme ab und schreibe darüber. So verdiene ich mein Geld. Dadurch kann ich deine Honigbrote bezahlen.«

Sämi schweigt, und ich kann richtig sehen, wie es in seinen Hirnwindungen rumort.

»Ihr Schweizer seid ein komisches Volk«, sagt er schließlich, lacht aber dazu. »Bei uns im Rift Valley sind wir immer froh, wenn wir uns satt essen können. Das Klima hat sich in den letzten Jahren verändert. Wir können uns nicht mehr auf die Regenzeiten verlassen. Manchmal gibt es einfach gar keine Regenzeit, und alles, was wir hoffnungsvoll angepflanzt haben, verdorrt. Vor ein paar Monaten kam auch noch das Rift-Valley-Fieber dazu. Unser Vieh starb, Menschen starben. Alle Metzgereien schlossen, und unser Vieh hatte keinen Wert mehr. Meine Mutter ließ die Milch zehn Minuten lang kochen, so sehr hatten wir alle Angst vor dieser Krankheit.« Er pausiert, um sich den Mund wieder mit Honigbrot zu füllen. »Wenn wir also etwas zu essen haben, dann essen wir es und freuen uns darüber, satt zu sein.«

Was für eine lange Ansprache für den schweigsamen Mann. Und ich schaue ihn an und sehe, wie er genüsslich auf seinem Honigbrot herumkaut. Tatsächlich, er genießt es in vollen Zügen.

Ich versuche, die Dinge aus seiner Sicht zu sehen, und muss auch den Kopf schütteln. Im Geiste notiere ich mir dieses Gespräch. Ich werde daraus meine nächste Kolumne machen. Diese Gedanken sind durchaus mal ein paar Zeilen wert.

Es ist doch tatsächlich so: Unser Übergewicht ist eine eindeutige Wohlstandskrankheit, ein Problem, das andere gerne hätten.

Plötzlich schaue ich meinen Feriengast mit anderen Augen an.

Vielleicht können wir beide voneinander lernen? Vielleicht liefert er mir noch viel mehr Stoff für meine Kolumnen?

Am Nachmittag liefert Sämi zuerst einmal viel Grund zum Lachen. Kim und ich haben nämlich beschlossen, den jungen Mann ein wenig für uns arbeiten zu lassen. Er soll etwas tun für Kost und Logis.

»Das ist sicher auch für seine Psyche besser«, meint Kim.

»Ja, aber dann sollten wir ihn nicht im Haushalt beschäftigen. Das ist wohl gar nichts für einen Kenianer«, wende ich ein. Oft genug hatte Laura uns erzählt, dass zum Beispiel die Frauen die schwersten Wasserkrüge auf dem Kopf tragen und die Männer locker daneben hergehen. Es gebe einfach ganz klassische Männer- und Frauenarbeiten.

Wir beschließen, ihm unsere verhassteste Arbeit zu übertragen, das Rasenmähen.

Sämi hat noch nie etwas mit einem Rasenmäher zu tun gehabt. Interessiert umrundet er unser altmodisches Gerät. Nein, wir muten ihm natürlich nicht meinen Handmäher zu. Er bekommt den Benziner, der richtig lärmt und rumort. Als ich ihn starte, erschrickt Sämi. Aber er begreift schnell, wie das Ding funktioniert, und legt mit erstaunlicher Begeisterung los. Eine Weile stehe ich daneben und schaue ihm zu. Ich zeige ihm, wie man das Gras wieder aus dem Gerät heraus auf einen Haufen kippt. Irgendwann kann ich beruhigt weggehen und dem Mann seine Arbeit überlassen.

»Wir werden ihm heute Abend den Rasen als allein verantwortliche Aufgabe übergeben, bis zum 1. August«, erkläre ich feierlich.

Jetzt schließe ich alle Fenster und nehme mir die Zeit für

die Briefe und Pakete meiner Leser. Ich vergesse Zeit und Raum und widme mich ihren persönlichen Erfahrungen.

Warum machen sich bloß so viele Menschen mit ihrem eigenen Gewicht das Leben schwer? Was läuft bei uns falsch?

Irgendwann werde ich vom Telefon unterbrochen.

»Frau Janser, hier Ihre Nachbarin, Frau Müller.«

Frau Müller?

Die hat mich doch nun wirklich noch nie angerufen. Mehr als zu einem Gruß hat es zwischen uns beiden noch nie gereicht.

»Ich rufe an wegen Ihres Gärtners. Er ist ja ein attraktiver junger Mann, und eine Weile habe ich ihm ganz gerne zugeschaut. Aber ist Ihnen klar, dass der jetzt schon zum vierten Mal mit dem Rasenmäher Ihren Rasen abfährt. So schnell wächst doch sicher auch Ihr Gras nicht, oder?«

Frau Müller wirkt nicht verärgert. Es kommt mir eher so vor, als müsste sie einen Lachanfall unterdrücken.

Ich entschuldige mich stotternd.

»Schon gut. Wenn der junge Mann so gerne Rasen mäht, ist er bei mir herzlich willkommen. Ich zahle ihm dreißig Franken dafür. Sie wissen, ich habe etwas mehr Rasen als Sie, und das Gras steht viel zu hoch. Er wird ziemlich lange zu tun haben«, verspricht Frau Müller.

Ich verspreche ihr, meinen Gärtner zu fragen.

Draußen mäht Sämi wirklich unaufhörlich und metzelt gut gelaunt noch das hinterletzte Graszipfelchen weg. Er hat sein T-Shirt ausgezogen, und seine schwarzen Muskeln glänzen in der Sonne. Er erschrickt, als ich ihn an der Schulter antippe, und macht den Mäher aus.

»Danke, Sämi, das reicht. Du kannst das in einer Woche wieder machen.«

Er ist wirklich enttäuscht. Ich muss laut lachen. Wie haben wir Frauen dieses Rasenmähen immer gehasst. Schlimm genug, die Rasenmäher der anderen zu hören. »Schau mal da rüber, Sämi. Meine Nachbarin, Frau Müller, fragt, ob du ihr den Rasen mähen könntest. Sie hat auch einen Rasenmäher und viel mehr Gras. Sie wird dich sogar bezahlen, und das Geld kannst du gerne annehmen, ohne Hemmungen oder falschen Stolz, denn das ist Arbeit, was du da machst«, erkläre ich ihm. Und tatsächlich: Wir sehen Sämi erst zum Abendbrot wieder. Er wütet im Garten der Nachbarin, dass es eine Freude ist. Kim und ich sitzen auf dem Balkon und schauen ab und zu rüber und amüsieren uns.

Ich glaube, mit Sämi werden wir schon zurecht kommen. Er ist in Ordnung. Vielleicht wird er uns sogar guttun.

Immer wieder steigt die Traurigkeit in mir hoch. Manchmal verdränge ich, was war, und rede mir ein, die schönen Erinnerungen seien doch alles wert gewesen, und dabei müsse ich es bewenden lassen.

Nein. Tue ich nicht. Mein Herz spricht eine andere Sprache. Ich schimpfe mit mir und sage mir, dass ich bloß zu lange alleine war und mich nun in etwas hineinsteigere. Aber warum ist denn dieses dunkle, traurige Etwas in mir drin und lässt sich immer nur kurz verdrängen?

Manchmal kommen auch die Erinnerungen an die besonderen Glücksmomente in Spanien in mir hoch und erfüllen mich für einen Augenblick lang mit Hochstimmung. Doch dann kommt der Schmerz noch stärker zurück und macht alles zunichte.

Am nächsten Morgen spaziere ich mit Sämi nach Schwyz, um meinen Vater im Altersheim zu besuchen. Mein Vater ist ziemlich verwirrt, weil ich einen »Neger« mitbringe. Ich versuche die Situation zu erklären. Aber er lacht nur und sagt: »Nun, ihr seid ja alt genug. Macht doch, was ihr wollt.«

So, wie er das sagt, klingt es, als wären wir ein ziemlich verruchter, abartiger Haufen.

Meinem Vater geht es erstaunlich gut. Er läuft ein wenig auf wackeligen Beinen im Zimmer herum, so munter wie schon lange nicht mehr. Er hat jetzt einen Gehwagen, einen Rollator, mit dem er im ganzen Heim unterwegs sein kann.

»Nicht erschrecken, wenn ich plötzlich vor deiner Haustür stehe. Sieht ja ganz so aus, als müsste ich mal nach dem Rechten sehen«, droht er mir und strahlt dabei so lebensfroh, dass ich mich wirklich freue. Nach einer halben Stunde wirft er uns raus.

»Jetzt kommt dann gleich wieder die Frau vom Besuchsdienst, die mir so schön vorliest.«

War die nicht vorgestern schon da?

Kommt sie jeden Tag?

»Sie kommt jedenfalls häufiger als du«, meint mein Vater vorwurfsvoll.

Ich spaziere mit Sämi über den Friedhof, wo er fasziniert ist von den prunkvollen Grabsteinen. Am Grab von Thea spricht er ein Gebet. Das finde ich sehr schön. Ich selber schicke nur alle meine Fragen und Sorgen in ihre Richtung und hätte am liebsten einen sofortigen Geistesblitz oder eine Erleuchtung. Aber Tante Thea lässt mich alleine mit meiner Trauer, meiner Liebe, meiner Verwirrung.

Auf dem Heimweg möchte Sämi wissen, warum mein Vater im Altersheim ist. Er wundert sich.

»Du hast doch so ein großes Haus«, meint er.

Ich versuche ihm zu erklären, dass wir beide nie eine gute Beziehung hatten. Und dass wir schon vorher getrennt gelebt hatten, auch wenn bei mir genug Platz vorhanden gewesen wäre.

»Mein Vater hätte nie bei mir leben wollen.«

Er sei mit seinen achtzig Jahren gesundheitlich instabil und brauche jederzeit Pfleger in Rufweite.

»Aber du bist doch eigentlich auch fast immer daheim«, erwidert Sämi.

Es ist ihm unerklärlich, was wir mit unseren alten Leuten machen. »Ihr gebt sie einfach ab in ein Heim«, fasst er zusammen.

Wenn ich ihm erzählen würde, was dieses Heim im Monat kostet, würde er wohl völlig durchdrehen. Gerade sind nämlich die neuen Rechnungen gekommen. Mein Vater muss inzwischen 6300 Franken im Monat bezahlen. Dafür könnte ein großes afrikanisches Dorf einen Monat lang leben.

Ich mag mich nicht rechtfertigen, und erklären kann ich es Sämi ja doch nicht. Er wird es nicht verstehen. Und ich beneide ihn, dass seine Welt wenigstens in dieser Beziehung so wunderbar in Ordnung ist, dass für ihn ein Altersheim eine völlig unnötige Einrichtung, eine völlig schräge Vorstellung ist.

Ich weiß aber auch, dass in Kenia das Durchschnittsalter nur bei etwa zweiundfünfzig Jahren liegt. Und ich weiß nicht, wie es einem Achtzigjährigen in Kenia gehen würde, medizinisch schlecht versorgt, irgendwo in einer dunklen Hütte liegend.

Aber unsere Heime sind schon ein fragwürdiges Kapitel.

Ja, dieser Sämi. Er bringt es fertig, den Finger zielgenau auf alle wunden Punkte zu legen. Er fordert mich heraus. Und ich mag ihn trotzdem immer mehr.

Und Sämi fordert auch andere heraus.

Am Sonntagnachmittag steht plötzlich Frau Müller mit einem selbst gebackenen Kuchen vor der Tür.

»Sämi war so erstaunt, dass wir Nachbarn uns gar nicht kennen. Er meinte, so etwas wäre in Kenia undenkbar, dass man einfach nebeneinander her wohne. Da dachte ich, er könnte ja vielleicht recht haben.« Sie lächelt und reicht mir ihren Kuchen über die Türschwelle.

»Kommen Sie doch herein«, sage ich ganz automatisch. Aus Frau Müller wird dann schnell Maya und das Zusammensein gemütlich. Kim serviert auf dem Balkon Kaffee. Sämi strahlt wie ein Schneekönig. Nur die Sonne strahlt heller, und es wird angenehm warm. Das Wetter ist genau richtig für eine kleine Kuchenparty im Freien. Unsere Nachbarin hat eine Linzer Torte gebacken. Na prost! Ein Stück Linzer Torte hat 7,5 Punkte. Das weiß ich noch auswendig. Ich halte mich zurück. Sämi schlägt dafür doppelt zu.

Maya Müller wohnt schon seit dreißig Jahren hier. »Mein Mann hat das Haus damals gekauft. Er starb leider kurz danach, dabei wollten wir doch unser Haus mit Kindern füllen«, erzählt unsere Nachbarin.

Ich hatte mir noch gar nie wirklich Gedanken darüber gemacht, warum sie alleine in einem großen Haus wohnt. Ich hatte mir wohl noch überhaupt keine Gedanken über sie gemacht.

Ist es das, was Sämi so schockiert?

Maya ist fünfundfünfzig Jahre alt und Krankenschwester. Sie arbeitet Teilzeit im Spital Schwyz. Drei Monate im Jahr ist sie gar nicht hier, was ich auch nie bemerkt hatte.

»Ich gehe dann mit einem Arzt über die Organisation ›Ärzte ohne Grenzen‹ nach Afrika«, erzählt sie. Deshalb ist ihr Sämi auch sofort aufgefallen.

Sie kann von ihren Einsätzen ganz spannende Geschichten erzählen und ist unterhaltsam und lustig.

Der Nachmittag ist tatsächlich ein voller Erfolg. Und so kommt es, dass wir auch gleich zum Abendessen übergehen. Wir trinken Wein und essen Rösti mit Käse und Salat. Sämi steigt der Wein so schnell in den Kopf, dass er auf dem Stuhl am Tisch einschläft. Wir müssen wirklich besser auf ihn aufpassen.

Am Montag erscheint die neue Ausgabe von FRAUEN POWER. Meine Kolumne wird wieder auf der Titelseite angekündigt. Kim kommt von ihrer Zeitungstour und wirft mir das Heft hin. Sie greift sofort zur Zeitung. »Stell dir vor, Mario hat seine Tournee geschmissen. Er hat die letzten fünf Konzerte abgesagt und ist untergetaucht«, berichtet sie total erstaunt.

»Was ist wohl passiert?«, fragt sie sich besorgt.

Ja, ja, der Mann ist noch nicht wirklich aus Kims Herzen gestrichen. Das weiß ich doch schon lange.

Auf dem Titelblatt von FRAUEN POWER wird meine Kolumne mit folgenden Worten angekündigt:

> »Jetzt hat Lucy Janser, unsere Kalorien-Königin, den wirksamsten Diättipp für unsere Leser. Aber es ist eine schmerzhafte Kur, der sie sich gerade unterzieht.«

Haha.

Auf meiner Kolumnenseite haben sie tatsächlich ein Bild von mir abgedruckt, auf dem ich sehr nachdenklich, wenn nicht sogar traurig aussehe. Die hatten bei dieser Fotosession wirklich an alles gedacht.

»Liebeskummer statt Leberwurst«, lautet der Titel meiner Seite. Na, da hat aber einer seine Phantasie strapaziert …

Ich nehme wirklich sehr gut ab. Ich spüre das an meinen Kleidern schon deutlich. Wenn das so weitergeht, bin ich plötzlich schlank. Das freut mich natürlich. Und doch ist mir in den letzten Tagen klar geworden, dass ich nach den drei Monaten, zu denen ich mich verpflichtet habe, aufhören möchte mit der Kolumne. Soll doch sonst eine die Königin spielen. Es war ein guter Job. Ich habe gut verdient. Aber ich möchte mich nicht auf dieses Thema reduzieren lassen.

Ich setze mich an meinen Computer und schreibe meinem Chefredakteur Elmar Grün. Er soll sich früh genug darauf einstellen können, dass seine Kalorien-Königin die Krone abgibt. Vom 1. August an möchte ich wieder eine freie Frau sein.

Keine Punkte mehr vor den Augen.

Kein bunter Hund mehr, den jeder kennt.

Meine E-Mail an Elmar Grün geht raus, und rein kommt eine E-Mail – aus Spanien!

Carlos!!! Wie hat er bloß meine E-Mail-Adresse herausgefunden?

Ich bin glücklich, überrascht und traue mich fast nicht, die E-Mail zu öffnen. Vielleicht habe ich ja nur meine Armbanduhr liegen lassen?

»Ich wollte nur fragen, ob Du gut angekommen bist, mi amor. Und ich wollte noch einmal wiederholen: Ich liebe Dich. Wenn Du die gleichen Gefühle hast: ICH bin bereit, die Liebe auf Distanz zu versuchen. Du bist meine Seelenverwandte. Du bist mir so nahe gekommen wie keine andere Frau zuvor. Du hast mein Herz berührt.

Dein Carlos.«

Meine Tränen tropfen auf die Tastatur. Ich kann jetzt nicht antworten. Meine spontane Reaktion wäre, ihm zu schreiben, er solle mich doch so bald als möglich besuchen kommen. Aber ich will zuerst noch darüber nachdenken. Ich fürchte mich vor einem endlosen, schmerzhaften Hin und Her. Ständig würde der Abschied im Raum stehen, egal, wo und wie wir uns träfen. Ich weiß nicht, ob ich die Kraft dazu hätte.

Aber keine Sorge, ich werde wunderbar abgelenkt von meinen lieben Mitbewohnern. Es klingelt, und ich öffne die Haustür. Da steht Mario, der berühmte Rockstar, der Ex von Kim, mit einer Sporttasche. Er sieht ziemlich angeschlagen aus. Seine lange Mähne wirkt ungepflegt. Vielleicht ist er sogar angetrunken? Er blickt sich um, als würde er verfolgt, und drängt sich an mir vorbei ins Haus. Drinnen bleibt er dann mit hängendem Kopf vor mir stehen. Ja, er hat definitiv einiges getrunken. Das riecht man.

»Kann ich ein paar Tage bei euch wohnen?«, fragt der Gute. »Ich weiß, du bist sicher böse auf mich. Ich habe Kim wehgetan. Ja, ich war auf einem ganz bescheuerten Egotrip. Aber glaub mir, ich bin wieder auf dem Boden der Realität. Hart gelandet. Wirklich hart gelandet.« Die letzten Worte brabbelt er nur so vor sich hin, mehr für sich als für mich.

Will er mein Mitleid?

Er war wirklich ein Arschloch. Kim hatte er einfach abserviert, als er mit seiner Musik endlich ein wenig Erfolg feiern konnte.

Aber ich werde ihn sicher nicht rausschmeißen. Das kann Kim machen. Aber irgendetwas sagt mir, dass sie das eben nicht tun wird.

Sie steht plötzlich neben uns. Auch Sämi kommt neugierig zur Tür.

Fassungslos schaut Mario von Sämi zu Kim und wieder zurück.

»Du hast einen anderen? Das geschieht mir recht.«

Gleich fängt er an zu weinen. Nein, das muss ich mir nicht antun. Ich gehe mit Sämi ins Wohnzimmer, wo wir uns MTV ansehen, Sämis Lieblingssender.

Kim geht mit Mario in die Küche. Ich würde es ihr so sehr gönnen, wenn sie mit ihm wieder zusammenkäme. Aber natürlich nicht um jeden Preis.

Es könnte ja immerhin sein, dass ihr Mario wirklich etwas gelernt hat.

Kann ein Mensch sich ändern?

Kann man eine beendete Beziehung wieder aufwärmen?

Oder war die Beziehung gar nicht richtig beendet?

Bei Kim hatte ich den Verdacht jedenfalls schon lange, dass bei den beiden das letzte Wort noch nicht gesprochen war.

Nach einer Stunde holt Kim mich in die Küche. Auch sie hat ein verweintes Gesicht. Mario hockt wie ein erbärmliches Häufchen am Tisch vor einer großen Kaffeetasse.

»Setz dich einen Moment zu uns«, bittet mich Kim.

Oha, es wird wohl ernst.

»Mario ist HIV-positiv. Die Diagnose hat ihn aus der Bahn geworfen. Er möchte sich ein paar Tage bei uns verstecken, um sich zu überlegen, wie es weitergeht, und um der Presse ausweichen zu können. Was meinst du?«

Ich schaue Kim in die Augen und sage:

»Was DU meinst, ist wichtig. Hat er unsere Hilfe verdient? Wenn DU es für richtig hältst, dann soll er bleiben.«

Mario wirft den Stuhl um, als er aufschießt, um mich dankbar zu umarmen.

Meine Güte. Plötzlich wollen alle hier wohnen.

Wie soll das bloß gehen?

Meine Begeisterung hält sich in Grenzen. Aber ich bin ja kein Unmensch. Kommt ruhig alle her, die ihr mühselig und beladen seid …

»Er kann bei mir schlafen, Lucy. Aber ich hole das zweite Gästeklappbett aus dem Keller«, sagt Kim zu mir.

»Du weißt schon, dass du mich jederzeit rufen kannst, wenn etwas ist. Und sollte er Schwierigkeiten machen, lassen wir ihn von unserem Gärtner rauswerfen«, antworte ich leise und lache dazu.

Ich setze mich auf den Balkon und lasse mir die Sonne auf die Nase brennen. Das tut unglaublich gut. Es ist heiß, und ich passe wieder recht gut in eines meiner alten Sommerkleider. Das ist schön.

Sämi ist nicht da. Maya hat ihm einen kleinen Job vermittelt. Er hilft einem alten Nachbarn beim Heckenschneiden. Von Weitem höre ich die Maschine rattern. Das gefällt Sämi bestimmt. Maya sitzt in ihrem Garten und winkt mir zu. Mit wilder Gestik lädt sie mich zu einer Tasse Kaffee ein. Warum nicht? Ich gehe zu ihr rüber. Ihre Herzlichkeit tut mir gut. Und tatsächlich finde ich endlich mal jemanden, der MIR zuhört, und rede mir bei der Nachbarin alles vom Herzen.

Sie sagt nicht viel, spart mit Ratschlägen.

»Ich kann dir wegen Carlos nicht weiterhelfen. Du weißt das doch selber: Du musst auf dein Herz hören. Natürlich sprechen viele Gründe gegen eure Beziehung. Aber eines kann ich dir sagen: Man bekommt im Leben nicht viele Chancen für die große Liebe. Es kann sein, dass du zu viel aufgibst, wenn du nicht kämpfst.«

Aber vielleicht sei er ja alles gar nicht wert? Das könne nur ich alleine wissen.

Wegen Mario meint sie:

»Wenn er HIV-positiv ist, kann es trotzdem noch ein paar Jahre gehen, bis seine Krankheit ausbricht, wenn er Glück hat.«

Sie gibt mir den Rat, Kim notfalls zu zwingen, einen Termin bei der Aidsberatung zu machen.

»Sag einfach, das sei deine Bedingung dafür, dass du Mario bei euch wohnen lässt. Sie muss wissen, wie sie sich schützen kann und wo die Gefahren sind.«

Sie gibt mir noch den wertvollen Tipp, mich selber auf der Website www.aids.ch über Aids zu informieren.

Wir sitzen eine ganze Weile gemeinsam in ihrem Garten. Sämi hat da wirklich etwas Gutes getan, dass er mich mit dieser Nachbarin bekannt gemacht hat. Er bereichert wahrhaftig mein Leben.

Daheim gehe ich auf die mir empfohlene Homepage. Die Seite bietet wirklich viele Informationen. Ich erfahre mehr, als ich wissen will.

22 000 Menschen leben heute in der Schweiz mit Aids und HIV. Weltweit seien es 39,5 Millionen, davon seien 63 Prozent in Afrika daheim. Ich muss unbedingt einmal mit Sämi darüber reden.

»80 Prozent der Aidskranken haben keinen Zugang zu medizinischer Behandlung«, steht da weiter. Das ist traurig.

»Weltweit sind schon 28 Millionen Menschen an Aids gestorben.«

Erschreckende Zahlen. Dabei redet man doch kaum mehr über Aids.

Aber eigentlich interessiert mich am meisten unsere Sicherheit. Ich weiß, Aids ist nicht halb so ansteckend, wie alle immer meinen. Aber ich will sicher sein, wenn wir alle hier gemeinsam leben wollen.

Und ich werde nicht nur aufgeklärt, sondern auch beruhigt.

Beim Husten und Niesen gibt es kein Übertragungsrisiko. Sogar Umarmen und Kuscheln seien ungefährlich. Der gemeinsame Gebrauch von Wäsche und Geschirr gilt als unbedenklich, genauso wie man betont, dass man problemlos gemeinsam ein Badezimmer benutzen darf. Prima.

Wir werden das schaffen.

Aber Kim muss sich unbedingt persönlich beraten lassen. Darauf bestehe ich.

Beim Abendessen bittet Mario uns dann alle, mit niemandem über seine Anwesenheit zu sprechen.

»Ich möchte zuerst selber mit dieser Diagnose fertigwerden, bevor ich mich vor einer ganzen Pressemeute dazu äußern muss. Ich weiß auch noch gar nicht, wie offen ich damit umgehen will«, erklärt Mario. »Ich habe keine Ahnung, wie lange ich noch Musik machen kann, wann ich krank werde, wie lange ich noch lebe.«

»Du hast wirklich meine volle Unterstützung, Mario, unter einer Bedingung: Kim soll in eine Aidsberatung gehen. Das sollte doch auch in deinem Sinne sein. Ich möchte, dass sie genau weiß, wie sie sich verhalten muss und was auf sie zukommen könnte«, erkläre ich leise, aber bestimmt.

Einen Moment lang sind alle platt.

Dann sagt Mario:

»Ich war selber noch bei keiner Beratung. Nur beim Hausarzt. Vielleicht könnte der Berater sogar herkommen, und wir könnten alle unsere Fragen loswerden?« Jetzt hat er wieder gepunktet bei mir, der komische Rockmusiker mit den Alpakasocken.

Kim verspricht mir, sich gleich morgen um einen Termin zu bemühen.

Am nächsten Morgen stehe ich ganz früh auf. Ich will doch endlich mal in Ruhe in meiner Küche sitzen, am offenen Fenster, mit einer Tasse Kaffee und meinem Radio. Ich kann dann am besten denken, zu mir kommen. Das ist einfach eine gute Zeit für mich.

Es ist genau sechs Uhr, als ich die Küche betrete.

Zu spät!

Da sitzt der durchgeknallte Rockmusiker auf meinem Stuhl, und, das ist die absolute Höhe, er raucht.

»Du hast sie wohl nicht alle!«, fauche ich ihn an. »Das hast du doch früher auch nicht gemacht. Du weißt, dass du im Freien rauchen kannst, aber sicher nicht hier im Haus.«

Mario schießt hoch und flüchtet vor mir, als hätte er eine böse Erscheinung. Ja, ich bin auch wirklich eine böse Erscheinung in diesem Moment.

»Entschuldige, tut mir leid, ja, ich weiß, sorry, kommt nicht wieder vor«, stammelt Mario vor sich hin. Er löscht sofort seine Zigarette. Immerhin saß er am offenen Fenster.

»Ich traue mich einfach nicht auf den Balkon«, verteidigt er sich.

»Nun, dann ist das der Beginn deines Lebens als Nichtraucher«, entgegne ich ungerührt.

Mario sitzt wie ein Häufchen Elend am Tisch.

Na gut, dann teile ich eben heute Morgen meine Küche mit ihm.

»Kim trägt Zeitungen aus. Ich konnte nicht mehr einschlafen«, sagt er.

Ich mache ihm auch eine Tasse Kaffee.

»Wie geht es dir?«, frage ich.

»Ich weiß auch nicht. Es kommt mir vor, als wäre ich erwacht aus einem Höhenrausch. Es war so was von cool, plötzlich eine Art Star zu sein. Und auf einmal ist es so unbedeutend.«

»Und dann erinnerst du dich wieder, wer deine Freunde sind?«

»Bist du das, ein Freund?«, fragt er mich und schaut mir in die Augen.

»Aber ja, solange du gut zu Kim bist«, entgegne ich.

»Ich habe ihr großes Unrecht getan. Weißt du, ich war so bescheuert. Neben ihr kam ich mir musikalisch immer nur wie ein kleines Würstchen vor. Sie hat es mir auch ab und zu unter die Nase gerieben. Ich hatte das Gefühl, sie halte meine Musik für minderwertig. Als ich plötzlich Erfolg hatte, war es für mich schwierig, jemanden neben mir zu haben, der mir dermaßen überlegen war. Ich wollte es genießen, übergroß zu sein. Ich wollte ein Musiker sein, und dabei störte mich Kim. Ich weiß schon, dass ich nur ein Musikant bin.«

Er habe aber so viele Frauen kennengelernt, die ihn rückhaltlos bewundert hätten. »Die stehen regelrecht Schlange vor deinem Bett, wenn du Erfolg hast. Aber jetzt wüsste ich keine, mit der ich über meine Probleme reden könnte. Sie waren nur unterhaltsam.«

Irgendeine davon wird ihn wohl angesteckt haben. Aber wie viele hat er dann wiederum infiziert?

Wir schweigen über unseren Tassen. Als im Radio sein Lied gespielt wird, geht er hin und dreht es aus.

»Entschuldige«, sagt er und bricht in Tränen aus. Meine Güte, der Mann ist ja fix und fertig! Ich bin richtig froh, als Kim von ihrer Tour zurückkommt, frische Brötchen und Zeitungen auf den Tisch legt und gute Laune versprüht.

Tatsächlich kommt noch am gleichen Tag ein Mann von der Aidsberatung vorbei. Das ist gut. Und da er drei Stunden lang bleibt, scheint das Gespräch sehr angeregt zu sein.

Am Donnerstag lade ich Sämi ein, mit mir einen Tag in Luzern zu verbringen. Wir fahren mit dem Auto. Auch das muss mal wieder bewegt werden. Sämi sitzt ganz unruhig neben mir. Traut er mir das Autofahren nicht zu? Oder würde er so gerne selber fahren?

Die Straßen begeistern ihn, und er sagt es immer wieder:

»Ihr habt wunderbare Straßen. Die sehen alle wie neu aus.« Ich könne mir ganz bestimmt nicht vorstellen, wie schlecht die meisten Straßen in Kenia seien.

»Es ist manchmal schwierig, zwischen den riesigen Schlaglöchern noch etwas Straße zu finden. Viele Unfälle passieren nur, weil die Straßen so katastrophal sind.«

Ich parke beim Bahnhof. Wir spazieren über die historische Kapellbrücke. Dann führe ich Sämi durch die Altstadt, die mir selber so gut gefällt.

Wir unterhalten uns prächtig. Das Wetter ist perfekt. Später fahren wir auf einem Tretboot auf dem Vierwaldstätter See herum. Das macht Spaß! Manchmal kommen große Dampfschiffe recht nahe an uns heran, und wir fürchten uns und treten so schnell wir können in die Pedale. Aber sonst ist der See ein Juwel. Ich werde mir die Nase verbrennen, aber dies mit Genuss.

Wir machen auch in meiner Lieblingsbuchhandlung

einen Zwischenhalt. Im Buchhaus Stocker kaufe ich das dickste Reisebuch über Kenia, das sie vorrätig haben.

Sämi freut sich. Ich muss einfach mehr über seine Heimat wissen.

Unterwegs lasse ich Sämi einen Hamburger essen und teile ihm mit, dass ich jetzt in ein Slim-Now-Treffen müsse. Es ist mühsam, ihm das System zu erklären, weil er das alles so bescheuert findet. Wenn ich es mit seinen Augen sehe, dann ist es auch wirklich verrückt:

Wir treffen uns, weil wir zu dick sind. Wir sind zu dick, weil es uns zu gut geht. Dann bezahlen wir Geld, um uns auf die Waage stellen zu dürfen. Und wir lassen uns feiern, wenn es uns gelungen ist abzunehmen. Dabei müsste man doch nur weniger essen.

Er sagt, dass er lieber auf den Treppen vor dem Slim-Now-Gebäude in der Sonne sitze und auf mich warte, egal, wie lange es dauere. Ich lasse ihm das Keniabuch da und gehe zu meinen Leidensgenossen.

Ich habe, Carlos sei Dank, in den letzten beiden Wochen 2,4 Kilo abgenommen, trotz der Ferien. Das erstaunt hier alle sehr. Außer die, die meine Kolumne gelesen haben und mich nun mit mitleidigen Blicken streifen. Insgesamt habe ich nun schon 8 Kilo abgenommen. Enorm.

Trotzdem bin ich nicht wirklich bei der Sache, als wir heute über Entspannungsübungen reden. Eine Frau ist extra gekommen, um mit uns Atem- und Meditationsübungen zu machen. Auch mit der Macht der Vorstellungskraft beschäftigen wir uns und stellen uns mit geschlossenen Augen bildlich vor, wie wir einmal aussehen werden, wenn wir wirklich schlank sind, und was wir dann tun werden.

Es fällt mir schwer, mich ernsthaft darauf zu konzentrieren, wie ich im Stringtanga den Strand entlangflaniere, wo ich weiß, dass Sämi draußen auf mich wartet. Irgendwann murmle ich eine Entschuldigung und schleiche aus dem Saal.

Acht Kilo Gewichtsverlust in sieben Wochen, das ist mehr, als Slim-Now versprochen hat. Auch meine eigenen Erwartungen habe ich übertroffen. Aber mit Sämi kann ich das nicht richtig feiern. So spendiere ich uns ein Eis, und wir sitzen noch eine Weile am See und reden über Gott und die Welt.

Schließlich nimmt Sämi das Buch über Kenia zur Hand. Er hat viele vertraute Seiten gefunden.

»Schau hier: Das ist der Nakurusee. Die Touristen sind immer ganz begeistert. Das kann man sich auch kaum vorstellen. Zeitweise gibt es auf dem See bis zu zwei Millionen Flamingos gleichzeitig. Ein wahnsinniges Naturschauspiel. Von Weitem siehst du schon ein breites rosafarbenes Band am Ufer des Sees.«

Eine Weile seien immer weniger Flamingos aufgetaucht, und man habe sich große Sorgen gemacht.

»Der Wasserspiegel ist gesunken. 75 Prozent der Wälder in seiner Umgebung sind abgeholzt und in Felder verwandelt worden. Erst als die Flamingos wegblieben und die Touristen aufschrien, griff der Staat ein. Es ist jetzt wieder besser geworden. Die schönen Vögel kommen zurück.« Umweltschutz werde nur langsam ein Thema in Kenia.

Er zeigt mir wunderschöne Bilder.

Sein Heimatort, Chemogoch, liege nur eine Stunde hinter Nakuru. Nakuru sei die viertgrößte Stadt im Lande und liege auf 1860 Meter Höhe.

»Ja, du denkst, die Schweiz ist das Land der Berge. Aber ich lebe die ganze Zeit auf etwa 2000 Meter Höhe.«

Es sei darum auch gar nicht immer so heiß.

»Nachts wird es ganz schön kühl bei uns.«

Dann zeigt er mir den Lake Bogoria. Den besuche er auch regelmäßig mit Gästen aus aller Welt. Der See scheint mir etwas ganz Besonderes zu sein. Es gibt auch da viele Flamingos, aber vor allem gibt es eine Gegend mit heißen Quellen und einigen kochenden Geysiren.

»Für die Touristen habe ich immer Eier dabei, und die kochen wir dann im Geysir. Das finden alle lustig«, erzählt Sämi. »Dort ist es dann auch wirklich heiß.«

Wenn Sämi so von Kenia schwärmt, möchte ich gleich den nächsten Flug dorthin buchen. Sein Gesicht lebt doppelt, wenn er von seinem Heimatland erzählt, seine Augen strahlen, und wahrscheinlich klopft auch sein Herz schneller. Er ist sicher ein guter Reiseführer.

Hoffentlich verbringt Laura eine gute Zeit dort mit ihrem Ricardo.

Auf der Heimfahrt nach Ibach ist Sämi schweigsam. Das Keniabuch hält er fest in seinen Händen. So schnell bekomme ich das wohl nicht mehr zurück. Ich werde mal wieder das Internet bemühen müssen, wenn ich mehr über Kenia erfahren will.

Als wir daheim ankommen, sieht unsere Küche aus wie ein alternatives Wahlkampfbüro kurz vor den Wahlen. Sicher zehn Leute drängeln sich auf engstem Raum. Auf dem Tisch liegen diverse Papiere. Zwei Laptops sind in Betrieb. Drei Leute telefonieren. Einige sehen aus wie Bankbeamte, aber die meisten mehr wie Musiker.

Ich bin platt.

Was ist bloß aus meinem Haus geworden?

Die friedliche Oase hat heute wohl Tag der offenen Tür, und ich weiß nichts davon?

»Entschuldige, Lucy«, meint Kim ungerührt und führt mich ins Wohnzimmer.

»Bitte überlass uns heute deine Küche. Wir planen einen großen Coup. Der Aidsberater hat uns den Tipp gegeben, dass Mario besser von sich aus an die Presse geht. Und jetzt hat er zuerst seine Musiker und sein Management informiert und alle hierher eingeladen. Wir sind schon seit zwei Stunden zusammen.«

Aha, man hat meine Abwesenheit schamlos ausgenutzt.
»Ja, der Kühlschrank wird wohl leer sein«, lacht Kim nur.

»Schon in Ordnung.«

»Ich glaube aber, wir haben einen guten Weg gefunden, und alle ziehen mit. Die drei abgesagten Konzerte wird er mit seiner Band nachholen. Und der ganze Gewinn geht an die Aidshilfe Schweiz. Das wird er morgen Nachmittag auf einer Pressekonferenz verkünden.«

»Das ist eine gute Idee. Aber die Pressekonferenz findet nicht hier statt?«

»Nein, natürlich nicht. Wir machen das in Zürich, in den Räumen der Plattenfirma.« Na dann.

Die Idee finde ich selber auch gut. Flucht nach vorne. Ich kenne die Presse schließlich gut genug, gehöre selber dazu. Lange könnte er sich nicht mehr verstecken.

»Denkt Mario, dass die Krankheit seiner Karriere wirklich so sehr schaden wird?«

Kim zieht die Schultern hoch.

»Das ist unberechenbar. Ich selber glaube es eigentlich nicht. Aber ob er wirklich selber noch will? Eigentlich denke ich schon. Er hat nur eine große Krise.«

»Von einem Rockmusiker erwartet man doch kein perfektes Image. Ich kann mir nicht vorstellen, dass ihm das schaden wird. Die Idee mit den Konzerten für die Aidsstiftung, die könnte direkt von mir sein. Ein super Schachzug!«

Ich rufe nach Sämi und gehe mit ihm in den Keller, wo ich für den Kriegsrat in meiner Küche unsere letzten Vorräte an Bier, Wein und Mineralwasser hole.

Alle für einen.

Die Pressekonferenz schauen Sämi und ich im Lokalfernsehen an. Live. Und wir sind beide aufgeregt, als würde es um unser Leben gehen. Es sind sehr viele Presseleute da, auch das Schweizer Fernsehen.

Mario sitzt an einem Tisch, neben ihm auf der einen Seite Kim, auf der anderen Seite der Mann von der Aidsberatung. Seine Musiker sind alle da und sein Manager ebenfalls. Dieser ergreift das Wort und erklärt, dass Mario seine Konzerte aus gesundheitlichen Gründen habe absagen müssen und sich nun dazu äußern möchte.

Mario erklärt, dass er HIV-positiv sei und dass ihn das in eine große Lebenskrise gestürzt habe. Er könne jetzt aber wieder vorausschauen. »Ich entschuldige mich bei meinen Fans für die abgesagten Konzerte. Wir holen diese im August nach. Die Einnahmen aus den drei Konzerten in Zürich, Biel und Bern werden vollständig an die Aidshilfe Schweiz gehen.« Diese Vereinbarung bestätigt auch der Mann von der Aidsberatung, der sich dafür herzlich bedankt.

Die haben sich das wirklich alles sehr gut ausgedacht in meiner kleinen Küche. Denn jetzt kommt das Größte: Kim geht an ein Klavier, das ganz zufällig dort steht, und fängt an, Marios Hit zu spielen. Und als wäre er total überrascht, sieht sich Mario suchend um. Ach ja, da ist zufällig auch eine Gitarre! Und dann spielen und singen die beiden dieses, wie Kim einmal meinte, »einfältige Lied«, und das fährt wirklich ein. Die beiden sind ein Hit! Sämi fallen fast die Augen aus dem Kopf. Ich wusste ja immerhin, wie gut Kim ist. Aber die beiden zusammen, die sind unschlagbar. Dieser Auftritt wird Folgen haben!

Sie bekommen einen riesigen Applaus. Der Manager schließt die Veranstaltung und bittet die Presse, Mario in den nächsten Tagen Zeit und Raum zu geben, sich mit seinen Problemen auseinanderzusetzen. Er stehe dann im Juli wieder für Interviews zur Verfügung, werde sich aber bis dahin eine Auszeit nehmen und bitte dafür um Verständnis.

Das Lokalfernsehen bricht hier die Übertragung ab, und es folgt eine Sendung des Tierschutzes, in welcher herzige Hundebabys neue Besitzer suchen.

Ich bin begeistert von meinen Freunden. Die haben das genau richtig gemacht. Und ich hoffe, Kim und Mario haben noch die Chance, ein paar schöne Jahre zusammen zu erleben. Marios Karriere wird dieser Auftritt ganz bestimmt nicht geschadet haben.

Der nächste Morgen gibt mir recht: Alle Zeitungen berichten über Mario. Es gibt in unserer Lokalzeitung ein wunderschönes Bild, das Kim und Mario beim Musizieren zeigt. Überall wird sehr wohlwollend geschrieben. Die Boulevardpresse bringt die Geschichte mit riesiger Schlagzeile. »Mario Meister hat Aids«. Aber dann zollt man ihm enormen Respekt für seine Offenheit und für den Umgang mit seinem Schicksal. Sein Manager ruft an und ist total zufrieden. Mario hat Einladungen in diverse Talkshows bekommen. Man rechnet damit, dass sich seine CD jetzt noch besser verkauft. Es werden schon Zukunftspläne geschmiedet. Aber Mario bleibt dabei: Vor Juli kann man nicht mit ihm rechnen.

Es gibt Zeiten, da bietet jeder Tag neue Überraschungen und Herausforderungen. Es mag an der Mondphase liegen oder woran auch immer: Im Moment gerät mein Alltag aus den Fugen.

Das Haus ist meiner Meinung nach überbevölkert, dabei ist Laura noch nicht einmal daheim. Und dann kommt am Samstagmorgen ein Anruf von Altersheimleiter Helbling. Natürlich befürchte ich gleich das Schlimmste. Nein, er will nur reden. Ob ich Zeit hätte. »Sie wissen ja sicher, dass Ihr Vater in einer Woche seinen 80. Geburtstag feiert. Wir versuchen bei so besonderen Geburtstagen immer, unsere Heimgäste ein wenig auszuhorchen, womit man ihnen denn wirklich eine Freude machen könnte. Viele wünschen sich einen kleinen Ausflug an einen bestimmten Ort, der ihnen etwas bedeutet. Eine Frau wollte neulich an ihrem 90. Geburtstag in Einsiedeln die Klosterkirche besuchen. Ein Mann wollte an seinem 80. nach Engelberg, wo er aufgewachsen ist, und sein Elternhaus noch einmal sehen. Leider stand das gar nicht mehr, und er war sehr enttäuscht.«

Aha. Nette Geschichten.

Und jetzt?

»Bei Ihrem Vater, Frau Janser, ist es nicht so einfach für uns. Was er sich wirklich wünscht, das können nur Sie erfüllen, und ich möchte gerne, dass Sie es sich überlegen.«

Ich?

Was kann sich mein Vater von MIR wünschen?

Dass ich ihn auf die Rigi hochtrage, weil er das mal früher mit mir so gemacht hat?

Ich habe keine Vorstellung.

»Ihr Vater möchte seinen 80. Geburtstag nicht im Heim verbringen. Er möchte das Fest gerne bei Ihnen feiern. Aber nicht genug: Er möchte bei Ihnen ein paar Tage Ferien verbringen. Ja, FERIEN, das hat er betont. Er möchte noch einmal in die Ferien fahren. Zu Ihnen.«

Ich bin sprachlos, und eine Weile ist die Leitung völlig still.

»Hallo, sind Sie noch da?«, fragt der Heimleiter.

»Ja, entschuldigen Sie. Ich bin nur unglaublich überrascht.«

»Überlegen Sie es sich in Ruhe. Ich wollte Ihnen nur sagen, dass es von uns aus möglich wäre. Ich denke, wenn Sie ein Auge auf ihn haben, könnte er gut zwei, drei Tage bei Ihnen wohnen. Es ging ihm in letzter Zeit erstaunlich gut.«

»Ja, ich muss es mir wirklich überlegen. Zurzeit habe ich nämlich zu den üblichen Hausbewohnern bereits zwei Gäste. Und doch, wenn es sein Wunsch ist …«

Vielleicht ist es sein letzter Wunsch?

Ich kann ihm diesen Wunsch doch gar nicht abschlagen.

Ich rede mit Kim, Mario und Sämi darüber und renne offene Türen ein. Alle finden es großartig, dass mein Vater hier seinen 80. Geburtstag feiern will. Sie versprechen mir, mich zu unterstützen, mir zu helfen, eine nette Gartenparty zu organisieren, und möglichst viel daheim zu sein, damit immer jemand da ist für meinen Vater.

»Wir werden schon fertig mit deinem Vater. Wir helfen dir. Versprochen! Hol du deinen Moritz nur mal für ein paar Tage aus dem Heimknast heraus«, sagt Kim. Sie kennt ihn persönlich und hat die ganze Vorgeschichte vor dem Heimeintritt mitbekommen. Sie weiß über mein gespaltenes Verhältnis zu meinem Vater Bescheid. Ihre Worte bedeuten mir deshalb viel, weil ich weiß, dass ich mich auf sie verlassen kann.

Sämi bietet gleich an, irgendwo auf dem Boden zu schlafen. Das sei für ihn als Kenianer kein großes Opfer.

Auf dem Boden muss der arme Kerl sicher nicht schlafen. Es gibt ja auch noch ein Sofa im Wohnzimmer.

Mario meint: »Ich organisiere einen Festtisch mit Bänken und übernehme die Getränke. Einen Gartengrill hast du ja? Ich finde, man sollte die Feste feiern, wie sie fallen und solange man noch kann. Vielleicht ist es das letzte Fest deines Vaters. Ich bin dabei. Auf mich kannst du zählen.«

Ich bin gerührt.

Trotzdem möchte ich zuerst morgen mit meinem Vater sprechen. Vielleicht hat der Heimleiter etwas falsch verstanden, oder er bringt seine »Insassen« durcheinander. Ich muss wissen, dass es wirklich sein Wunsch ist, dann kann er kommen, wenn es denn sein muss.

Was für eine Zeit! Alles im Wandel, alles in Aufruhr.

Mein Herz ist schwer, und ich weiß nicht, was ich tun soll. Ich weiß nicht, ob es leichter ist, meinen Gefühlen einfach nachzugeben, oder ob genau das der schwierigere Weg ist.

Ich setze mich an den Computer und schreibe die Kolumne für Montag. Ich bin schon ein wenig spät dran. Aber immerhin weiß ich ja genau, worüber ich schreiben will. Die Kolumne ist Sämi gewidmet, der alles mit anderen Augen sieht. Ich erzähle, dass ich nun tatsächlich schon acht Kilo abgenommen habe, aber dass Sämi sich nicht mit mir darüber freut, weil in seinem Heimatland so viele hungern.

Diese Kolumne habe ich schnell in die Tasten gehauen. Manchmal fließen die Worte leicht. Als ich sie wegschicke, da fällt es mir wieder auf, die E-Mail von Carlos.

Carlos!

Jetzt reicht es!

Ich muss seine Stimme hören. Ich wähle die Nummer seines Handys und warte mit angehaltenem Atem.

»Hallo Liebes, bist du's?«, ruft Carlos aufgeregt in den Hörer. Er hat wohl meine Schweizer Vorwahl gesehen.

»Ja, ich bin's, Carlos. Ich wollte einfach mal deine Stimme hören.«

»Geht es dir gut, mein Herz?«

»Ja. Es ist viel passiert, seit ich daheim bin. Lauter unerwartete Dinge. Aber ich habe trotzdem ständig an dich gedacht.«

Es ist eine Weile still in der Leitung.

»Können wir uns sehen, mi amor?«, fragt Carlos leise und flehend.

»Ich kann nicht weg. Ich habe unerwartete Gäste, und mein Vater will sich jetzt auch noch hier einquartieren zu seinem 80. Geburtstag.«

»Schade. Ich kann auch nicht weg. Ich musste zwei Kellner rausschmeißen, was selten vorkommt. Jetzt muss ich vorübergehend auch im Service einspringen und neues Personal suchen, mitten in der Saison. Das wird schwierig.«

Schon wieder ist es eine Weile still in der Leitung.

Genau das ist es doch: Wir sind uns nahe, aber wir haben uns schon voneinander entfernt. Der Alltag trennt uns. Ich müsste ihm schon wieder so viel erzählen, um ihn auf den aktuellen Stand zu bringen. Wir entfremden uns in kürzester Zeit.

»Liebes, ich weiß, was du denkst.«

»Nein.«

»Soll ich es versuchen? Du denkst, wir werden uns schon fremd. Das liegt nur daran, dass wir unseren Alltag nicht teilen. Aber dafür gibt es doch das Internet. Lass uns einander jeden Abend schreiben. Als kleines Experiment, für eine Weile. Und lass uns alles teilen, auch unbedeutende, alltägliche Kleinigkeiten und Sorgen. Schreib mir von deinem Besuch, von deinen unerwarteten Begebenheiten. Ich weiß auch gar nichts über deinen Vater. Ich will alles wissen.«

Ich weine.

»Weinst du?«

»Ja.«

Tolle Konversation.

Aber es stimmt: Da ist eine Entfernung, eine Distanz, die nicht nur mit Kilometern zu tun hat. Aber da ist auch das Gefühl, die Liebe.

»Okay, Carlos. Ich schreibe dir jetzt jeden Abend, bevor ich schlafen gehe. Heute erzähle ich dir von meinem Vater«, erkläre ich.

»Ich liebe dich.«

»Ich liebe dich auch.«

Im Anschluss an dieses Gespräch werfe ich voller Wut meine Sorgenpüppchen an die Wand. Genau so ein Gefühlschaos wollte ich vermeiden. Aber vielleicht ist das ohnehin eine allgemeingültige Regel: Wer es gerne geradeaus und schwarz-weiß hat, der sollte sich nicht verlieben.

Bevor ich schlafen gehe, erzähle ich Carlos ausführlich per E-Mail von meinem Vater und meiner Kindheit. Es wird ein langer Text. Aber ich spüre, es tut mir gut, mit Carlos zu kommunizieren. Danach kann ich wunderbar einschlafen.

Mitten in der Nacht gehe ich an meinen Computer und lese, was Carlos mir von seinen Personalproblemen erzählt. Er habe zwei Kellner entlassen müssen, weil sie mit Drogen gehandelt hätten. Ihn schmerze das doppelt und dreifach, weil er sich bisher immer viel auf seine Menschenkenntnis eingebildet habe.

»Ich hatte immer gutes Personal und eine glückliche Hand bei der Auswahl. Ich dachte, mir altem Hasen könne keiner mehr etwas vormachen. Vielleicht war ich schon zu eingebildet, und jetzt geschieht es mir recht, wenn ich mit Tellern und Gläsern durch den Saal rennen muss.«

Eine gute Idee von Carlos, die täglichen E-Mails. Jetzt freue ich mich schon auf den Abend. Diesmal werde ich ihm von Sämi erzählen.

Am Sonntagmorgen habe ich viel Zeit, mich um E-Mails von Lesern zu kümmern. Ich verschicke meine üblichen Durchhalteparolen und meine Aufmunterungen. Werden sie sich im Stich gelassen fühlen, wenn ich meine Kolumne aufgebe? Oder werde ich für immer E-Mails und Briefe beantworten müssen, auch ohne Königskrone? Dann muss ich halt auswandern. In Kenia soll es ja sehr schön sein …

Auch der Redakteur unserer Lokalzeitung schreibt mir.

Er habe gehört, Mario Meister wohne bei mir. Ob ich ein Interview machen könne, so bald wie möglich? Oder ob ich einfach nur brisante Infos weitergeben könne. Er werde natürlich die Quelle vertraulich behandeln.

Ja, da kann er lange warten.

Aber das Interview könnte ich vielleicht wirklich machen, Anfang Juli. Da kann ich Mario helfen, dass es positiv wirkt, und noch etwas Geld damit verdienen.

Gute Idee.

Wir haben uns am Sonntagmorgen zu einem späten Brunch in der Küche verabredet. Kim und Mario wollen für alles sorgen. Also bleibt mir auch noch Zeit, meine Tonkrüge auf den Kopf zu laden und mit meinen Stöcken wieder einmal loszuwalken. Anfangs muss ich mich konzentrieren. Zu lange habe ich schon nichts mehr gemacht. Und hat es mir gefehlt? Nein. Ich werde wohl nie mehr zu einer Sportlerin. Ich bin einfach kein Bewegungsmensch. Aber es würde mir guttun.

Es tut mir gut. Ich lasse die Sonne auf meine Brust scheinen, wie man es mir beigebracht hat. Ich marschiere los, mit vollem Stockeinsatz, aufrechter Haltung, die Tonkrüge balanciere ich locker. Kaum jemand ist am Sonntagmorgen unterwegs, nur ein paar Hundehalter, die man immer trifft, auch wenn es Katzen hagelt. Ich genieße die gute Luft, das herrliche Wetter und bin ganz furchtbar stolz auf mich, dass ich in Bewegung bin, dass ich sozusagen Sport treibe.

Tatsächlich habe ich dann beim Brunch auf dem Balkon erstmals seit Spanien wieder einen gesunden Appetit und muss mich wirklich ein wenig bremsen. Mario und Kim haben frisches Brot gekauft. Rührei gibt es auch. Natürlich auch Früchte in reicher Auswahl, liebevoll für mich aufgeschnitten. Leberwurst und Salami versuche ich völlig zu ignorieren. Lieber trinke ich noch etwas Kaffee.

Sämi schlägt wieder einmal zu. Er liebt Brot mit Butter und Honig. Aber er kostet nur vorsichtig die Mangos. »Es gibt hier Früchte und Gemüse, die wir in Kenia auch haben. Und trotzdem sind sie anders. Meist schmecken sie gar nicht. Als hättet ihr ihnen das Aroma rausgenommen«, sagt er anklagend. Fast will ich mich verteidigen, aber ich weiß natürlich, dass er recht hat. Unsere Tomaten sind beispielsweise ein beklagenswert geschmackloses Gemüse geworden. Darüber hatte ich schon vor Jahren eine Kolumne geschrieben:

## Rot, rund und resistent

Neulich habe ich in einem Konsumentenmagazin im Fernsehen einen Beitrag über die Tomate gesehen.

Die Geschichte der Tomate hat Symbolcharakter für die Ernährungswissenschaft, wie sie sich heute präsentiert, und für die ganze Lebensmittelindustrie.

Forscherteams auf der ganzen Welt stürzten sich jahrelang frohen Mutes auf die Aufgabe, die Tomate so zu verändern, dass sie am Ende rot, rund und resistent wurde, so wie der Kunde eine Tomate eben haben wollte. Und siehe da: Die Bemühungen waren von Erfolg gekrönt, und es herrschte Freude im Labor.

Plötzlich aber kam Unruhe auf: Von der Konsumentenfront wurde Unzufriedenheit laut. Die Tomaten hätten keinen Geschmack mehr. Sie seien nur noch ein wässeriger Abklatsch des ehemals so schmackhaften Gemüses, welches es in verschiedenen Sorten und Geschmacksnuancen gegeben hatte

»Undankbares Pack«, ärgerten sich die Forscher.

Inzwischen sind unzählige weiß bekittelte Teams in ihren Labors damit beschäftigt, irgendwie wieder Geschmack und Würze in die Tomate zu bekommen. Aber vielleicht war es leichter, diese rauszubekommen, als umgekehrt?

In einem alten Gartenbuch meines Großonkels habe ich gelesen, dass die Tomaten besonders geschmackvoll werden, wenn man beim Pflanzen einen Fisch in der Erde vergräbt, etwa 20 Zentimeter unterhalb der Wurzeln. Ich zog dies im Frühjahr durchaus in Erwägung. Den Fisch hatte ich schon gekauft und keine Kosten und Mühen gescheut. Er hatte Augen und einen Schwanz. Und er war tot. Aber es fiel mir unerhört schwer, ihn mit dem Geschmack einer Tomate in Verbindung zu bringen. Tief in mir nagte ein kleiner Zweifel an den schlauen überlieferten Ratschlägen.

Reicht es nicht, wenn schon unsere Eier Fischaroma haben, weil man die Hühner mit Fischmehl füttert? Vielleicht haben die Hühnerzüchter diesen tollen Futtertrick auch aus einem geerbten Buch.

In den letzten Jahren hat mir das Konsumentenmagazin mit seiner Berichterstattung systematisch meine sämtlichen Lieblingsspeisen verdorben. Angefangen bei den Ravioli bis hin zum Lachs. Von Gänseleber wollen wir lieber gar nicht sprechen.

Inzwischen bin ich durch und durch misstrauisch. Wenn ich einen roten Apfel sehe, sehe ich schon rot. Und bei den schönen geraden Mohrrüben habe ich ernsthafte Bedenken. Bei leckeren Fleischstücken sehe ich fast greifbar die Bilder von misshandelten Tieren vor mir. Bei Torten tanzen vor meinem geistigen Auge die Salmonellen.

Die Datumskleber der Lebensmittel kratze ich immer ab und schaue, ob darunter ein älteres Datum aufgedruckt ist.

Das ist natürlich kein Leben. Ein Magengeschwür ist so fast vorprogrammiert. Aber mein Therapeut meint, dass wir das Problem in den Griff bekommen werden. Er hat mir Medikamente vorgeschlagen, die mich der Tomate ähnlich machen, nämlich rot, rund und resistent. Rund bin ich inzwischen, rot ist mein Bankkonto. Nur an meiner Resistenz müssen wir noch etwas arbeiten.

Ach, wie ich das genieße, solch gemütliches Zusammensein an der frischen Luft, bei Sonnenschein. Mario und Sämi gehören inzwischen schon irgendwie dazu. Ich habe sie beide auf ihre Art lieb gewonnen.

Später kommt auch Maya vorbei. Sie verspricht mir, ich könne sie jederzeit rufen, wenn ich Hilfe bräuchte mit meinem Vater. Das beruhigt mich sehr.

Gegen Abend besuche ich meinen Vater. Ich frage ihn direkt, ob er mich tatsächlich so gerne einmal besuchen würde. Da wird er ganz ernst und bestätigt alles, was der Heimleiter mir erzählt hat.

»Ich fühle mich hier manchmal wie im Knast. Alle kommandieren mich herum. Ich habe keine Privatsphäre mehr. Die klopfen ja nicht einmal an, wenn sie ins Zimmer treten. Die Vorstellung, dass ich nun für immer, bis an mein Lebensende, hierbleiben muss, beelendet mich manchmal sehr. Ich möchte einfach mal raus.«

Ich stelle ganz klar, dass er bei mir nicht bleiben kann.

»Das will ich doch gar nicht. Das würde mir auch nicht passen. Es ist hier sonst schon in Ordnung. Ich beklage mich ja eigentlich kaum. Aber ich bin doch schon früher immer gerne in die Ferien gefahren, und wenn es nur ein paar Dörfer weiter war.«

Na ja, Ferien, darunter versteht wohl jeder etwas anderes. Drei Tage bei mir, das wird wohl nicht richtige Feriengefühle aufkommen lassen, befürchte ich.

»Was für ein Geburtstagsfest stellst du dir denn vor? Wen möchtest du einladen?«

Oh, da hat er tatsächlich schon seine genauen Vorstellungen. Er will eine Bratwurst vom Grill haben, mit einem großen Bier. Und einladen möchte er David, den Pfleger, und die Frau vom Begleitdienst, die ihm immer so schön vorliest.

»Aber du kannst einladen, wen du willst. Anstandshalber sollten wir auch noch den Heimleiter einladen. Hoffentlich kommt er dann nicht wirklich. Ich käme mir ja total beaufsichtigt vor.«

Natürlich könne auch »der Neger« dabei sein.

»Hör mal, Papa, jetzt muss ich aber eines klarstellen: Du bist bei uns Gast, genauso wie Sämi, nicht mehr oder nicht weniger. Er ist ein Freund. Und da ist noch etwas: Bei uns lebt jetzt auch Mario Meister, der Rockmusiker. Er ist HIV-infiziert.«

Mein Vater schluckt schwer.

»Was ist bloß aus unserer Welt geworden? Du nimmst doch wirklich jeden auf. Bist du Mutter Teresa oder was?«

Darauf erspare ich mir jeden Kommentar. Ich erkläre ihm dafür, dass man schon lange nicht mehr »Neger« sage. Das sei rassistisch. Aber es reiche ja auch völlig, wenn er von Sämi rede, dann wisse jeder, wen er meine.

»Und der Aidskranke? Wird er mich anstecken?«

Ich versichere ihm, dass für ihn ganz bestimmt keine Gefahr bestehe.

Wir verabreden, dass ich ihn am Freitag nach dem Mittagessen abhole und am Sonntagnachmittag wieder zurückbringe.

Dies bespreche ich auch noch mit David, der das alles notiert.

»Ich freue mich für Moritz, dass er bei dir feiern darf.«

»Ach, David, du bist auch eingeladen.«

»Und ich komme. Da kannst du Gift drauf nehmen.«

»Schön.«

Im Marschschritt gehe ich über den Friedhof. Tante Thea werfe ich einen leicht bösen Blick zu. Wie kann sie zulassen, dass mein Leben so in Unordnung gerät? Aber ich weiß, da, wo sie ist, wünscht sie mir nur das Beste. Und vielleicht hat das alles einen höheren Sinn, den ich noch nicht erkenne?

Am Montagmorgen erscheint die Kolumne unter dem Titel: »Sämi will nicht schlank sein.«

Sämi freut sich total darüber, dass er in einer Zeitschrift erwähnt wird. Und er liest alles ganz genau, Wort für Wort, und fragt nach, wenn er etwas nicht versteht.

»Das hast du gut geschrieben«, meint er am Schluss. »Genauso ist es.«

Wenn er wüsste, wie dankbar ich ihm bin für seinen Input. Es ist eine gelungene Kolumne geworden. Diesen ganz besonderen Ansatz hat ER mir geliefert.

Am Mittag ruft mich Elmar Grün an. Er war selber im Urlaub und möchte nun wissen, ob mir das ernst sei mit dem Ende meiner Kolumnenserie oder ob er mich eventuell noch umstimmen könne.

»Du hast gut verdient. Wir haben gut verdient. Es ist wirklich schade, wenn du aufhörst.«

Gerade die heutige Kolumne habe ihm wieder sehr gut gefallen.

»Aber was war denn da in Spanien? Hast du dich verliebt?«

Ich sage ihm ein paar Sätze zu Carlos und zu unseren komischen Extrakurzferien. Er amüsiert sich köstlich.

»Aber du hast doch ganz toll abgenommen«, versucht

er noch ins Feld zu führen. »Warum willst du nicht noch weitermachen, bis du gertenschlank bist?«

»Ich weiß gar nicht, ob ich so schlank sein muss. Diese acht Kilo bin ich wirklich gerne losgeworden. Aber jetzt weiß ich ja, wie es geht. Ich werde in Zukunft ein wenig vorsichtiger essen. Aber dazu muss ich mich doch nicht Tag für Tag nur noch mit diesem Thema beschäftigen. Die Briefe, die E-Mails, die Kolumnen … ich bin ja langsam krankhaft darauf fixiert.«

»Was immer du auch tust, Lucy, ich möchte auf keinen Fall auf deine Mitarbeit verzichten. Es gibt sicher noch andere Themen, die du so originell bearbeiten könntest. Ich kann doch weiterhin auf dich zählen, oder?«

Kann er.

In dieser Woche spazieren diverse Handwerker durch unser Haus, begleitet von meinem Treuhänder, einem alten Schulfreund. Hubert kümmert sich seit meinem Erbe um meine Finanzen. Er füllt die Steuererklärungen aus, zahlt Versicherungen, legt manchmal sogar ein wenig Geld gewinnbringend an. Er saß im Gymnasium neben mir, und wir haben uns gemeinsam den Schulalltag aufgeheitert. Wir hatten immer etwas zu lachen. Diese Woche hat er allerdings nur schlechte Nachrichten für mich.

»Auf dich kommen ziemlich heftige Investitionen zu. Ich lasse gerade die Kostenvoranschläge machen. Aber es wird teuer. Der Öltank der Heizung muss ersetzt werden, sonst bekommst du im Winter kein Heizöl mehr geliefert. Aber es kommt noch schlimmer: Aufgrund neuer gesetzlicher Bestimmungen müssen alle elektrischen Leitungen in diesem alten Haus ersetzt werden. Du bekommst andere Steckdosen und einen Sicherungskasten an der Außenwand des Hauses.«

Ich bin sprachlos.

»Hast du dir schon einmal überlegt, das Haus zu verkaufen, solange das Grundstück noch so viel wert ist? Im Moment sieht es so aus, als würdest du immer mehr von deinem Vermögen in das Haus investieren müssen. Du musst dich also wieder mehr um Einnahmen kümmern. Oder du verkaufst zu einem guten Preis und hast wieder ein schönes Vermögen.«

Nie würde ich Theas Haus verkaufen.

Oder doch?

Zu einem netten Wucherpreis verkaufen und dann nach Spanien auswandern?

Das Problem ist nur, dass ich an allem so sehr hänge. An den Bergen, der Umgebung, an jedem Baum im Garten. Das Haus ist mein Zuhause geworden.

Hubert druckst irgendwie herum.

»Hast du noch mehr schlechte Nachrichten?«

»Ja, habe ich. Im Moment erstellt der Kanton eine Karte mit allen Grundstücken, die durch Altmüll belastet sind. Und jetzt habe ich ein Schreiben bekommen, dass auch dein Grundstück untersucht werden muss. Es liegt nahe bei einer ehemaligen Mülldeponie. Die wollen nun mit Rammkernsondierungen herausfinden, ob auch unter ›deinem‹ Haus noch Altmüll liegt.«

Da muss ich nun mehrmals leer schlucken. Das ist ja ein echter Albtraum. Plötzlich wäre alles nur noch halb so viel wert, und ich müsste am Ende noch irgendwelchen Altmüll entsorgen?

»Aber meine Erkundungen haben bis jetzt ergeben, dass du ziemlich sicher keine Angst haben musst.«

Ziemlich sicher muss ich keine Angst haben?

Was ist das denn für eine Ausdrucksweise?

Das beunruhigt mich jetzt wirklich.

Hätte ich diese dämliche Diätkolumne nicht aufgeben sollen? Um noch zusätzlich Salz in meine Wunden zu streuen, meint Hubert:

»Ich habe ja gesehen, dass du mit dieser Diätgeschichte ganz gut verdienst. Also mach dir keine Sorgen. Das wird schon gutgehen.«

Auf jeden Fall noch zwei Monate lang …

»Du siehst auch schon wieder richtig knackig aus«, lacht er und haut mir auf den Hintern. So was darf nur Hubert machen.

Die ganze Woche steht ansonsten im Zeichen der Partyvorbereitungen. Mario kniet sich richtig rein. Es scheint ihm gutzutun, eine Aufgabe zu haben. Sogar ein kleines Partyzelt hat er aufgetrieben, das er mit Freunden hinter dem Haus aufbaut, falls das Wetter nicht mitspielt. Wir haben beschlossen, schon am Freitagnachmittag mit dem Feiern anzufangen, da mein Vater ja immer so früh schlafen geht. Aber WIR wollen dann gleich weiterfeiern, bis in den Morgen hinein.

Am Donnerstag fahre ich mit Sämi nach Luzern zum Slim-Now-Treffen. Leider regnet es ohne Unterbrechung, und wir können nicht so viel unternehmen. Wir besuchen im Verkehrshaus das Imax-Kino. Da läuft gerade ein Film über die Serengeti. Wir setzen uns in die luxuriösen Sessel und haben eine 500 Quadratmeter große Leinwand vor uns. Ein gigantisches Filmformat und eine gewaltige akustische Anlage geben uns das Gefühl, mitten im Geschehen zu sein. Die Bilder der Serengeti und die Musik und der Sound dazu ergreifen mich. Die Aufnahmen sind so schön, dass sie mir die Tränen in die Augen treiben. Es ist, als würde man einen Einblick bekommen in eine Welt, so wie sie noch sein sollte. Tier und Mensch haben viel Platz. Zebras und Gnus weiden friedlich neben Nashörnern und Wildschweinen. Es gibt anscheinend unzählige Tiere, und sie leben in einem der letzten Paradiese dieser Erde. Das Zebra ist beispielsweise nicht übergewichtig und läuft in der Zirkusmanege im Kreis, wie hier bei uns. Nein, es zeigt sich als Herdentier und hat 300 000 Artgenossen. Diese sind ständig in Bewegung, mitten in einer intakten Natur, in einem Park von unvorstellbarer Größe: Rund 15 000 Quadratkilometer groß ist der Serengeti-Nationalpark.

Der Film ist in Tansania gedreht worden. Aber Ausläufer der Serengeti reichen bis nach Kenia hinein, in die Masai Mara.

Ist es das, was Laura so an Afrika fesselt?

Sämi treffen diese Bilder anscheinend genau ins Herz. Ihm laufen die Tränen übers Gesicht. Aber er will nicht aus dem Kino raus, was ich ihm natürlich sofort anbiete.

Auf das Slim-Now-Treffen habe ich anschließend gar keine Lust mehr. Ich mache das, was andere Mitglieder auch oft tun: Ich stelle mich nur auf die Waage, lasse mein Gewicht eintragen und verlasse die Veranstaltung wieder.

Ich habe 600 Gramm abgenommen. Ich bin jetzt nur noch 66,4 Kilo schwer. Man freut sich mit mir. Schön.

»Danke«, sagt Sämi auf der Heimfahrt, »das war wirklich schön.«

Er meint, ich müsse unbedingt einmal nach Kenia kommen.

»Ich kann dir zeigen, dass das nicht nur Bilder sind. Wir leben in einem wunderschönen Land. Besuch mich mal!«

Da ist er wieder, der Einladungssatz, der oft so unvorsichtig schnell ausgesprochen wird.

Soll ich auch eines Tages einfach vor seiner Haustür sitzen?

Am Freitag muss ich mir oft die beeindruckenden Bilder der Serengeti in Erinnerung rufen. Sie helfen mir, das Chaos in meinem Haus zu überleben und ein Minimum an innerer Ruhe zu bewahren.

Ich komme gerade mit meinem Vater vor dem Haus an, als auch Laura mit ihrem Ricardo ankommt, direkt vom Flughafen. Sämi, Mario und Kim kommen uns entgegen, um zu helfen.

Was für ein riesiges Hallo!

Laura ist total verwirrt, überrascht, überwältigt. Es gibt so viel zu erklären und zu erzählen. Ricardo wirkt etwas befremdet über den kenianischen Gast. Laura weiß nicht so richtig, wie sie sich verhalten soll, nimmt ihn aber in die Arme und heißt ihn herzlich willkommen.

Kann ein Haus irgendwann aus den Nähten platzen? Es ist laut und chaotisch bei mir.

Ricardo verabschiedet sich schnell.

Recht hat er. Ich hätte im Moment auch gerade Lust abzuhauen.

Aber ich muss mich um meinen Vater kümmern, der die Treppen fast nicht hochgekommen ist und jetzt ziemlich erledigt auf dem Balkon sitzt. Die Sonne scheint heute wieder, und er braucht seinen Hut und die Brille. Die sind aber ganz unten in seinem kleinen Koffer. Ich renne und wühle und bringe. Danach sitzt er eine ganze Weile zufrieden mit sich und der Welt da und schaut sich nur verwundert um, beobachtet das Treiben.

Der Heimleiter hat mir einen Brief mit Pflegeanweisungen gegeben. Die grünen Kapseln muss er morgens einnehmen, die blauen Tropfen abends, in wenig Wasser, am

Mittag die große weiße Tablette. Ich solle darauf achten, dass er nicht zu viel Alkohol trinke und dass er nicht stürze, da er nicht so sicher sei auf den Beinen und oft leichte Schwindelanfälle habe.

Na super.

Am besten lasse ich gleich Maya kommen und stelle sie als Wache neben ihn. Aber eigentlich brauche ich das nicht, denn Sämi macht das ganz gut. Er behält meinen Vater tatsächlich immer im Auge, ist sofort bei ihm, wenn er sich nur nach etwas reckt oder streckt.

Der Abend wird dann wider Erwarten richtig lustig. Wir essen alle gemeinsam, und die Küche wirkt erdrückend eng. Aber wir lachen und erzählen, und mein Vater ist bester Laune.

Laura hat natürlich sehr viel Nachholbedarf und will alles wissen, was inzwischen passiert ist. Da kommt einiges zusammen.

»Aber wie war es denn in Kenia?«, wollen wir anschließend wissen.

Laura schwärmt von den luxuriösen Hotels und Safaricamps, in denen sie mit Ricardo logiert hat. »So etwas hätte ich mir niemals leisten können.« Sie erzählt, welche Parks sie besucht haben und welchen Tieren sie nahe gekommen sind.

»Sogar einen Skorpion habe ich gesehen, direkt vor meiner Tür. Davor hatte ich mehr Angst als vor den großen Raubtieren.« Sie erzählt von großartigen Mahlzeiten unter freiem Himmel. »Es gab bereits zum Frühstück Champagner.«

Laura und Ricardo hatten einen eigenen Chauffeur, einen Engländer, der in Kenia aufgewachsen ist. »Ricardo hat sicher tausend Fotos gemacht.«

Sämi lauscht gespannt Lauras Erzählungen.

Dann sagt er nur leise und ein wenig enttäuscht:

»Du wolltest doch immer Kenianer kennenlernen und leben wie Kenianer oder mit Kenianern. Habt ihr denn auf eurer Reise überhaupt einmal mit einem Kenianer gesprochen?«

»Ja, Sämi, du hast völlig recht«, gibt Laura zu.

»Ich glaube, Ricardo und ich lieben beide Kenia, aber irgendwie lieben wir doch nicht das gleiche Land. Er hat in all den Jahren noch nie in einer Hütte aus Kuhdung geschlafen. So etwas würde ihm gar nie in den Sinn kommen. Er war noch nie in einem Lokal, das nicht in erster Linie für Touristen gebaut wurde. Das hat mich schon ein wenig enttäuscht.«

Oha!

Was für Töne höre ich denn da?

Gut, dass jetzt ohnehin alle ins Wohnzimmer stürmen, weil der Wetterbericht für morgen für uns doch so wichtig ist. Wir haben Glück, denn für morgen wird im Fernsehen wunderschönes Sommerwetter angekündigt. Kein Gewitterrisiko, nur eitel Sonnenschein und eine warme Nacht.

So gehen wir nach und nach schlafen. Vor dem Badezimmer bildet sich erstmals eine Warteschlange. Sämi muss wirklich im Wohnzimmer auf dem Sofa schlafen, aber das ist ihm total egal.

Ich schreibe meine tägliche E-Mail an Carlos. Das hat sich wirklich bewährt. Es tut mir selber gut, und wir lernen uns immer besser kennen. Was wussten wir bisher schon voneinander? Nichts! Jetzt entdecken wir uns halt übers Internet.

Die Party am Samstag wird wohl keiner von uns jemals

vergessen. Eigentlich muss ich meinem Vater wirklich dankbar sein für dieses fröhliche, ausgelassene Fest.

Am Morgen kaufen wir ein, als würde bald der Krieg ausbrechen. Am Nachmittag bringt Maya vier Kuchen vorbei. Alle sind aufgeregt. Vor allem mein Vater. Er will unbedingt eine Krawatte anziehen und schimpft unaufhörlich vor sich hin, weil er den Knoten nicht mehr binden kann. Irgendwann sitzt er nur noch da, die Krawatte offen um seinen Hals gehängt, und ich sehe, wie Tränen über seine Wangen laufen.

»Jetzt kann ich nicht einmal mehr meine Krawatte binden«, sagt er zu mir, und in seinen Augen sehe ich Verzweiflung und Angst. Ich versuche, meinen eigenen Schrecken zu überspielen, und rufe nach Sämi, der das Krawattenknotenproblem löst. Erstaunlich schnell fängt sich mein Vater wieder. Anscheinend hat er bereits gelernt, solche Erlebnisse und Erkenntnisse wegzustecken.

Verdrängt er sie?

Wie kann er damit umgehen?

Es muss sehr beängstigend sein, zu merken, dass man geistig immer mehr Defizite hat.

Bald beziehen wir die Festwirtschaft im Garten. Wir haben alle Gartenstühle draußen, dazu den großen Festtisch mit Bänken. Mein Vater sitzt wie ein König im schönsten Stuhl und genießt den großen Rummel um ihn herum sehr. David kommt mit seiner Freundin zu Besuch. Auch Gerda Grüter lernen wir nun kennen, Vaters häufige Besucherin im Heim. Sie bleibt ständig an seiner Seite. Es kommen auch Nachbarn, die selbst ich kaum kenne. Sämi hat sie eingeladen. Unglaublich! Ricardo ist auch da und übernimmt die Arbeit am Grill. Meinen Vater stört es nicht, dass er die Hälfte aller Gäste gar nicht kennt. Er findet es irgendwie unterhaltsam, alle zu beobachten. Selbstverständlich bekommt er sein Bier und seine Bratwurst, wie er es sich gewünscht hat.

Nach dem Abendessen denkt er noch lange nicht daran, schlafen zu gehen. Mario holt seine Gitarre und Kim ein Keyboard. Als Erstes bekommt mein Vater ein Happy-Birthday-Ständchen im Chor. Dann wollen alle Marios Hit hören, und Kim und Mario spielen und singen ihn noch einmal mit so viel Gefühl wie bei der Pressekonferenz. Mir kommen die Tränen. Sehe eigentlich nur ich das Potenzial der beiden?

Mario bringt es auch fertig, Vaters Lieblingslied, die Bergvagabunden, zu begleiten.

»Wenn wir erklimmen schwindelnde Höhen, steigen dem Gipfelkreuz zu«, singt mein Vater voller Inbrunst. Anschließend stimmen wir alle zusammen »Malaika« an, diesen Song aus Kenia, den alle Touristen kennen. Wir haben ihn von Laura gelernt. Sämi freut sich sehr darüber.

Ricardo besteht dann darauf, auch ein italienisches Lied müsse gesungen werden, und fängt an, »O sole mio« zu schmettern. Das kann er. Keine Frage. Aber ob ihm das nach diesen Keniaferien bei Laura wirklich noch helfen kann?

Schade, dass Carlos nicht da ist und einen spanischen Beitrag leisten kann. Genau das ist es doch: so ein wichtiges, unvergessliches Fest mit lauter lieben Menschen. Aber ich bin allein. Verliebt, aber allein. Solche Erlebnisse will man doch mit seinem Partner teilen können. Eine Fernbeziehung tut weh. Es ist, als ob ständig etwas fehlen würde. So will ich eigentlich nicht leben.

Um Mitternacht fällt mein Vater buchstäblich vom Stuhl.

Die Panik ist groß. Aber Maya beruhigt uns schnell. Es sei einfach nur Zeit, ihn ins Bett zu bringen. Mein Vater hat dagegen nichts einzuwenden. Er sieht erschöpft aus, aber glücklich. Eine ganze Prozession von Leuten begleitet ihn ins Haus. Ich helfe ihm dann beim Ausziehen. Auf große Körperhygiene verzichten wir zur Feier des Tages.

»Danke, Lucy«, sagt er, als er im Bett liegt und ich mich noch einen kleinen Moment auf den Bettrand setze.

»Ich danke DIR«, antworte ich lachend. »Ich wohne doch schon so lange hier, aber so ein schönes Fest haben wir noch nie gefeiert. Daran bist nur du schuld.« Ich gebe ihm einen Kuss auf seine runzelige Stirne.

»Lass eine kleine Lampe brennen«, bittet er mich, als ich das Licht ausmachen will.

»Aber ja. Kein Problem.«

Mein Vater. Eine richtige Vater-Tochter-Beziehung werden wir wohl nie mehr hinbekommen. Aber wir geben uns Mühe.

Das Grüpplein hinter dem Haus wird immer kleiner. Wir rutschen näher zusammen, machen keine Musik mehr. Aber es ist schön, unter der Birke zu sitzen. Ich habe heute meine Punkte völlig vergessen. Es schmeckt alles doppelt gut, wenn die Stimmung so fröhlich ist. Sicher habe ich auch zu viel Wein getrunken. Wen kümmert's? Morgens um vier sitzen dann nur noch Kim, Laura und ich erschöpft um den Küchentisch herum. Wir haben fast alles aufgeräumt und das Geschirr gespült. Unsere Gäste sind gegangen oder eingeschlafen. Auch uns fallen bald die Augen zu, und doch müssen wir diese Situation ausnutzen: Wir sind ganz unter uns.

»Was ist bloß alles passiert, als ich weg war«, seufzt Laura.

»Als Erstes hast DU uns ja den Sämi beschert«, betont Kim.

Laura lacht.

»Den hätte ich wirklich niemals hier erwartet.«

Wir wollen nun von ihr wissen, was zwischen ihnen gelaufen ist, damals in Kenia.

»Nichts«, antwortet Laura heftig mit großen Augen.

»Na ja«, meint sie dann, »er war schon ziemlich verliebt in mich. Aber ich wollte nichts mit ihm anfangen. Dafür war er mir zu nett. Ich habe ein wenig mit ihm geflirtet und es genossen, von ihm im Land herumgeführt zu werden. Mit ihm habe ich Kenia von einer anderen Seite kennengelernt.«

Ja, so sind die Frauen.

Sie hat ihn schamlos ausgenutzt.

»Ich habe ihm nie mehr versprochen als ein wenig Freundschaft«, wehrt sich Laura. »Und wie ihr seht, akzeptiert er das ja auch, sogar jetzt, wo ich mit Ricardo zusammen bin.«

Ricardo. Ja, ja.

Sie lenkt ab und will von Kim wissen, wie es denn nun mit ihr und Mario weitergehe.

»Wir hatten unzählige tiefgründige Gespräche. Er hat viel gelernt. Ich glaube, wir haben noch einmal eine echte Chance. Ich überlege mir sogar ernsthaft, nach den Sommerferien nicht mehr zu unterrichten und Zeitungen auszutragen. Wer weiß, wie viel Zeit wir noch zusammen haben.«

Er würde sie dann heiraten, um sie finanziell abzusichern, denn er habe richtig gut verdient in letzter Zeit. Klingt nicht gerade romantisch.

»Wir werden sehen. Das wird sich alles noch in diesem

Monat herausstellen. Sein Manager hat die Idee, wir könnten einen Song zusammen aufnehmen. Unsere Einlage bei der Pressekonferenz muss recht viel Echo ausgelöst haben. Und warum nicht? Mir würde das Spaß machen.«

Habe ich es nicht gesagt? Die beiden sind eine Wucht.

Aber was denn nun mit mir sei, wollen sie dann wissen. Ob ich etwa plötzlich vorhätte, nach Spanien auszuwandern?

»Ich weiß nicht, wie das weitergehen soll. Eine Fernbeziehung scheint viel Kraft zu kosten, und meist hast du ein Gefühl von schmerzlicher Sehnsucht. Das kann es doch nicht sein. So ein Fest wie heute, und ich bin alleine. Ich werde nicht einmal in der Lage sein, ihm alles zu beschreiben, so schön war es. Das ist nur so ein Beispiel. Ich wollte mich nicht verlieben. Ich mag diese Komplikationen nicht.«

Meine Freundinnen lachen mich aus.

»Du kannst auch ganz aufhören zu leben und gar keine Gefühle mehr zulassen. Dann hast du keine Komplikationen mehr und kannst dich auch gleich beerdigen lassen. Leben heißt, das Risiko eingehen, verletzt zu werden. Fühlen heißt, dass es auch mal wehtut«, hält mir Kim vor.

»Du bist zwar die Älteste von uns, aber du redest schon wie eine Greisin. Etwas Besseres als so ein Carlos hätte dir gar nicht passieren können. Und wenn er dich nur ein wenig geweckt hat, war er die Komplikationen wert«, meint Laura.

Ja, ja.

Am Morgen wünsche ich mir, ich wäre tatsächlich schon nach Spanien ausgewandert. Ich habe kaum zwei Stunden geschlafen, da klopft mein Vater an meine Zimmertür.

»Gibt es heute kein Frühstück?«

Sehr gerne würde ich einfach nur »Nein« sagen und mich im Bett auf die andere Seite drehen. Aber ich weiß, er braucht ein regelmäßiges Leben, und er braucht ein Frühstück, weil er seine Medikamente einnehmen muss, die grünen oder die blauen oder so.

So sitzen wir schon bald wieder draußen auf dem Balkon. Ich brauche eine Sonnenbrille. Mein Schädel brummt. Und alles ist so hell.

»Es ist schon sehr schön bei dir«, sagt mein Vater zufrieden. Es wird mir ein wenig angst bei seinen Worten. Was mache ich, wenn er nicht mehr gehen will? Lasse ich ihn von der Polizei rausschmeißen?

»Aber das wäre mir auf die Dauer doch etwas zu viel Rummel. Dafür bin ich wohl zu alt«, redet mein Vater weiter.

Ja, man soll die alten Leute unbedingt ausreden lassen! Ich bin erleichtert.

Erstaunlich früh kommen die anderen Hausbewohner nach und nach aus ihren Betten gekrochen und setzen sich gerne an den gemachten Frühstückstisch. Heute brauchen wir den Kaffee in Kannen, literweise.

Mein Vater zeigt stolz seine Geburtstagsgeschenke in die Runde, und alle bewundern sie bereitwillig. David hat ihm eine Uhr geschenkt, die er beim Blindenbund organisiert hat.

»Hört mal zu, sie spricht mit mir«, erklärt mein Vater stolz. Eine leicht verzerrte Stimme verkündet tatsächlich auf Knopfdruck die Uhrzeit. Ein kleines Display leuchtet auch noch. Mein Vater kann hier die Uhrzeit genau ablesen. Und dabei hat er doch immer behauptet, auf dem fast suppentellergroßen Wecker könne er die Zeit nicht mehr sehen.

»Ich konnte sie schon sehen, aber ich konnte aus den Zeigern irgendwie die Zeit nicht mehr ablesen.«

Das sagt er völlig unbekümmert, aber mir wird fast schlecht bei dieser Aussage. Da sind sie wieder, die Zeichen seiner Demenz.

Meine Freunde helfen mir sehr. Sie kümmern sich mit mir um meinen Vater. Als er sich wünscht, in Brunnen am See ein Eis essen zu gehen, sind alle sofort dabei, und es wird eine richtige Gruppenreise. Am Abend grillen wir noch die Fleischreste vom Vortag, gehen aber früh zu Bett.

In der Nacht weckt mich mein Vater, weil er auf dem Weg zur Toilette in die Hosen gemacht hat. Im Flur ist eine riesige Pfütze. Ich versuche, ihn zu beruhigen, aber es ist ihm gar nicht peinlich. Solche Pannen scheint es öfter bei ihm zu geben. Ich helfe ihm beim Waschen, ziehe ihm trockene Sachen an und beseitige dann die Pfütze. Mich hat das Intermezzo mehr aus der Ruhe gebracht als ihn.

Ich schlafe danach lange nicht ein. Ich kann gar nicht aufhören zu grübeln. Warum ist unser Körper dermaßen auf Verfall programmiert? Wie werde ich einmal sein, wenn ich alt bin? Wird sich jemand um mich kümmern?

Am Montag bringe ich meinen Vater ins Heim zurück. Er ist zufrieden und bedankt sich mehrmals bei allen. Im Heim meint er dann: »Jetzt bin ich froh, wenn ich mich in meinem Zimmer verkriechen kann und eine Weile keinen Menschen sehe.«

Tja, und WIE ich ihn verstehe!

Am Abend kann ich mit Mario tatsächlich ein großes Interview für unsere Lokalzeitung machen. Kim und Mario werfen sich für diverse Fotos in Pose. Sie finden, das seien sie mir schuldig, als Dank für meine Unterstützung. Auch Elmar Grün hat Interesse an der Geschichte angemeldet, und ich schreibe ein besonders schönes Porträt für FRAUEN POWER.

Ja, soll Mario doch noch eine Weile bleiben. Dann lasse ich mich von ihm als Presseverantwortliche anstellen. Ein cooler Job.

Nur dass alles wie immer ganz anders kommt. Ich habe keine Zeit mehr zum Schreiben. Am Mittwoch kommt ein Anruf aus dem Heim:

Mein Vater ist gestorben.

Einfach so.

Es sieht so aus, als wäre er am Mittwochmorgen nicht mehr aufgewacht, sozusagen im Schlaf gestorben, ganz friedlich, mit einem Lächeln auf dem Gesicht.

Die Nachricht kommt so gänzlich unerwartet und so überraschend wie ein Faustschlag direkt in meinen Magen. Ich kann meine Gefühle nicht beschreiben, selber nicht fassen. Eine Welle der Übelkeit steigt in mir auf, und ich kotze ins Klo. Dann heule ich vor mich hin und weiß nicht, wieso. Ich hatte gar keine besonders schöne, nahe Beziehung zu meinem Vater. Und er hat immerhin schön sterben können, in einem sehr hohen Alter. Der Zeitpunkt war für ihn wahrscheinlich genau richtig.

Ich glaube, ich weine auch um all das, was nie stattgefunden hat. Ich weine darum, dass er nie ein richtiger Vater für mich war und dass die Chance jetzt endgültig vertan ist, dass wir je zusammenfinden könnten.

Dann sehe ich wieder sein strahlendes, fröhliches Gesicht vor mir, auf der Gartenparty zu seinem Geburtstag. Gut, dass wir seinen Wunsch erfüllt haben. Oder war genau das zu viel für seine angeschlagene Konstitution? Nein, das glaube ich nicht.

Ich brauche eine Weile, um mich zu fangen. Dann begleitet Kim mich zum Altersheim, wo mein Vater immer noch in seinem Bett liegt. Kerzen brennen in seinem Zimmer. Ich lege einen Moment lang meine Hand auf seine. Er ist nicht mehr da. Jetzt kann ich es spüren. Er ist einfach gegangen. Ich habe keine Eltern mehr, keine Verwandtschaft. Die Nächste, die sterben wird aus unserer Familie, werde ich sein.

»Alles Gute, Papa!«, flüstere ich ihm ins Ohr.

Es kommt mir alles völlig unwirklich vor.

Das Personal drückt mir die Hand. David hat auch geweint.

»Aber ich freue mich für deinen Vater. Er hatte einen schönen Tod, und es ist ihm in seinen letzten Tagen richtig gutgegangen.«

Er sehe so viele Menschen, die lange, viel zu lange leiden müssten. Und oft könne man ihre Leiden nur beschränkt lindern.

»Glaub mir, dein Vater findet es sicher selber genau richtig so.«

Ja. Vielleicht.

Der Heimleiter überreicht mir eine Liste mit Dingen, die ich jetzt erledigen muss.

Wir telefonieren also mit der Gemeinde. Dann mit dem Ibächler Pfarrer, um einen Beerdigungstermin zu vereinbaren. Dann muss ich zur Zeitung, meiner eigenen Lokalzeitung, um dort die Todesanzeige aufzugeben. Hubert, mein Treuhänder, hat auch die Finanzen meines Vaters geregelt. Ihn informiere ich anschließend.

Dann hatte ich doch vor Jahren einen sehr netten Mann von einem Beerdigungsinstitut interviewt. Den rufe ich als Nächstes an. Er verspricht mir, zu helfen, wo er nur kann, und er nimmt mir vieles ab. Ich gebe ihm sämtliche Entscheidungsgewalt über die Sargauswahl und solche Dinge. Das ist mir alles total egal. Ich erkläre ihm, dass mein Vater in Theas Grab beigesetzt werden wolle. Das ist ein altes Familiengrab der Jansers.

Ob Tante Thea Freude hat, wenn sie jetzt Gesellschaft bekommt in ihrer Gruft?

Am Abend habe ich wieder Zeit, zu weinen und zu trauern.

Mario nimmt das Ganze sehr mit, dabei hat er meinen Vater kaum gekannt. Aber er hat sich in letzter Zeit mit seinem eigenen Tod beschäftigen müssen, und jetzt führt ihm mein Vater die Möglichkeit eines schnellen Ablebens wieder neu vor Augen.

Die Katechetin der Ibächler Pfarrei ruft an und möchte mit mir einen Termin vereinbaren, um die Beerdigung meines Vaters persönlich zu gestalten, gemeinsam mit mir. Nein danke.

»Wenn Sie wissen, dass mein Vater die Berge über alles geliebt hat, dann können Sie sicher auch ohne meine Mitarbeit eine würdige Beerdigung ausrichten.«

Was muss sie bloß von mir denken.

»Und ein Rosenkranzgebet am Vorabend der Beerdigung möchte ich auf keinen Fall.«

So, jetzt bin ich definitiv unten durch. Aber ich hatte ja eh nicht vor, mich demnächst als Päpstin oder dergleichen zu bewerben. Und mein Vater hat keine noch lebenden Angehörigen, die Ansprüche stellen. Er selber hat in den letzten Jahren nie mehr eine Kirche besucht. Also warum sollten wir jetzt die Vorstellungen und Wünsche anderer Leute erfüllen?

Ich brauche jetzt einfach Zeit für mich. Und dieses ganze Drumherum der Beerdigung interessiert mich nicht. Es ist mir so egal, in welchem Sarg mein Vater liegen wird und ob er darin einen Anzug mit oder ohne Krawatte trägt. Und welcher Trauerspruch oben auf der Todesanzeige steht, interessiert mich auch nicht wirklich.

Ich versuche, mich mit dem Gedanken zu versöhnen, dass er einfach weg ist, von einem Moment zum anderen. Diese Tatsache muss ich erst noch akzeptieren. Ich versuche, die tiefe Trauer in mir zu verstehen und auszuhalten.

Ich funktioniere.

Das SN-Treffen schwänze ich ein zweites Mal, aber ich liefere pünktlich meine Kolumne ab. Schließlich bin ich ein Profi. In meiner Kolumne schreibe ich über den Tod meines Vaters. Ich schreibe, wie ich wieder neu über das Leben nachdenke.

Was ist wichtig, was nicht?

Ob die schlanke Figur wirklich eine so hohe Priorität haben sollte, werfe ich als Frage in den Raum und fordere meine Leser auf, mir zu schreiben. So fülle ich Zeile um Zeile. Ich bin schließlich eine alte Häsin.

Die Beerdigung lasse ich über mich ergehen. Ich habe längst von meinem Vater Abschied genommen. Die ganze Nacht davor sass ich in der Aufbahrungskapelle und habe versucht, mit ihm zu kommunizieren, zu beten und was auch immer. Sämi saß bei mir. Totenwache, das hat er sofort verstanden, sei wichtig.

Sämi ist dann allerdings enttäuscht, mit wie wenig Fröhlichkeit wir unsere Toten verabschieden, wenn sie nun endlich auf dem Weg zu Gott seien. Das sei eine feine Sache, abgesehen von der Trauer der Zurückgebliebenen. Wo denn nur unser Gottvertrauen sei? Bei ihnen werde aus jeder Beerdigung ein Dorffest. »Ihr habt so prunkvolle Kirchen, aber darin ist überhaupt kein Leben«, sagt er traurig und kopfschüttelnd.

Er hat wie immer recht. Mein Verhältnis zur Kirche als Institution ist mehr als gestört. Die Rituale ersticken mich. Aber mein Verhältnis zu Gott werde ich wieder einmal überdenken müssen.

Ich beneide Sämi um seinen einfachen, unkomplizierten Glauben. Er hinterfragt nicht alles dreifach, sondern glaubt wie ein Kind, voller Vertrauen und Liebe. Das gibt ihm wiederum sehr viel. So möchte ich auch gerne glauben und beten können.

»Sämi, kann ich dich einmal in Kenia besuchen kommen?«, frage ich ihn eines Tages ganz spontan.

Er ist nicht einmal erstaunt.

»Warum kommst du am 1. August nicht einfach mit, wenn ich zurückfliege? Ich habe dann in der ersten Zeit noch nicht so viel Arbeit, weil ich erst wieder alles organisieren muss. Ich könnte eine Kundin brauchen, und dir würde die Reise sicher guttun.«

Wäre das nicht schön, einfach mal hier zu verschwinden? Bis dann wäre auch meine Amtszeit als Königin zu Ende. Was für ein schöner Abschluss! Das Geld müsste ich aufbringen können.

Sämi strahlt schon vor sich hin jetzt, wo er sieht, wie ich ernsthaft darüber nachdenke.

Er läuft davon und kommt wieder, drückt mir mein eigenes Keniabuch in die Hand und lacht.

»Danke«, lache ich zurück.

Ich muss schon am Freitag nach der Beerdigung nach Zürich fahren. Elmar Grün hat mich eingeladen. Vorgeladen. Aber diesmal fahre ich unbeschwerter los. In mehrfacher Hinsicht, denn ich trage auch eine zwei Größen kleinere Jeans. Ich habe 9,5 Kilo abgenommen. Das gibt mir Auftrieb, mehr Selbstbewusstsein.

Für die Empfangsdame im Stretchkleid bin ich noch immer ein Fettklops. Damit kann ich leben. Dafür bekomme ich nette Komplimente von Elmar, die mir sehr guttun.

Elmar betont noch einmal, wie erfolgreich diese Diätkolumne gewesen sei. Es sei jammerschade, dass ich nicht mehr weitermachen wolle. Vielleicht sei es aber auch gut aufzuhören, jetzt, wo alles noch eine Erfolgsstory sei.

»Ich habe mir überlegt, dass wir das Ganze mit einem Riesenknall beenden könnten.«

Hä?

Keine Ahnung, wovon er redet.

»Wir möchten im Zürcher Princess-Club eine große öffentliche Abschiedsparty organisieren. Wir laden alle Leser ein. Was meinst du?«

»Ich gehe am 1. August nach Afrika.«

Jetzt, wo ich es sage, glaube ich es selber. Elmar lacht unbeschwert.

»Wir wollten die Party sowieso am Samstag, 23. Juli, steigen lassen. Die letzte Kolumne im Juli würden wir dann ausfallen lassen und nur ganz groß über das Fest berichten.«

Natürlich bin ich dabei. Feste sind doch immer gut.

»Vielleicht kannst du ja sogar deine beiden Freunde, Mario und Kim, zu einem kleinen Auftritt überreden? Wir würden gut bezahlen. Sag es ihnen einfach mal.«

Ob ich sonst noch Wünsche oder Ideen für das Fest hätte, fragt Elmar.

»Bitte keinen Man-Strip und keine peinlichen Spiele. Und keine Dessousmodenschau mit klapprigen Models.

Wenn, dann mit molligen Frauen, das fände ich sogar cool. Ja, irgend so eine Einlage mit molligeren Frauen, das wäre etwas. Nicht Nella Martinetti, aber gibt es da nicht eine lässige Sängerin, die ziemlich rund ist? Dodo Hug oder so ähnlich? Die könnte man engagieren.«

Plötzlich habe ich Tausende von Ideen. Elmar schreibt mit und freut sich.

»Wenn du mal einen festen Job suchst, melde dich bei mir. Du sprudelst ja nur so über vor Ideen. Darauf kann ich bei meinen Leuten manchmal lange warten. Und überhaupt: Lass uns in Kontakt bleiben. Ich habe schon einige Ideen, was du für uns noch machen könntest.«

»Du wirst mich nicht so schnell los, keine Sorge. Mein Haus bricht nämlich bald zusammen, wenn ich nicht viel Geld investiere. Ich muss also arbeiten.«

»Wir werden dir auch die Party honorieren. Das wird für dich sicher auch in Arbeit ausarten. Und wenn du anschließend noch ein paar Wochen E-Mails und Post beantwortest, dann kannst du diese Arbeitszeit auch noch aufschreiben. Es soll für uns beide bis zum Schluss ein gutes Geschäft sein.«

Reich und schön und schlank …

Wir verabschieden uns.

»Also, Lucy, bleib dran. Zähl weiter tapfer deine Punkte. Auf deiner großen Party werden dich alle ganz genau mustern und jedes Gramm zur Kenntnis nehmen, das noch am falschen Ort sitzt.«

Ja, ja. Die Zeit arbeitet für mich. So lange halte ich schon noch durch. Wenigstens die Zehn-Kilo-Marke möchte ich noch knacken.

Jetzt kann ich mich mit ganz neuen Dingen ablenken.

Im Reisebüro kaufe ich mir ein Ticket nach Kenia. Rückflug nach zwei Wochen Aufenthalt. Nägel mit Köpfen. Das Ticket in den Händen zu halten, ist ein großartiges Gefühl. Tante Thea wäre stolz auf mich. Mein Vater würde fassungslos den Kopf schütteln und fragen, warum ich jetzt auch noch zu diesen »Negern« fliegen müsse, da ich doch schon so lange einen daheim habe.

Und was würde Carlos sagen? Ich habe seine E-Mails einfach nicht mehr beantwortet. Als die Nachricht vom Tod meines Vaters kam, sah ich es einmal mehr ganz deutlich: Eine Fernbeziehung ist nicht mein Ding. Das geht einfach nicht. Ich hätte Carlos so dringend an meiner Seite gebraucht. Andererseits: er hat ja meinen Vater nicht einmal gekannt. Von meiner Trauer zu schreiben, das hätte mir einfach zu sehr wehgetan. Da war mir der Trost meiner Freunde im Haus einfach viel mehr wert.

Unter meiner letzten Kolumne am Montag erscheint ein riesiges Inserat: die Einladung zum Abschiedsfest der Kalorien-Königin. Man verspricht den Lesern die Gelegenheit, mich persönlich kennenzulernen. Dazu wird von diversen Showeinlagen und Acts geschwärmt. Nein, an der Werbung wird es nicht liegen, wenn keiner kommt.

Am Donnerstag besuche ich mein allerletztes SN-Treffen in Luzern. Ich habe in nicht ganz drei Monaten 10,2 Kilo abgenommen und bin zufrieden. SN ist es auch. Das System mit den Punkten finde ich gut. Ich verabschiede mich von meinen Kolleginnen. Sie waren nett, meine Leidensgenossinnen. Und sie werden tapfer weitermachen, während ich vielleicht wieder zunehmen werde, wenn ich dumm bin. Aber auf jeden Fall will ich nicht mehr meine Zeit in diese Treffen investieren. Elmar hat mir Partyeinladungen gedruckt, die ich nun allen verteilen kann.

Ricardo fährt Laura, Sämi und mich nach Zürich. Der Princess-Club ist ein sehr schönes Lokal. Kim und Mario sind eh schon in Zürich. Mario hat hier eine kleine Wohnung. Zurzeit sind die beiden tatsächlich daran, einen Song gemeinsam aufzunehmen. Aber am Abend werden sie auf meiner Party spielen. Ich freue mich riesig darauf.

Ansonsten hat Elmar eine Modenschau für Mollige organisiert. Anschließend kann man die Kleider auch kaufen. Aber irgendwie kriege ich von alldem kaum etwas mit. Ich werde total von den Lesern meiner Kolumne überrumpelt. So viele wollen mit mir reden. Viele fragen, ob ich denn ihre Post bekommen habe. Einige haben dieses oder jenes Problem, das sie mir erzählen wollen. Andere wollen ein Foto mit mir. Ich komme mir völlig zerrissen vor. Immer wieder halte ich mir vor Augen, dass dies ja mein letzter Termin als Kalorien-Königin ist. Und dass er gut bezahlt wird.

Reich und schlank und schön.

Sämi staunt nicht schlecht. Er war noch nie in einer so vornehmen Disco. Wir haben ihn extra dafür neu eingekleidet. Stolz wie ein Pfau spaziert er durch die Bar. Ich werde ein Auge auf ihn haben müssen, denn den Frauen ist der hübsche Kenianer natürlich sofort aufgefallen.

Dodo Hug tritt auf und wird richtig gefeiert. Der erste Auftritt von Mario Meister nach seinem Coming-out ist jedoch der absolute Höhepunkt. Und dass er live auftritt, ohne Band, dafür mit seiner schönen Freundin, das gefällt den Leuten. Diesmal ist der Auftritt ganz professionell inszeniert, mit dem richtigen Licht am richtigen Ort und einer super Soundanlage. Ich freue mich über den Erfolg der beiden.

Irgendwann nach Mitternacht spricht Elmar Grün noch

ein paar Worte. Die Leute lassen mich hochleben. Er ehrt und rühmt mich mit gekonnten Worten.

»Sie hat so vielen Leserinnen Mut gemacht, sie angespornt und auch getröstet, wenn der Erfolg ausblieb. Sie hat sich stundenlang um Briefe und E-Mails der Leserinnen gekümmert, wie eine richtige Briefkastentante. Sie wird uns allen sehr fehlen.«

Ja, ich bin schon eine Nummer.

Und reich und schlank und schön.

Ich bekomme einen riesigen Blumenstrauß und einen ohrenbetäubenden Applaus.

Das war's.

Es ist gar nicht so leicht, Sämi von der Tanzfläche zu bekommen. Aber Ricardo möchte sich langsam auf den Heimweg machen, und ich habe selber längst genug vom Jubel und Trubel.

Tante Thea hätte sich totgelacht.

Mein Vater würde sich im Grabe umdrehen, wenn er dieses Fest hätte beobachten können.

Es war wirklich die Verabschiedung einer Königin.

Sämi ist schwer beeindruckt.

So schwer dann allerdings auch wieder nicht, denn er schläft im Auto sofort ein.

Laura und Ricardo sprechen kaum ein Wort auf dem Heimweg. Irgendwas stimmt bei denen nicht. Ferien sind halt nicht immer verbindend. Sie zeigen manchmal auch Differenzen auf. Auf die beiden würde ich sicher keine Wetten abschließen. Da würde ich meinen Reichtum doch eher auf Mario und Kim setzen.

Zum Thema Reichtum: Ich muss mir um die Renovierungskosten meines Hauses keine großen Sorgen mehr machen. Obwohl mein Vater so viel für sein Altersheim bezahlen musste, hat er mir doch eine Geldsumme hinterlassen, die mir helfen wird. Hubert war selber total glücklich, mir das mitteilen zu können. Ich könne also beruhigt in die Ferien fahren.

Danke, Papa!

Am Montag trete ich im FRAUEN POWER zum letzten Mal als Kalorien-Königin in Erscheinung. Eine Doppelseite mit den Fotos meiner Party ist erschienen. Sämi sieht sich erstmals in einem Hochglanzmagazin und packt es gleich in seinen Koffer. Überhaupt ist er eigentlich geistig schon abgereist. Je näher seine Heimreise kommt, desto mehr spüre ich sein Heimweh. Wie verrückt tobt er mit dem Rasenmäher noch einmal durch den Garten. Dann nimmt er den Besen und wischt den Straßenrand sauber.

»Schade, dass es nicht schneit. Er würde sicher mit Hingabe stundenlang Schnee schaufeln«, sagt meine Nachbarin Maya zu mir, als wir ihn gemeinsam beobachten.

Sie beneidet mich sehr um meine bevorstehende Reise. »Afrika ist etwas ganz Besonderes. Man liebt es, oder man lehnt es ab. Die, die es lieben, verfallen einer Art Afrikafieber. Afrika ist so lebendig, so erdig.«

Maya schwärmt ja schon wie Sämi. Und wie Laura.

Diese Reise kommt im genau richtigen Moment. Ich kann einfach mal abschalten und mir überlegen, wie alles weitergehen soll. Ich bin vierzig, und vielleicht müsste ich langsam wissen, was ich erwarte von meinem Leben. Im Moment fühle ich mich ausgepowert und verunsichert, leer und ein wenig alleine.

Die Tage bis zur Abreise nach Kenia rasen nur so vorbei. Sämi würde am liebsten das ganze Einkaufszentrum leer kaufen, weil er möglichst viele Geschenke heimbringen möchte. Aber da bremst ihn nicht nur das fehlende

Geld. Nein, ich mache ihm deutlich, dass er nur 25 Kilo Gepäck mitnehmen darf. Auch ich kaufe Kugelschreiber, Victorinox-Taschenmesser, Bleistifte und Bonbons. Sämi sagt, das müsse ein Tourist einfach dabeihaben.

Gut, dass ich auch noch Maya als Reiseberaterin habe, sonst würde mein Koffer am Ende wohl nicht sehr intelligent gepackt sein.

Sämi und ich sind beide aufgeregt und gespannt, als wir am Montagmorgen schwer beladen mit unserem Gepäck den Zug nach Zürich besteigen.

Am Abend vorher platzte noch einmal fast das Haus aus den Nähten ob der vielen Gäste. Sämi hat in meinem Wohnquartier inzwischen mehr Bekannte und Freunde als ich. Und dabei sind wir Innerschweizer nun wirklich nicht dafür bekannt, dass wir besonders spontan auf Ausländer zugehen würden. Aber Sämi hat auch die zugeknöpftesten Nachbarn geknackt.

Er ist schon ein ganz besonderer junger Mann.

Das Flugzeug nach Nairobi startet um 9.15 Uhr. Es kommt mir fast ein wenig unwirklich vor, als ich mit Sämi die Swiss-Maschine besteige. Ich bin schon seit vielen Jahren nicht mehr geflogen. Fast möchte ich hüpfen vor Aufregung und Vorfreude. Sämi dagegen wird ganz still und in sich gekehrt. Für ihn geht es endlich wieder heim.

# Kenia, Nairobi

Am Abend, nach acht Stunden Flug, betrete ich erstmals im Leben afrikanischen Boden. Die Ankunft ist eine große Enttäuschung, denn es ist richtig kalt. Ich war darauf vorbereitet, gleich bei meiner Ankunft von der afrikanischen Hitze erschlagen zu werden.

»Aber du hast doch gelesen, dass Nairobi auf 1624 Metern über dem Meer liegt. Hier ist es selten heiß. Stell dir vor, das wäre doch wie eine Stadt irgendwo auf der Rigi!«

Ja, sicher, ich habe meine Hausaufgaben gemacht. Den halben Flug über, während Sämi vom Heimkommen geträumt hat, habe ich in unserem Kenia-Reiseführer gelesen. Da stand tatsächlich, dass Nairobi eine der höchstgelegenen Hauptstädte Afrikas sei.

»Aber weißt du, ich bin eine Schweizerin. Ich hatte halt so meine Vorstellungen. Falsche. Du musst Geduld mit mir haben«, lache ich und hole eine dünne Jacke aus meinem Rucksack. Daheim wär's jetzt wärmer, denke ich mir.

»Bitte bleib immer in meiner Nähe«, erklärt Sämi, als wir gemeinsam das Flughafengebäude verlassen.

Auf meine Frage, ob ich hier nicht noch Geld wechseln könne, meint er:

»Besser nicht. Dann werden wir beobachtet und vielleicht unterwegs ausgeraubt.«

Ausgeraubt?

»Nairobi hat eine der weltweit höchsten Kriminalitätsraten. Auf so etwas kannst du als Schweizerin gar nicht vorbereitet sein. Also bleib immer nahe bei mir.«

»Aber sicher. Ich werde dein Schatten sein.«

Außerhalb des Flughafens herrscht ein riesiges Chaos. Es ist, als wären Hunderte von Menschen gekommen, um uns willkommen zu heißen. Viele halten Schilder mit Namen oder Organisationen hoch. Taxifahrer rufen und winken uns zu.

Sämi blickt sich suchend um, und dann kann ich ihm kaum noch folgen. Er hat seinen Bruder entdeckt, Philip. Die beiden rennen aufeinander zu, als hätten sie sich Ewigkeiten nicht mehr gesehen. Sie umarmen sich und strahlen und lachen, klopfen einander auf die Schultern.

»Wir werden heute in seinem Hotel schlafen«, erklärt Sämi. Philip hat ein Hotel!

Zuerst müssen wir aber seinen Wagen anschieben.

»Das ist hier normal«, lacht Sämi entschuldigend. Ihn kann rein gar nichts aus der Ruhe bringen, jetzt, wo er daheim ist.

Philip fährt uns durch die Stadt.

»Wir fahren sonst möglichst nie bei Nacht«, erklärt Sämi. »Es ist einfach zu gefährlich. Darum werden wir erst morgen ins Rift Valley aufbrechen.«

»Du bist der Chef«, sage ich nur und schaue vorsichtig aus den Autofenstern, um eventuelle Gefahren frühzeitig erkennen zu können. Ich sehe nur eine hässliche Stadt. Zu viele Autos, zu viele Menschen. Aber ich denke, dass diese Stadt schon ihre Schönheiten hat, aber vielleicht nicht in dieser Gegend hier.

Wir parken in einem engen Hinterhof. Über meinen Vorschlag, den schweren Koffer im Wagen zu lassen und nur das Handgepäck ins Haus zu nehmen, lachen die Kenianer herzlich.

»So etwas kann nur einer Schweizerin einfallen«, meint Philip.

»Dann wäre am Morgen sicher kein Koffer mehr da«, erklärt Sämi.

Das Hotel ist eine sehr bescheidene Absteige. Und es gehört natürlich nicht Philip. Dieser ist dort einer von zwei Sicherheitsleuten. Er muss jetzt arbeiten und verabschiedet sich.

Das Haus ist heruntergekommen und ziemlich schmutzig. Mein Zimmer ist klein und hat nur ein winziges Fenster. Der kleine Betonbunker hat nicht einmal den Charme einer Gefängniszelle. Das Bett lacht mich gar nicht an. Ich getraue mich fast nicht, nach einem Badezimmer zu fragen. Es ist ein paar Türen weiter, und wahrscheinlich wird sich nur Laura vorstellen können, wie es aussieht, wenn ich das einmal erzählen werde. Das Klo hat leider keine Schüssel. Da ist nur ein Loch im Boden. Aber es gibt Wasser, das spärlich aus einem Wasserhahn tropft. Dazu auch eine Art Dusche. Aber ich werde mich hier nur katzenhaft waschen und möglichst wenig anfassen.

Was, wenn ich gar nicht afrikatauglich bin?

Immerhin habe ich, Mayas Beratung sei Dank, einen Seidenschlafsack im Gepäck und lege diesen über das Bett. So wird es schon gehen, für eine Nacht.

Sämi klopft an meine Tür.

»Du kannst doch sicher jetzt auch noch nicht schlafen, oder?«

Stimmt, ich bin in der Tat sehr aufgekratzt, und der Gedanke, schlaflos auf diesem Bett zu liegen, erfreut mich gar nicht.

»Wir könnten noch ein paar Schritte gehen. Ich kenne eine kleine Kneipe, wo wir noch ein Bier trinken könnten.«

Bier?

Vielleicht genau die richtige Medizin gegen den ersten Afrikaschock.

Und tatsächlich erhole ich mich in der Kneipe um die Ecke schnell von meinem anfänglichen Schrecken. Wir sitzen im Freien, auf Plastikstühlen, an einem Platz, wo sich meine Augen gar nicht sattsehen können. Es gibt hier so viele Menschen! Ich komme mir vor wie mitten in einem Theater. Während wir unser Tusker-Bier trinken, ziehen die Straßenhändler in einer endlosen Prozession an uns vorbei. Vom Babykleid über das Steuerrad bis zur Axt und zum Pornofilm könnten wir alles bequem vom Plastikstuhl aus erstehen. Sämi kauft ein paar Telefonkarten und lädt sein Handy auf. Danach hängt er am Handy, als wäre es fest an seinem Ohr montiert. Er meldet sich bei seiner Familie, seinen Freunden, seinen Arbeitgebern zurück. Ich verstehe ihn ja. Und er hat bestimmt sehr viel zu erzählen.

Ich unterhalte mich damit, die Menschen zu beobachten. An einem Tisch sitzen fünf Männer in Kleidung und Krawatte. Gegenüber sitzen drei leicht bekleidete Frauen, die versuchen, deren Aufmerksamkeit zu erregen. Meine Aufmerksamkeit haben sie, denn sie sind wunderschön.

»Somalische Nutten«, erklärt Sämi ungerührt, als er sieht, wie ich sie beobachte.

Aha.

Ein junger Mann kommt mit einer Gitarre daher. Er stellt sich an jeden Tisch und singt und spielt. Als er sich bei uns hinstellt, freue ich mich wirklich sehr. Er spielt Bob-Marley-Songs. Dass ich mitsinge, gefällt ihm. Er ist fast nicht mehr wegzukriegen. Ich stecke ihm etwas Geld zu.

Sämi sieht und hört wieder nichts mehr, weil er telefoniert.

Der Musiker singt am nächsten Tisch »Malaika«, und ich muss an mein Zuhause denken, an meine Freundinnen.

Ich solle endlich leben, haben sie mir mit auf den Weg gegeben. Ich solle das Abenteuer genießen.

Ja, das tue ich im Moment.

Das Bier ist lauwarm, aber die absolut exotische Atmosphäre macht jeglichen fehlenden Luxus wett.

Irgendwann entsteht aber Unruhe an den hinteren Tischen. Die Männer und die Somalierinnen streiten sich. Die Männer behaupten, beklaut worden zu sein.

Sämi entscheidet sofort, dass wir nun gehen müssen. Er zerrt mich fast weg. Aber ich denke, er weiß, was er tut. Er ist hier daheim. Er passt auf mich auf.

Ich schlafe schnell ein in meinem Bunkerzimmer. Es riecht schlecht, mein Bett, aber ich bin müde. In den Nachbarzimmern ist es laut, und ich höre besser nicht so genau hin, was da wirklich abgeht. Ich drehe mich auf die Seite und schlafe ein. Das Tusker-Bier zeigt seine Wirkung.

Am Morgen sitzt eine riesige Kakerlake auf meinem Bettrand, ich hüpfe hoch, wie von einer Tarantel gestochen. Dazu schreie ich. Dann muss ich aber über mich selbst lachen, herzhaft und kalorienvernichtend.

Lucy in Afrika.

Ich werde wohl noch viel lernen müssen.

Neulich habe ich doch sogar im Fernsehen gesehen, dass bis zu zehn Kakerlaken pro Hotelzimmer noch nicht als »wertmindernd« für einen Urlaub angesehen werden. Jedenfalls nicht in einem Land wie Kenia.

Als die Kakerlake dann aber noch einmal um mein Bett herumwieselt, schlage ich mit meinem Schuh drauf.

Es knackt ganz hässlich und ekelt mich sehr. Aber sie ist tot.

Na, der Tag fängt ja gut an.

Sämi klopft bald schon an meine Tür.

»Ich habe einen Wagen«, verkündet er. Ich hatte ihm Geld gegeben, um einen Wagen zu mieten, solange ich da bin. Es ist ein komisches Gefährt: ein alter Mitsubishi-Bus. Früher sei er als Matatu, Sammeltaxi, gebraucht worden. Das Fahrzeug sieht müde und mitgenommen aus. Davor war es ja bestimmt schon Jahrzehnte auf europäischen Straßen unterwegs gewesen. Auf der hinteren Scheibe steht:

»God is good. He will save us.«

Viele Matatus hätten solch religiöse Sprüche aufgemalt, klärt mich Sämi auf. Nun, ich habe nichts gegen den Schutz Gottes einzuwenden.

»Es ist ein einwandfreies Fahrzeug. Du kannst mir vertrauen«, sagt Sämi.

Na ja, Gott wird uns schützen.

Ich bin froh, dass auch er keine Lust hat, hier zu frühstücken. Philip lasse mich grüßen. Er arbeite tagsüber in einer Schnitzerei. Er brauche zwei Jobs, um zu überleben und um der Familie daheim etwas abgeben zu können.

Wir fahren los.

Bei Tageslicht ist die Reise natürlich absolut spannend. Die Stadt zeigt ein ganz anderes Gesicht.

Da gibt es mitten im Zentrum Bäume, auf denen Dutzende von Marabus sitzen. Ich bin begeistert. Nicht, dass das schöne Vögel wären. Aber imposante Erscheinungen, mitten in der Großstadt, das sind sie schon.

Bei jedem Rotlicht, vor dem wir anhalten müssen, rennen junge Straßenhändler an den Autoschlangen entlang. Sie verkaufen Zeitungen, Früchte und Brot. Aber sie bieten auch Dinge an wie Schraubenzieher, Klobrillen oder Bilder von Staatspräsident Kibaki in kitschigen Rahmen.

Es ist für mich sehr aufregend. Sämi dagegen muss sich voll auf den chaotischen Verkehr konzentrieren. Er hat alle Fenster und Türen geschlossen.

»Die greifen manchmal rein und haben zum Beispiel einer Touristin mal eine Goldkette vom Hals gerissen. Die Frau war danach dermaßen schockiert, dass sie beinah sofort wieder abreisen wollte.«

Na, das sind ja Geschichten!

»Ich weiß, für dich muss das völlig fremd sein. Du kommst aus einem friedlichen, sauberen Land. Aber hier leben so viele extrem arme Menschen, da bleibt so was halt nicht aus.«

Ja, ich sehe es selber. Es liegen verkrüppelte Menschen am Straßenrand. Zerlumpte Kinder rennen hinter den Autos her und betteln.

Am Stadtrand macht Sämi mich auf die Slums aufmerksam.

»Stell dir vor: In Nairobi gibt es etwa 200 Slums. Im größten, in Kibera, leben etwa eine Million Menschen. Es ist vermutlich der größte Slum Afrikas. Aber auf so etwas kann man wirklich nicht stolz sein. Etwa 60 Prozent der Einwohner Nairobis leben in den Slums. Kein Wunder also, dass die Kriminalität hier so hoch ist. Was haben die Menschen, die dort leben, schon zu verlieren? Und welche Chancen haben sie?«

Er habe sich selber erst an Nairobi gewöhnen müssen, und er hasse diese Stadt.

»Ich bin immer so glücklich, wenn ich daheim im Rift Valley bin. Aber das Geld liegt eben hier. Die Touristen kommen hier an. Die Jobs werden hier verteilt.«

Bei ihm zu Hause in Chemogoch könne er sich gehen lassen und brauche nicht immer vorsichtig zu sein und aufzupassen.

»Da kennt noch jeder jeden. Da fühle ich mich sicher.«

Um meine Sicherheit habe ich mich tatsächlich noch nie gesorgt. Und ich fand das selbstverständlich. Zeit, dass mir mal ein anderer Wind um die Nase weht.

Wir fahren lange über schlechte Straßen. Teilweise werden wir sogar auf abenteuerliche Sandpisten umgeleitet, weil an der Straße gebaut wird. Mir gefallen die roten Sandstraßen, an deren Rand exotische Bäume stehen. Einige sind von einem Klettergewächs mit flammend roten Blüten überzogen, wie mit Girlanden behängt.

»Bougainvillea und Flamboyant«, erklärt Sämi hier und da die Naturwunder am Wegrand. Ich beobachte alles fasziniert. Alte Esel ziehen schwere Lasten. Bunt gekleidete Frauen tragen Wassergefäße auf dem Kopf. Kinder bringen gesammeltes Brennholz heim.

Auch wenn man irgendwo im Nirgendwo herumfährt und kein Dorf auch nur in Sichtweite ist, gibt es immer Menschen, die zu Fuß am Wegrand unterwegs sind. Wir hüllen sie in Staubwolken ein, was mir ein wenig peinlich ist. Sämi hat da eine ganz andere Einstellung. Autofahrer scheinen in Kenia über allen anderen zu stehen. Manch ein Radfahrer fällt fast von seinem Gefährt, weil Sämi nicht ausweichen will und ihn hupend von der Straße verscheucht. Ich wundere mich und halte den Mund. Sämi, der Autofahrerkönig!

Am Straßenrand werden Birnen, rote Pflaumen und Rhabarber verkauft. Auch Pfirsiche sind im Angebot. Wir fahren immer mehr bergauf. Irgendwo kommen wir zu einem Aussichtspunkt, auf 2500 Meter Höhe. Hier steigen wir aus. Die Luft ist eiskalt. 13 Grad zeigt das Autothermometer. Aber die Aussicht über das Land berührt mich. Das ist es also, das schöne Afrika. Ein riesiges, endloses Land. Eine beeindruckende Weite. Unzählige bewaldete Hügel und grüne Täler. Dahinter ein blauer Himmel mit vielen weißen Wolken.

Hier oben werden Schaffellmützen verkauft. Nein, so kalt ist es auch wieder nicht. Und wenn ich aus Afrika eine Schaffellmütze heimbringe, dann halten mich meine Freundinnen für völlig verrückt.

Stattdessen kaufen wir ein paar Bananen, die wir nun mit großem Hunger verzehren. Sämi hat auch Trinkwasser im Auto. Wir sind damit zufrieden.

Die großen Felder mit Pyrethrum sehen aus wie verschneit. Aus den kleinen weißen Blüten wird ein Mittel gegen Moskitos gewonnen.

»Das ist ein biologisches Mittel. Kenia baut 30 000 Tonnen davon an.«

Hier auf dieser Höhe müsse man keine Moskitos befürchten.

»Allerdings hat sich das in letzter Zeit ein wenig verändert. Auch bei uns erkranken immer mehr Leute an Malaria. Es ist einfach nichts mehr normal.«

Wir fahren wieder bergab. Schwärme von Schmetterlingen begegnen uns. Mangold, Karotten, Kohl und Spinat werden nun am Straßenrand angeboten.

»Hier oben wächst einfach alles. Es regnet immer genug.«

Mein Reiseleiter kommt immer mehr in Form.

»Hier siehst du rechts, weit weg, die Abardares. Sie sind 4000 Meter hoch!«

Und später:

»Links steht der Mount Longonot. Das ist ein Vulkan. Rundherum gibt es einen Nationalpark.«

Irgendwann kommt der Lake Naivasha ins Blickfeld. Und dann stehen tatsächlich plötzlich Zebras am Straßenrand und wundern sich wohl, weil ich dermaßen aus dem Häuschen gerate, bloß weil sie so dastehen.

Ich bin fasziniert.

MEINE ersten Zebras!

Die Paviane, die nur ein paar hundert Meter weiter über die Straße rennen, machen mir fast Angst. Es sind große, dunkle Affenkerle. Die Horde macht ein riesiges Spektakel, rennt und turnt, um dann wieder ganz still und unbeweglich zu verharren, wie eingefroren, als würde sie auf meinen Applaus warten.

Nach zwei Stunden fahren wir langsam auf Nakuru zu. Den Nakurusee hatte mir Sämi doch schon im Buch gezeigt. Und in der Tat: An seinem Ufer leuchtet schon von Weitem ein rosarotes Band von Flamingos.

»Wie schön!«, rufe ich aus.

Sämi ist zufrieden.

Vor Nakuru machen wir einen Halt. Wir sind nun beide richtig hungrig. Das Restaurant heißt HAPPY COW, ist eine Art Molkerei und wird von Holländern geführt. In großen Holzgestellen lagern unzählige Sorten Käse, auch Schweizer. Wir trinken draußen an einem kleinen Tisch einen Milchkaffee und essen deutsche Würstchen mit Brot. Ob in Afrika die Kühe glücklich sind? Happy cows?

»Jetzt sind wir nur noch eine Stunde von Chemogoch entfernt. Wir kommen immer nach Nakuru, wenn wir etwas Wichtiges brauchen. Nakuru ist auch die viertgrößte Stadt von Kenia.«

Es ist jetzt richtig warm. Die Stadt liegt auf 1800 Meter Höhe.

In Nakuru kann ich auf einer Bank Geld wechseln. Sämi lacht über die hohe Summe, die ich wechsle.

»So viel Geld brauchst du hier nie. Wir sind ja nicht in der Schweiz«, sagt er und schüttelt den Kopf.

Nakuru ist voller Leben. Auf einem großen Platz stehen zahlreiche Marktstände, die wohl vor allem auf Touristen warten. Ich sehe hier viele Weiße und frage mich, woher sie wohl kommen. Ob sie alle die Flamingos besuchen wollen?

Sämi zieht es heimwärts.

Als wir nach Mogotio kommen, wird er schon ganz nervös.

»Das ist meine Stadt«, sagt er. »Jetzt sind wir dann gleich in Chemogoch.«

Wir überqueren den Äquator. Mit großen Plakaten wird dies angekündigt.

»Wir kommen hier noch öfter vorbei und machen dann Fotos. Außerdem kannst du hier eine bunte Bestätigung kaufen, dass du den Äquator überquert hast.«

Sämi hat es nun eilig, denn sein Zuhause ist nahe.

Chemogoch ist ein winziges Dorf, eigentlich eher eine Ansammlung von Häusern. Am Straßenrand stehen ein paar Hüttchen, in denen man Lebensmittel kaufen kann. Sämi biegt ab und fährt zwischen den Ständen hindurch auf einen von Aloe vera, großen Kakteen und Sisalpflanzen gesäumten Weg. Die Leute winken uns hinterher und schauen neugierig in den Wagen. Schließlich kommen wir an ein Tor.

Es ist offen.

Wir fahren auf einen Platz.

»Daheim!«, ruft Sämi erleichtert.

Jetzt verstehe ich ihn: Hier kann man sich wohlfühlen. Seine Mutter scheint einen grünen Daumen zu haben. Im Garten blühen Blumen in allen Farben. Im Schatten von großen Tamarindenbäumen sitzen viele Leute auf drei langen Holzbänken. Alle springen auf und kommen auf uns zu.

»Hast du eine so große Familie?«

Sämi hört mich nicht mehr. Er steigt aus und wird mit riesigem Hallo begrüßt. Auch ich muss Dutzende Hände schütteln.

Erst jetzt kommt Sämis Mutter aus dem Haus. Sie ist eine rundliche Frau mit einem sympathischen Gesicht. Die Haare hat sie in kleine Zöpfchen geflochten und dann irgendwie aufgetürmt. Sie trägt ein bunt bedrucktes Kleid.

»Willkommen, Karibu!«

Sie nimmt mich einfach in den Arm und drückt mich an ihren üppigen Busen. Wahrscheinlich ist sie kaum älter als ich, aber ich beschließe sofort, sie als meine afrikanische Mutter in mein Familienbüchlein aufzunehmen. »Danke, dass du so gut zu meinem Kipkogei warst«, sagt sie und drückt mich noch einmal. »Dafür bist du hier unser Gast.«

Ein kleines Mädchen kommt auf mich zu und versteckt sich noch ein wenig hinter Sämi.

»Das ist Wanda, meine kleine Schwester. Sie wird auf dich aufpassen«, erklärt Sämi feierlich.

Im Moment macht Wanda nicht gerade den Eindruck, als würde sie einen Drachen für mich töten. Es sieht eher so aus, als hätte sie ein wenig Angst vor mir. Aber ich lasse ihr Zeit.

Die Familie wohnt in einem einstöckigen Steinhaus mit Wellblechdach. Es sieht sehr groß aus. Daneben stehen vier herzige afrikanische Rundhäuser mit Strohdach. In einem davon werde ich wohnen.

Sämi holt nun mein Gepäck aus dem Wagen, und ich darf meine Unterkunft beziehen. Diese Rundhäuser sehen liebenswert aus. Hauptsache, sie haben irgendein Klo da drinnen. Ich muss nämlich mal.

Ich bin ja nicht gerade groß, aber ich muss mich bücken, um durch die kleine Tür zu kommen. Drinnen sehe ich erst mal gar nichts. Die Dunkelheit erschlägt mich fast.

Sämi macht zwei kleine Fensterläden auf, worauf sich ein paar einzelne Sonnenstrahlen in die Hütte verirren. »Du kannst dich schon ein wenig einrichten. Und dann kommst du einfach wieder zu uns raus«, meint Sämi locker und stellt mein Gepäck auf eines der Betten. Wohin sollte er es auch sonst stellen? Da gibt es nur noch ein zweites Bett und zwei Holztische, eher Gestelle, und einen kleinen Hocker. Irgendwo am Dach ist eine Stange befestigt worden, an welcher ein einzelner verbogener Kleiderbügel hängt.

Kein Strom. Kein Wasser. Kein Klo. Kein Safe. Keine Minibar. Kein Satelliten-TV. Dafür fliegt gerade eine monströse Hummel zum einen Fenster rein und zum anderen wieder raus. Am Boden krabbelt irgendein Tier, und ich trete vorsichtshalber mal drauf. Noch kann ich zwischen Freund und Feind unmöglich unterscheiden.

Ein wenig ratlos stehe ich in der bescheidenen Hütte.

Willkommen in Afrika!

Ich bin platt.

Ich öffne meinen Koffer und hänge ein Kleidungsstück an den einzigen Bügel. Dann räume ich meine Toilettensachen auf das eine Holzgestell. Die Taschenlampe lege ich direkt neben die Tür. Hoffentlich habe ich Ersatzbatterien eingepackt. Allerdings stehen auch zwei Kerzen auf einem Gestell, sehe ich jetzt. Und darunter gibt es zwei Plastikeimer. Meine Toilette? Nachts auf jeden Fall. Ich werde mich kaum getrauen, im Dunkeln irgendwo da draußen herumzuwandeln.

Die meisten Sachen lasse ich im Koffer und schließe ihn wieder.

Wanda steht plötzlich in der Tür. Ich erkläre ihr, dass ich aufs Klo muss. Sie redet noch nicht mit mir, ist viel zu schüchtern, aber sie winkt mir, ihr zu folgen. Hinter meiner Hütte steht ein Holzgestell mit Sackverkleidung. Das ist meine Dusche. Daneben steht ein ganz neues Gebäude. Ich muss laut lachen, als ich die paar schiefen, unregelmäßigen Treppenstufen hochsteige: Hier ist das Klo. Es gibt einen richtigen Sitz aus Porzellan, und wenn ich darauf sitze und die halbhohe Tür schließe, sehe ich in die bezaubernde Natur hinaus.

Ein Klo mit Aussicht!

Das wurde bestimmt nur für die Touristen gebaut.

Der kleine Raum ist trotzdem voller Fliegen und Mücken, und ich schlage zuerst eine Weile wild um mich, bevor ich mich endlich erleichtern kann.

Gott schütze mich, bitte auch vor Durchfall.

Das wäre hier ein Desaster.

In der Dusche wasche ich mir die Hände und das Gesicht, bringe ein wenig die Haare in Form und fühle mich gleich besser. Die Reise war staubig und lang.

Aber ich erschrecke, als eine Eidechse an einem Sack entlanghuscht.

Wie werde ich es hier aushalten?

Hier lebt alles.

Muss ich DAS hier lernen: endlich auch zu LEBEN?

Bevor ich mich wieder zu den anderen begebe, schließe ich die kleinen Fenster in meinem Haus wieder. Es könnten Tiere aller Art hier eindringen. Nicht auszudenken! Schon muss ich mich durch die stockdunkle Hütte tasten. Elektrisches Licht wäre wirklich ein Hit.

Hannah hat Tee gekocht, und dazu gibt es Kekse, die nach Karton schmecken. Wir sitzen im Haupthaus auf einem riesigen Sofa, welches mit bunten gehäkelten Decken geschützt wird. Es sitzen so viele Leute um mich herum. Alle reden und beobachten mich. Keine Ahnung, wer das alles ist.

Sämi beruhigt mich:

»Du wirst sie schon noch alle kennenlernen. Zurzeit wohnen hier nur meine Mama, Wanda und der kleine Junge dort, Jimmy, der auf unsere Kühe aufpasst.«

Jimmy, Wanda, Hannah, Sämi.

Es wird Zeit, dass ich Sämis kenianischen Namen lerne. Er heißt Kipkogei. Alle lachen, während ich mir den Kiefer verrenke. Kipkogei. Kipkogei.

Ich hab's!

Kipkogei.

Jetzt haben plötzlich alle Lust, mir Suaheliwörter beizubringen.

»Tee wird bei uns ›Chai‹ genannt«, erklärt Hannah.

Auf die Schnelle soll ich nun alle möglichen Wörter lernen. Das ist zu viel für einen Tag.

Sämi kommt mir zu Hilfe und sagt, er wolle mir noch das Einkaufszentrum zeigen. Ein Einkaufszentrum? Ich gehe in die Hütte und hole ein wenig Geld. Die Tür lässt sich nicht abschließen. Ich frage Sämi, ob das in Ordnung sei.

»Hier brauchst du keine Angst mehr zu haben«, beruhigt er mich.

Wir spazieren fünf Minuten vom Haus weg und kommen wieder zur Straße, wo die paar Stände stehen und ein paar Hütten, in denen man etwas kaufen oder trinken kann.

»Das ist unser Einkaufszentrum«, sagt Sämi und lacht mit mir um die Wette. »Ich würde mich jetzt ohne Weiteres von dir auf eine Cola einladen lassen.« Eine Cola kostet hier eigentlich nichts, bloß ein paar Rappen. Auf Empfehlung von Sämi kaufe ich ein paar Flaschen Cola für Hannah. Das sei für sie ein echter Luxus.

»Du musst bedenken, dass hier keiner 100 Franken im Monat verdient«, versucht Sämi mir zu erklären. Die meisten hier leben von der Landwirtschaft, meist von der Hand in den Mund. Meiner Familie geht es besonders gut, weil Philip und ich in der Stadt Arbeit haben. Und weil ich oft Touristen hierherbringe. Die verschaffen meiner Mutter ein gutes Einkommen.«

Ja, ich sehe, dass die umliegenden Häuser nicht so groß und gepflegt aussehen wie das von Hannah.

Wir sitzen auf einer Bank in einem kleinen Laden, wo es vom Aspirin über die Kartoffeln bis zum Waschmittel einiges zu kaufen gibt. Und alles ist hinter Gittern, als wären wir in einer Bank.

Ich bin müde, erledigt, aber glücklich. Es ist alles so spannend, so anders, so komplett fremd.

Sämi zieht mich wieder weiter. Wir spazieren auf einen kleinen Hügel, nur ein paar Minuten weiter. Ein Kind treibt eine Herde Ziegen vor sich her.

»Die Ziegen gehören Jack, unserem Dorfchief«, erklärt Sämi. »Er ist unser Bürgermeister. Er schlichtet Streitigkeiten, ist unsere Ansprechperson bei Problemen. Wir besuchen ihn jetzt, und ich stelle dich vor.«

Jack sitzt vor seinem Haus. Er trägt eine Krawatte, die schon bessere Tage gesehen hat. Aber er gibt damit eindeutig zu verstehen, wer im Dorf das Sagen hat.

Er heißt mich herzlich willkommen in Chemogoch. Sein Haus ist sehr schön, es hat richtige Fenster mit Glas, und auf dem Dach sind Solarzellen montiert.

Der hat sicher Licht, der Wicht, reime ich neiderfüllt zusammen.

Wir sitzen in Jacks Wohnzimmer. Ich traue mich kaum, alles anzuschauen. Es ist unglaublich: Jack hat drei Sofas an den Wänden stehen. Überall wieder die gehäkelten Deckchen drauf. Und ganz zuoberst an den Wänden hängen die kitschigsten, buntesten Heiligenbilder, die ich je gesehen habe. Darunter fromme Sprüche. Er hat einen großen Fernseher, der an einer Autobatterie hängt und dessen Bildschirm einen riesigen Sprung hat. Man merkt, dass der Mann Geld hat, aber die Wohnung ist dermaßen ungemütlich, dass man direkt eine Wohnberaterin von RTL kommen lassen möchte. Trine oder Tine oder so.

Ich habe dann eine ganze Weile gar nichts mehr zu melden, denn Sämi erzählt und erzählt und erzählt. Ja, wahrscheinlich hat er wirklich so unglaublich viel erlebt in seiner Zeit in der Schweiz. Gerne würde ich verstehen, was er da alles zum Besten gibt, aber die beiden reden Suaheli oder Kalenjin, die Sprache der Leute hier. Jack, der Dorfchief, macht große Augen und hört fasziniert zu.

Inzwischen kommt seine Frau Rita heim. Sie habe einen Friseursalon in Mogotio, erzählt man mir. Sie schimpft mit ihrem Mann, weil er mir keinen Chai angeboten hat. Ich trinke also schon wieder Tee. Ich werde den Plastikeimer füllen während der Nacht, wenn das so weitergeht …

Rita fasst meine Haare an und ist erstaunt. Sie seien

»funny«, meint sie. Ich habe lustige Haare? Interessantes Kompliment, falls es eines ist.

Sämi verstummt erst, als die Tochter der beiden das Haus betritt. Grace heißt die junge Frau. Sie hat das Abitur gemacht und arbeitet zurzeit auch im Friseursalon. Grace ist eine hübsche Frau. Sie ist groß und schlank, und ihr Lachen ist bezaubernd. Ihr Gesicht hat feine Züge, die Haut ist makellos, ihre Augen sind dunkel und umrahmt von langen Wimpern. Kein Wunder, dass Sämi da verstummt. Er himmelt sie an, das ist keine Frage. Und Grace genießt es.

Es wird langsam dunkel, und Sämi drängt zur Heimkehr. Die Familie verspricht, uns bald zu besuchen.

Auf dem Heimweg möchte ich zwar Sämi ausfragen, aber ich komme gar nicht dazu. Es ist erst sechs und stockdunkel. Wir haben keine Lampe, und ohne Sämi wäre ich total orientierungslos. Ich stolpere mehrmals über Wurzeln und Steine, bis Sämi mir die Colaflaschen abnimmt und mir seine Hand anbietet. Hoffentlich gibt es hier keine Tiere. Was, wenn ich auf eine Schlange trete? Ich erschrecke mehrmals, weil sich in den Büschen um uns irgendetwas bewegt. Sämi lacht mich aus. Ich schwöre, in Zukunft keinen Schritt mehr ohne meine Taschenlampe zu machen.

»Schau mal zum Himmel. Wir haben wenig Licht hier unten, dafür einen einmaligen Sternenhimmel. So etwas siehst du in der Schweiz nie. Ihr löscht die Sterne aus mit eurem vielen Licht.«

Wir löschen die Sterne aus?

Redet er von unserer Lichtverschmutzung?

Aber er hat recht: Die Sterne leuchten hier unglaublich intensiv, und es scheint auch viel mehr davon zu geben als bei uns daheim, eine unzählige Anzahl. Der Himmel macht hier seinem Namen alle Ehre.

Ich schicke meinem Vater einen stillen Gruß, falls er irgendwo da oben unterwegs ist, was ich ihm gönnen möchte, bei dieser Pracht.

In Hannahs Haus brennt ein Licht.

Wir sehen es von Weitem.

»Ja, wir haben auch ein paar Solarzellen«, erklärt Sämi.

Und es riecht gut. Hannah zeigt mir stolz ihre Küche. Ich bin ergriffen von ihrem Stolz, denn es gibt in der Küche eigentlich kaum etwas, das eine Schweizer Hausfrau auch nur einigermaßen befriedigen würde. In einer Ecke hat Hannah eine offene Feuerstelle.

»Ich habe auch einen kleinen Gaskocher, aber den benutze ich nicht gerne«, sagt sie. Der Gaskocher steht daneben und ist so eine Art Campinggerät.

Auf dem offenen Feuer köchelt in einer großen Pfanne ein Reisgericht.

Die Küche hat fließendes Wasser.

»Das ist Philips und mein Werk«, erklärt Sämi stolz. »Das Regenwasser wird in fünf großen Tanks gesammelt. Mit dem Generator pumpen wir das Wasser nach oben, und von da fließt es in den Wasserhahn in der Küche und in der Dusche.«

»Regenwasser?«

»Ja, wir sind total abhängig vom Regen. Wir trinken es auch.«

Regenwasser trinken? Prost!

Danke, Maya, dass du mir Immodium Akut mitgegeben hast.

Es gibt keinen Kühlschrank, keinen Backofen, überhaupt keine elektrischen Küchengeräte. Keine Gewürzständer und Kochbüchersammlungen. Aber alles ist total sauber, und Hannah regiert in ihrer Küche wie eine Königin.

Das Abendessen nehmen wir im Wohnzimmer ein. Jetzt sind wirklich nur noch Wanda und Jimmy da. Zuerst wird ein kurzes Gebet in irgendeiner Sprache gesprochen, und Hannah dankt dann auf Englisch für den neuen Gast am Tisch.

Wir essen. Es schmeckt vorzüglich. Hunger ist natürlich der beste Koch. Aber ich glaube, Hannah kann wirklich kochen. Sie scheint überhaupt eine patente Frau zu sein.

»Morgen zeige ich dir meinen Garten und meine Tiere«, erklärt sie.

Ich werde immer müder, fühle mich wie erschlagen, kann mein Gähnen nicht mehr unterdrücken. Hannah begleitet mich zu meiner Hütte.

»Dein Haus haben Sämi und Philip gebaut. Es ist ein originales Kalenjin-Haus, ein Haus von meinem Stamm. Es wird aus Kuhdung und Lehm gemacht. Auch der Boden besteht aus Kuhdung und Lehm. Das Strohdach lässt den Wind durchziehen, und so wird es im Haus nie richtig heiß. Ich habe es ganz sauber geputzt für dich. Du wirst wunderbar schlafen.«

In schlafe in einem Haus aus Kuhscheiße?

Ich muss mir langsam Notizen machen. Es ist unglaublich, was ich hier erlebe.

Hannah leuchtet mit ihrer Taschenlampe den ganzen runden Innenraum aus. Es sei alles okay, meint sie. Und dann, als würde sie die Sorgen ihrer Gäste längst kennen:

»Du kannst auch in einen der Plastikeimer pinkeln. Nachts ist es besser, wenn du nicht rausgehst. Ich lasse nämlich die Hunde frei. Und wenn sie dich noch nicht kennen, werden sie dir Angst machen.«

Ich glaube, Hunde sind die Tiere, die mir hier am wenigsten Angst machen.

Hannah werde mir am Morgen heißes Wasser bringen, damit ich mich waschen könne.

»God bless you«, sagt sie und geht.

Ich pinkle in den Eimer und ziehe dann meinen Pyjama an. Die Socken behalte ich an, denn es ist kühl geworden. Ich schaue mir das Bett zuerst genau an und leuchte unter die Decke. Alles ist sauber. Nichts bewegt sich. Ich lege meinen Seidenschlafsack über das Kissen und krieche unter die Decke. Das Moskitonetz stecke ich rundherum unter die Matratze. Es wird mich vielleicht auch vor Schlangen, Skorpionen und Kakerlaken schützen.

Es fällt mir schwer, mich zu entspannen. Die Stille wird leider ständig von unheimlichen Geräuschen aus meinem Strohdach unterbrochen. Es ist, als würden da Tiere aller Art sägen, fressen, krabbeln, kriechen. Ein paar Geräusche scheinen immer näher zu kommen. Das halte ich nicht mehr aus! Ich mache die Taschenlampe an, leuchte überall herum, aber ich sehe nichts. Also versuche ich zu schlafen. Aber ich brauche lange, bis ich endlich einschlafen kann.

In der Nacht erwache ich und fahre erschrocken hoch. Die Hunde jagen um meine Hütte und kläffen wütend. Wen verjagen sie da mit so viel Gebell? Löwen? Schlangen? Einbrecher? Gut, dass ich so unglaublich müde bin. So viele neue Eindrücke und Erfahrungen haben mich fast erschlagen, und ich schlafe schließlich, bis es hell wird, tief und fest.

Hier braucht man keinen Wecker. Am Morgen singen die Vögel um die Wette, die Kühe muhen irgendwo in meiner Nähe. Ich bilde mir sogar ein, eine Kuh furzen zu hören, und muss darüber so lachen, dass ich hellwach werde.

Ich öffne die Fensterläden. Schade, dass es hier keine Netze vor den Fenstern gibt. Aber egal. Ich öffne auch meine Tür weit und lasse Licht herein.

Die Hunde kommen nur mal vorbei und schauen durch die Tür. Aber sie sind wohl gut erzogen und bleiben schön draußen.

Die Luft ist frisch, kühl und würzig.

Ich hole mein Handy aus dem Koffer und schalte es erstmals ein. Laura hat darauf bestanden, dass ich es mitnehme. Es kommen diverse SMS rein. Laura will wissen, wie es mir geht. Noch einmal Laura. Sie habe schon wieder eine schwere Allergie. Noch eine SMS von Laura: Ich fehle ihr sehr. Dann Kim: Es gehe ihr gut. Sie habe ihre Stelle gekündigt und werde in Zukunft mit Mario arbeiten. Maya hat auch geschrieben und betont ihren großen Neid. Sie wäre gerne bei mir. Also muss ich antworten, was mir schwerfällt. Auf Computertasten bin ich zu Hause. Da kann ich rasend schnell schreiben. Auf den Handytasten komme ich mir vor wie behindert. Alles ist zu klein. Aber ich gebe meinen Lagebericht durch, damit keiner sich Sorgen machen muss.

Hannah zeigt mir an meinem ersten Tag in Chemogoch voller Stolz ihren großen Garten. Es sieht aus, als würde sie wirklich keine Arbeit scheuen. Sie versucht alles Mögliche anzupflanzen, Kartoffeln, Mais, eine Art Spinat. Sie hat auch Mangobäume, Zitronenmelisse für Tee und einen Rosmarinbusch, von dem sie Zweige in ihrer Wohnung stehen hat, um Moskitos zu vertreiben, wie sie erzählt.

»Viele Pflanzen sterben, bevor sie groß sind«, bedauert sie und reißt gerade wieder ein paar vertrocknete Büschel aus dem Boden. Hannah hat sieben Kühe, acht Schafe und zehn Hühner. Außerdem noch mehrere Bienenvölker, vier Hunde und viele Katzen.

»Katzen sind wichtig. Sie killen Schlangen.«

Oh ja!

Ich liebe Katzen!

»Früher hatte ich auch Ziegen, aber die rennen mir zu schnell davon«, erzählt Hannah. Wir lachen.

Erstaunlich viel Land gehört zum Hof von Hannah.

»Mein Mann war Polizist. Er hat gut verdient. Er ist nur viel zu früh gestorben.«

Hannah zeigt mir hinter ihrem Haus in einem hässlichen Tümpel eine Fischzucht.

»Das sind Tilapiafische.«

Ich weiß nicht, ob ich einen Fisch essen möchte, der in einer solch dunklen Brühe aufgewachsen ist. Aber mich beeindruckt die Eigeninitiative dieser Frau. Sie arbeitet viel.

Wir verbringen den Tag gemütlich ums Haus herum. Es wird richtig heiß, was mich freut. Ich bekomme einen Liegestuhl, in dem ich unter dem Pfefferbaum liegen kann, von wo aus ich den Webervögeln zuschaue, die darin ganz eigenartige hängende Nester gebaut haben.

Einmal marschiert eine riesengroße Schildkröte an mir vorbei. Ich freue mich wahnsinnig, Hannah findet das weniger lustig. Sie lässt das Tier von Jimmy entfernen und irgendwo weit weg bringen.

»Die Schildkröten fressen am liebsten das ganz junge Gewächs, bevor es eine Chance hat, zu wachsen. Ich kann sie nicht leiden.«

Schade. Schildkröten sind Tiere, vor denen nicht einmal ich mich fürchte. Und sie sind so schön langsam.

Am späten Nachmittag findet Sämi, ich hätte bisher nur die wohlhabenden Leute von Chemogoch kennengelernt. Ob ich Interesse hätte, seinen Onkel zu besuchen. Er sei wirklich arm, und ich müsse einfach mal sehen, wie ein normaler Kenianer hier lebe.

Natürlich bin ich interessiert.

Und ich habe Lust auf einen Spaziergang.

Wanda ist sofort an meiner Seite. Da sie nur Flipflops trägt, genau wie Sämi, marschiere ich auch mit offenen Schuhen los. Das bereue ich bald einmal.

»Wir nehmen eine Abkürzung«, verkündet Sämi.

Wir schlagen uns in die Büsche und klettern über Sträucher und Wurzeln und drücken uns durch kleine Durchgänge zwischen dornigen Hecken. Ich fürchte mich ein wenig in diesem Dickicht. Hier muss es doch alle möglichen Tiere geben?

»Nein, hier gibt es nicht viele Schlangen. Vor ein paar Jahren hat hier eine große Würgeschlange gewohnt. Aber wir haben sie schon lange nicht mehr gesehen.«

Gott schütze uns!

Ich konzentriere mich auf den Weg, versuche das dornige Gebüsch zu umgehen, behalte aber immer auch die Umgebung im Auge. Der Schweiß läuft über mein Gesicht. Wanda hält meine Hand. Fürchtet sie sich selber, oder spürt sie meine Furcht?

Sämi drängt nun sogar noch zur Eile.

»Ich glaube, da kommt ein großer Regen. Wir sollten hier weg sein, wenn es losgeht.«

Jetzt rennen wir also fast durch den Dschungel. Ich blute an den Beinen. Es sind nur leichte Kratzer von Dornen. Ich hoffe einfach, Sämi und Wanda wissen, wo wir sind.

Irgendwann kommen wir an. Da ist ein kleiner Platz mit einer erbärmlichen Wellblechhütte. Etwas entfernt davon steht wohl das Klo, ein ziemlich schiefer Bretterverschlag. Hunde und Hühner rennen ums Haus herum. Wir schaffen es gerade, das Haus zu erreichen, als es anfängt zu regnen. Und wie. Es regnet, als möchte sich der Wettergott für unzählige trockene Tage revanchieren.

Sämis Onkel Joseph freut sich über unseren Besuch. Er sitzt drinnen im Haus in einem Sessel, kann nicht mehr gehen. Irgendetwas soll mit seinem Knie nicht in Ordnung sein.

»Wenn er Geld hat, bekommt er beim Arzt Spritzen und Medikamente, dann geht es wieder eine Weile.«

Wir sitzen im kleinen, engen Wohnraum, der nur mit einem Vorhang vom Schlafraum getrennt ist. Kinder beobachten jede meiner Bewegungen. Wanda sitzt an meiner Seite. Es gibt wieder Chai, und ich habe ein schlechtes Gewissen dabei, die Vorräte der armen Leute zu schmälern, und außerdem Bedenken wegen der Hygiene. Aber ich werde natürlich ihre Gastfreundschaft nicht ablehnen.

Ich verteile ein paar Bonbons, und alle freuen sich darüber, sogar Onkel Joseph.

Joseph will wissen, was ich denn in der Schweiz alles anpflanze.

Ich?

Anpflanze?

Ich stottere ein wenig herum und versuche, mein Leben zu erklären.

Trotzdem will er wissen, was denn bei uns so wachse. Und ob wir auch Zeiten hätten, wo es nie regne. Er ist begeistert, dass es ein Land gibt, wo die Dinge, die man anpflanzt, meistens auch wirklich wachsen.

Ich habe große Schwierigkeiten zu erklären, warum wir alle immer genug Wasser haben. Ich habe mich einfach noch nie damit beschäftigt, wo genau unser Trinkwasser herkommt. Es ist halt immer da.

Ich erzähle ihm von Flüssen, Bächen, Wasserfällen, Seen. Das gefällt ihm.

In welches Meer denn unsere Flüsse fließen, will er dann wissen.

Unglaublich, wie leicht dieser Mann mich mit seinen ungewohnten Fragen aus dem Konzept bringen kann.

Die Konversation wird zusätzlich erschwert durch einen unbeschreiblichen Lärm. Der Regen hämmert auf das Wellblechdach, und wir müssen uns anschreien. Ein paar Hühner flüchten vor dem miesen Wetter ins Haus. Das scheint keinen zu stören.

In der ersten Regenpause drängt Sämi zum Gehen.

»Vielleicht fängt es später wieder an«, meint er. Im großen Tumult des Abschieds flüstert Sämi mir zu, dass ich, wenn ich je irgendjemandem etwas Geld geben möchte, es Joseph geben sollte.

»Wird er nicht beleidigt sein?«

Sämi schüttelt den Kopf. Als alle draußen sind, gebe ich dem alten Mann umgerechnet etwa 20 Franken. Er strahlt mich an, hält ganz lange meine Hand und bedankt sich. Dann sagt er feierlich:

»Maisha marefu!«

Damit wünsche man sich in Kenia ein langes Leben, erklärt er mir, und ich nehme seinen guten Wunsch gerne mit.

Wir betreten den Vorplatz, und bevor ich mich versehe, falle ich schon auf meinen Hintern. Jetzt bin ich total schmutzig und sehe aus, als hätte ich in die Hosen gemacht. Alle lachen auf meine Kosten. Dabei hätten sie mich vorwarnen können: Die rote Erde ist zu einer Schmierseifenpiste geworden. Man kann kaum noch gehen.

Diesmal nehmen wir nicht mehr die Dschungelabkürzung, sondern die Straße. Nur dass diese teilweise kaum mehr zu sehen ist, weil in kurzer Zeit so viel Regen gefallen ist. Wir waten durch stehendes Gewässer, und meine Sandalen werden vom schlammigen Boden richtig angesaugt. Wanda hält wieder meine Hand und passt auf mich auf. Es ekelt mich ein wenig, durch die braune Brühe zu waten. Ich mag gar nicht an die offenen Schrammen an meinen Beinen denken. Ich möchte nicht nur lange leben, sondern auch gesund bleiben.

Daheim angekommen, steht Hannah vor dem Haus und tanzt und singt. Sie ist richtig glücklich, dass es so stark geregnet hat. Ich frage sie, ob sie »Malaika« kennt, denn ich will auch mitsingen und -tanzen. Jetzt wird es wirklich filmreif: Hannah und ich tanzen über den Vorplatz und singen aus voller Kehle. Wir finden sogar noch ein Lied, das beide kennen: »When the saints go marchin in«. Sämi und Wanda lachen uns schallend aus. Jimmy findet es nur peinlich und verzieht sich.

Ja, in Kenia tanzt man, wenn es regnet. Das werde ich mir merken, wenn ich mich daheim mal wieder über einen Regentag beschwere.

Abends verziehen wir uns schon früh in Hannahs Wohnzimmer, denn es regnet erneut.

»Ich bin sehr glücklich hier«, sage ich zu Sämi. »Es ist, als könnte man hier noch ein Stück heile Welt finden.«

Das will Sämi gar nicht hören.

»Wir sind sicher schneller zufrieden als ihr. Wir brauchen nicht so viele Dinge, nicht so viel Luxus. Wir haben einen stärkeren Zusammenhalt und mehr Familiensinn. Wir glauben an Gott, was uns Kraft gibt. Aber wir haben auch viel Kummer. Joseph beispielsweise: Er weiß nicht, wie er das Geld für seine Medikamente auftreiben und trotzdem seine große Familie ernähren kann. Er leidet unter unserem fehlenden Gesundheitssystem. Nur wenn die Ernte einmal außergewöhnlich gut ist, dann ist seine

Welt in Ordnung. Aber in letzter Zeit ist kein Verlass mehr auf die Regenzeiten. Stattdessen kam diese Seuche, das Rift-Valley-Fieber.«

Es gebe auch viel Gewalt in den Familien, vor allem wegen Alkoholismus. Und in zu vielen Häusern sei schon jemand an Aids gestorben.

»Am schlimmsten ist, dass wir kaum Ausbildungsmöglichkeiten haben. Daher machen die wenigen, die es sich irgendwie leisten können, das Abitur. Aber deswegen finden sie ja noch lange keine Arbeit. Nur wenige bekommen einen Studienplatz. Und oft wissen sie dann nach einem Studium auch nicht weiter. Lehrstellen wie bei euch, für Schreiner und Maurer oder so, gibt es offiziell nicht.«

Zu viele junge Leute würden einfach herumhängen und Gelegenheitsarbeiten annehmen. Kaum einer habe Reserven für schlechte Tage.

»Ich sehe einfach nicht, dass sich etwas vorwärts bewegt. Sicher, jetzt sind wenigstens die Grundschulen gebührenfrei. Aber irgendwie bleibt die Entwicklung einfach stecken.«

Er mache sich große Sorgen um die Zukunft seines Dorfes.

»Dazu kommt, dass unser Land aus so vielen Stämmen besteht und jeder in erster Linie einem Stamm angehört und erst dann ein Kenianer ist. Manchmal braucht es nur wenig Zündstoff, und alte Stammesfehden brechen neu auf. Oft hetzen die Politiker die Stämme sogar bewusst gegeneinander auf, zum Beispiel vor Wahlen. Es ist erschreckend, was für Gräueltaten dann passieren können.«

Sämi wischt sich eine Träne weg, die über seine Wange rinnt. Ich traue mich nicht, weiterzufragen. Wir sitzen eine Weile und schweigen gemeinsam.

Die nächsten beiden Tage gehören aber nur der heilen Seite der kenianischen Welt. Wir besuchen die Nationalparks Nakuru und Bogoria. Ich war noch nie auf Safari und erlebe diese beiden Tage wie eine Reise durch ein riesiges Bilderbuch.

Am Nakurusee begeistern mich die unzähligen Flamingos. Ich will gar nicht mehr weg und sitze im Wagen und staune. Aber wir fahren nicht nur den See entlang, denn der Park ist riesig. Wir sehen Zebras, Giraffen, Nashörner, Büffel und sogar einen einzelnen Leoparden. Sämi amüsiert sich über meine Freudenschreie, wenn ich wieder irgendwo ein paar Tiere entdecke.

Ich bin oft so berührt von der Schönheit der Natur, dass mir die Tränen kommen. Ich mache viele Fotos, aber meist schaue ich viel lieber durch das Fernglas.

Am nächsten Tag steht der Lake Bogoria auf dem Programm. Er liegt auf nur 990 Metern über dem Meer. Es ist so richtig heiß hier. Am Morgen in Chemogoch waren es nur 18, nach einer Stunde Fahrzeit jetzt 30 Grad. Wir entdecken viele Greifvögel und ein paar Kudus, große Antilopen mit weißen Fellstreifen. Aber auch hier sind die Flamingos auf dem See die Attraktion. Sie schnattern und flattern, einige kommen, andere gehen.

Aber dann sehe ich von Weitem Dampfschwaden aufsteigen. Hier befinden sich nun die heißen Quellen, von denen Sämi erzählt hat. Eine Reihe von Geysiren stoßen jede Sekunde Hunderte von Litern heißes Wasser fünf Meter in die Höhe. Das Wasser kocht und stinkt nach Schwefel.

Was muss hier unter der Erde los sein? Das könnte einem wirklich Angst machen. Wir sind hier im ostafrikanischen Grabenbruch, einem Erdbebengebiet.

Ja, hier lebt sogar unter dem Boden alles.

Ich frage mich, ob es vielleicht doch da unten, ganz weit unten, so etwas wie eine Hölle gibt. Ich ziehe das erstmals ernsthaft in Erwägung.

Sämi hält sein Versprechen:

Er kocht mir ein Ei in einem Geysir. Dazu legt er es in sein Taschentuch und bindet eine Schnur darum. Nach fünf Minuten ist das Ei steinhart.

Wir machen ein Picknick am See. Es ist richtig romantisch. Hannah hat uns belegte Brote gemacht. Bunte Vögel kommen, um die Brosamen aufzupicken.

Irgendetwas sticht mich, und ich haue drauf.

»Das war eine Tsetsefliege«, erklärt Sämi unbeeindruckt, als er das totgeschlagene Insekt mustert.

Maisha marefu!

Übertragen die nicht gefährliche Krankheiten?

Die Schlafkrankheit? Das Denguefieber?

Die Tage in den beiden Parks waren wunderschön. Ich bin verzaubert, begeistert, beeindruckt, berührt.

Enthusiastisch bedanke ich mich bei meinem Führer:

»Danke, Sämi, für alles, was du mir gezeigt hast. Ich werde diese Tage nie vergessen.«

Sämi strahlt.

»Dann ist es gut. Du hast mir auch viel Gutes getan.«

Er ist stolz auf seine schöne Heimat. Und er ist wirklich ein guter Führer mit einem großen Wissen. Ich konnte ihn alles Mögliche fragen, er wusste immer eine Antwort.

Er schwärmt noch von all den anderen Parks, die er mir als Nächstes zeigen könnte, aber ich möchte jetzt eine Auszeit haben. Ich kann die schönen Eindrücke kaum mehr verarbeiten. Außerdem sind die Fahrten durch unwegsames Gelände sehr anstrengend, und mir tut alles weh.

Als wir heimkommen, erzählt mir Hannah, dass in meiner Hütte ständig das Handy geläutet habe. Irgendjemand versuche mich wohl ziemlich dringend zu erreichen.

Ich bin beunruhigt.

Was kann so Schlimmes passiert sein, dass nicht auch eine SMS gereicht hätte, um mich zu informieren?

Ich sehe auf dem Display, dass Laura zehnmal versucht hat, mich anzurufen.

Sämi meint besorgt:

»Hoffentlich ist ihr nichts geschehen. Bitte ruf doch zurück.«

»Ich denke nicht, dass ihr etwas Schlimmes zugestoßen ist. Dann würde sie wohl eher Kim anrufen.«

»Trotzdem. Ruf an!«

Natürlich. Das hatte ich sowieso vor.

Sämi steht neben mir und will nichts verpassen.

Laura hat tatsächlich umwerfende Neuigkeiten zu berichten.

»Das errätst du nie, wer heute mit mir einen Nachmittag auf dem Balkon verbracht hat.«

»Ja. Nein. Wieso sollte ich?«, antworte ich verständnislos.

»Carlos war da.«

Jetzt bin ich platt. Mein Herz hüpft ein wenig.

Freude und Schmerz kommen wieder hoch, der Gefühlscocktail, der alle meine Gedanken an Carlos begleitet. Jetzt legt Laura wirklich los:

»Du musst völlig verrückt sein. Du hast einfach nicht mehr geschrieben. Der Arme war völlig aufgelöst. Er hat sein Hotel im Stich gelassen, und das mitten in der absoluten Hochsaison. Und dann muss ICH ihm erzählen, dass dein Vater gestorben ist. Und dass du jetzt in Kenia bist.«

Und sie schimpft so richtig mit mir:

»Weißt du, dass der dich wirklich liebt? Und dass er ein sympathischer, netter, intelligenter Mensch ist? Was willst du eigentlich? Wenn ich dich schon höre: Keine Komplikationen! Dieser Mann ist einige Komplikationen wert. Lebst du eigentlich noch? Ich bin wirklich sauer auf dich.«

Mir laufen die Tränen über das Gesicht. Noch nie hat Laura so mit mir gesprochen. Was, wenn sie recht hat? Carlos ist in die Schweiz gefahren, um mich zu sehen, weil ich mich nicht mehr gemeldet habe. Das berührt mich sehr.

»Er ist total enttäuscht von dir. Er meint, dass eure Begegnung dir wohl nicht so viel bedeutet habe wie ihm.«

»Das stimmt nicht«, schluchze ich in den Hörer, »ich sehe nur keinen Weg.«

»Das glaubst du ja selber nicht! Kenia ist wirklich weit weg von hier. Spanien dagegen ist tatsächlich bloß um die Ecke. In Kenia leben die Menschen anders als wir, sie denken völlig anders. Alles ist uns fremd. Die Spanier aber sind praktisch mit uns verwandt. Wo ist das Problem?«

Ich sei kleinkariert und borniert. Wenn ich wirklich so engstirnig sei, hätte ich wohl auch kein Liebesglück verdient.

»Ich bin besonders sauer, weil ich gerade entdeckt habe, dass Ricardo mich nicht liebt. Ich musste mit ihm über meine Allergien reden. Er hat mich für zwei Wochen freigestellt. Aber wir wissen beide, dass die Allergie immer wieder kommen wird. Und ich spüre schon, wie er sich zurückzieht. Er ist ein karrieregeiler Typ. Warum habe ich das nicht schon früher gemerkt?«

Jetzt weint sie auch.

Na super!

So weinen wir ein wenig gemeinsam. Teure Tränen, bei einer Handyverbindung ins Ausland.

»Auch Elmar Grün hat dich dringend erreichen wollen. Du solltest unbedingt versuchen, deine E-Mails abzurufen. Es schien dringend zu sein.«

Schließlich will Laura noch wissen, wie mir Kenia gefalle. Ich fasse kurz meine Erlebnisse zusammen, und wir verabschieden uns.

Sämi kann gar nicht mehr ruhig stehen. Er hat Angst, dass etwas Schlimmes passiert sei. Ich beruhige ihn gerne.

Aber er will natürlich alles wissen, und schließlich sitzen wir beide auf der Bank unter dem Tamarindenbaum, und ich erzähle. Er hört mir sehr aufmerksam zu. Am Ende lacht er, und ich bin ein wenig beleidigt.

»Was ihr Europäer wirklich am besten drauf habt, ist, euch selber das Leben möglichst schwer zu machen. Ihr habt ja auch sonst viel zu wenige Probleme.«

Jetzt bin ich wirklich beleidigt. Er nimmt mich überhaupt nicht ernst mit meinen Sorgen.

»Ich liebe Grace«, sagt er nun erstmals offen. »Ich werde sie heiraten, sobald ich genug Geld für das Brautgeld habe. Sollte sie bis dahin am anderen Ende der Welt sein, dann würde ich ihr eben dorthin folgen.«

Er kann mich nicht verstehen. »Entweder du liebst ihn, oder du liebst ihn nicht. Das ist doch ganz einfach. Er hat ja sogar die gleiche Hautfarbe wie du.«

Wegen Laura meint er:

»Ricardo ist nicht der richtige Mann für sie. Aber ich werde mit unserer Kräuterfrau Rebekka reden. Sie hat vielleicht ein Mittel gegen diese Allergien.«

Ich hätte auch gerne ein Mittel. Eines, das mir Klarheit über meine Gefühle verschafft und mir den richtigen Weg weist oder einfach nur die Schmerzen betäubt, die manchmal in meinem Herzen wüten.

»So etwas gibt es bei uns auch nicht. Dafür gehen wir in die Kirche und beten.«

Am Abend hat sich ein schwarzer Frosch in mein Haus verirrt. Wanda, die mich begleitet hat, kriecht sogar unters Bett und wird so richtig schmutzig. Aber sie fängt das Tier und trägt es wieder raus ins Freie.

Ich kann trotzdem nicht schlafen.

Ist etwas nicht in Ordnung mit mir?

Nur, weil ich nicht blind meinen Gefühlen folge?

Weil ich zu viele Probleme sehe, wo vielleicht gar keine sind?

Ich stelle mir vor, wie ich in Spanien heimwehkrank darauf warte, dass Carlos von der Arbeit kommt. Ich kann nicht mehr als Journalistin arbeiten, keine Kolumnen mehr schreiben. Es würde Jahre dauern, bis ich überhaupt einigermaßen Spanisch sprechen könnte. Der Verlust meiner Sprache und der Arbeit, die damit zusammenhängt, würden mir sehr wehtun. Meine Freunde würden mir fehlen, meine Heimat, die wunderschöne Innerschweiz.

Ich hätte gerne einen Freund, der aus der Schweiz kommt. Ich müsste mich dann nicht zu irgendwelchen Entscheidungen durchringen. Wir könnten beide arbeiten, unser eigenes Leben weiterführen, uns einander langsam nähern, um dann irgendwann zu sehen, ob ein gemeinsames Leben möglich wäre. So stelle ich mir das vor.

Natürlich läuft das Leben nicht immer nach Plan, erfüllt es nicht immer unsere Vorstellungen. Aber wenn man doch weiß, dass etwas nicht gutgehen kann, muss man es dann wirklich noch erleben, nur damit man allen sagen kann, man hätte es versucht?

Am Samstag fährt mich Sämi nach Nakuru. Wir benötigen tatsächlich eine geschlagene Stunde, um an den nächsten Internetanschluss zu kommen.

Aber Sämi macht das nichts aus. Er bringt mich zu einem Freund, einem Hotelier, der mich seinen Computer benutzen lässt, während sich die beiden bei einem Tusker im Gartenrestaurant angeregt unterhalten.

Der Computer steht in einem dunklen, stickig heißen Büro. Der Raum ist klein wie ein Besenschrank. Auf dem Bildschirm hockt oben rechts eine kleine, fette Spinne. Hoffentlich bleibt sie dort. Ich rufe meine E-Mails ab. Es dauert seine Zeit. Wir sind in Afrika.

Tatsächlich: Elmar Grün hat sogar mehrmals geschrieben. Und ich freue mich über seine Nachrichten.

Er bietet mir an, einen Reisebericht über Kenia zu schreiben, wenn ich nicht nur die üblichen Geschichten zu erzählen hätte.

Nein, langweilig wird mein Bericht sicher nicht. Ich lerne hier so viel über das Land und über die Menschen, bekomme Einblick in ihre Art zu leben, zu denken.

Ich sage Elmar sofort zu.

Dann schreibt er in einer weiteren E-Mail, dass er sich überlegt habe, wie ich in Spanien leben und trotzdem noch für ihn arbeiten könnte. Eine erste Idee habe er schon.

»Du könntest eine Serie für uns machen über ausgewanderte Schweizerinnen. Du müsstest die Interviews sowieso per E-Mail oder Telefon machen. Also spielt es keine Rolle, wo du gerade lebst. Zwanzig Porträts würden wir dir abkaufen. Wir haben auch Kontaktadressen und Anlaufstellen für dich.«

Er wolle nicht, dass ich aus Liebeskummer noch mehr abnehmen müsse.

»Ich finde, dass du jetzt schon sehr gut aussiehst.«

Elmar Grün.

Ich habe ihn schon einmal unterschätzt.

Er versucht, meine Probleme zu lösen.

Aber woher kennt er sie? Kennt er als Chef eines Frauenmagazins die Frauen wirklich schon so gut?

Es werde sicher noch andere Möglichkeiten geben, von Spanien aus zu arbeiten.

»Vielleicht solltest du mal ein Buch schreiben. Hast du dir das schon einmal überlegt? Du hast so viele Ideen, so einen leichten Humor. Unsere Unterstützung hättest du bestimmt.«

Carlos hat nur eine einzige E-Mail geschickt.

»Ich war bei Dir, princesa mia, aber Du warst weg. Kann es sein, dass Deine Gefühle nicht so groß sind wie meine? Meine Mutter hält jetzt immer ein kleines Zimmer mit Meerblick für Dich frei. Sie glaubt ganz fest an uns. Ich selber bin mir nicht mehr so sicher. Ich liebe Dich, Carlos.«

Carlos.

Maria.

Jetzt breche ich schluchzend über den Tasten zusammen und weine, aber nur ganz leise.

Die Spinne verzieht sich auf die Rückseite des Bildschirms. Gefühlsausbrüche ist sie wohl nicht gewohnt.

Es gibt natürlich auch noch diverse E-Mails von meinen Kolumnenleserinnen, aber die mag ich nicht lesen, bei dieser langsamen Leitung.

Und schließlich bricht die Leitung ganz zusammen. So etwas komme hier halt oft vor, erklärt man mir. Das könne nun ein paar Stunden dauern, bis man wieder ins Netz komme.

Ich kann Carlos gar nicht mehr antworten. Fast bin ich ein wenig erleichtert.

Sämi fragt nicht viel. Er muss noch ein paar Sachen in Nakuru einkaufen. Wir spazieren durch das lebendige Städtchen. Er sieht, dass es mir nicht gutgeht, aber er fragt nicht. Sicher denkt er, dass er einer so komplizierten Schweizerin ohnehin nicht helfen könne. Dabei tut mir seine Art, die Dinge zu sehen, sehr gut. Seine andere, unkomplizierte Denkweise hat doch in der Schweiz schon viel bewegt.

Irgendwo zwischen Nakuru und Mogotio verlassen wir die Straße und fahren über einen abenteuerlichen Weg hinein in den Busch. Wir scheuchen ein kleines Dikdik auf, ein scheues Antilopentier.

Vor einer Rundhütte bleiben wir stehen und steigen aus. Hier wohnt Rebekka, die Kräuterfrau.

»Hodi?«, ruft Sämi und klopft an die Tür.

Aus dem dunklen Inneren kommt eine gebeugte alte Frau mit buntem Turbankopftuch. Sie mustert mich von Kopf bis Fuß mit kleinen, stechenden Augen und begrüßt uns dann herzlich.

Sämi erzählt ihr von Laura und ihren schlimmen Allergien. Rebekka meint, sie kenne natürlich nicht die Dinge, mit denen Laura arbeiten müsse. Aber sie kenne ihre Kräuter, und sie denke, dass die stärker seien. Sie brauche ein paar Tage Zeit. Und das koste mich umgerechnet etwa 20 Franken.

Sämi schimpft mit ihr, weil sie wohl den Preis wegen meiner Hautfarbe verdreifacht hat. Aber ich beruhige ihn.

»Sie soll etwas Gutes zaubern, dann ist das schon in Ordnung.«

Ich bin froh, dass wir nicht in ihrer Hütte Tee trinken müssen, denn es riecht hier nicht gut. Ich weiß nicht, ob sie selber ein wenig stinkt oder ob es an ihren Kräutern liegt.

Sämi und ich stehen schon vor dem Auto, als sie uns noch etwas hinterherruft. Ich höre meinen Namen und schaue Sämi fragend an.

Er fährt los und lacht vor sich hin.

»Was ist?«

Sämi schüttelt nur den Kopf.

»Du würdest es sowieso nicht glauben.«

Ich bedränge ihn, mir ihre Worte zu übersetzen.

»Okay. Sie hat gesagt: Du sollst nicht weinen, sondern zu dem Mann gehen, den du liebst.«

Wie? Nein!

Sämi verschaukelt mich. Aber er hält meinem Blick stand und bleibt ernst dabei. Er zuckt die Schultern und sagt:

»Das ist Rebekka. Keiner weiß, woher sie solche Dinge hat.«

Eine Hexe? Eine Wahrsagerin?

Hannah ist jedenfalls beeindruckt von Rebekkas Worten. Sie will nun auch alles über mein Liebesleben wissen. Am Ende streicht sie über mein Haar und meint: »Morgen werden wir in der Kirche für dich beten.«

Meine Güte, jetzt beten diese armen Leute hier für MICH. Ich schäme mich.

Jack und seine Frau Rita kommen mit Grace zum Abendessen. Ich komme ein wenig ins Gespräch mit der jungen Frau, und sie gefällt mir sehr. Wir essen ein typisch kenianisches Gericht. Sukumawiki, eine Art Spinat, und Ugali, einen dicken Maisbrei. Dazu trinken wir Tusker-Bier, das Wanda und ich vorher im Einkaufszentrum geholt haben.

Als Abendunterhaltung beschließen alle, mir einen Gospel in der Tugensprache beizubringen.

»Ongitoror Jehova kwanda …«

Es ist eigentlich nur ein Refrain, und sie singen ihn so lange, bis ich ihn mitsingen kann. Es tut gut, gemeinsam zu singen.

Dann besteht Grace noch darauf, mir ein paar kleine Zöpfchen ins Haar zu flechten. Sie macht das blitzschnell. Nach drei Zöpfchen muss ich mich wehren. Ich würde lächerlich aussehen mit einem Kopf voller Zöpfchen.

Rita und Grace machen sich dann daran, Hannahs alte Zöpfchen aufzumachen. Sie müssen eine Haarnadel zu Hilfe nehmen, denn das krause, harte Haar lässt sich nicht leicht lösen.

»Es wird Stunden dauern«, warnt mich Sämi.

Jack erzählt mir von seinen Träumen und Plänen. »Wir haben hier alle so viel Sisal. Ich würde gerne eine kleine Fabrik an der Straße bauen. Dann könnten die Touristen zu Besuch kommen und sehen, wie Schnüre entstehen oder wie die schönen Taschen gemacht werden. Sie könnten etwas lernen und wir etwas verkaufen.«

Die Idee finde ich sehr gut.

Aber was, wenn die Touristen einfach vorbeifahren?

Und wer finanziert so etwas?

Es kommt mir fast ein wenig vor, als möchte er mich um Hilfe bitten. Da werde ich ihn wohl enttäuschen müssen. Aber ich kann ja seine Bemühungen in meinem Reisebericht erwähnen. Vielleicht findet sich ein Sponsor.

Der Sonntagsgottesdienst ist ein Erlebnis, das ich nie vergessen werde. Zuerst bin ich ein wenig enttäuscht von der absolut schmucklosen Hütte mit Wellblechdach. Über dem Tisch, der als Altar dient, kleben ein paar alte, ausgebleichte Weihnachtsgirlanden. Ein Holzkreuz hängt schief an der hässlichen Wand, die teilweise mit bedruckten Tüchern verhängt ist.

Das alles ist aber schnell vergessen, als sich die wackeligen Bänke füllen. Der Priester begrüßt die Gemeinde. Sämi übersetzt flüsternd. Dann werde ich doch tatsächlich persönlich begrüßt. Es sei ein Gast aus der Schweiz da, und ich muss aufstehen, und alle klatschen.

Das ist vielleicht peinlich!

Dann wird gesungen und gebetet im Wechsel. Ich hatte mir einen schönen Gospelchor erträumt, der für mich singt. Aber das waren wohl wieder so typisch schweizerische Klischeevorstellungen. Wir singen alle, und nicht nur schön, aber kräftig und mehrstimmig. Die Vorsängerinnen haben warme, wohlklingende Stimmen. Zwei Männer trommeln dazu auf leeren Wasserkanistern. Es wird immer heißer, und alle Türen und Fenster stehen offen. Ab und zu rennen ein paar Hühner durch die Kirche, was keinen auch nur im Geringsten aus der Fassung bringt. Als dann auch noch eine große Ziege in die Kirche spaziert und nicht mehr gehen will, klettert Wanda aus der Bank und zerrt das Tier ins Freie.

Ein Krug mit Wasser steht im Gang, zwischen den Bänken, und einige trinken ein wenig davon, denn die Hitze ist groß und der Gottesdienst lang.

Am Ende kann jeder noch seine persönlichen Probleme äußern, und dann wird ein kurzes Gebet dafür gesprochen. Einer hat schwere Gicht, ein anderer erzählt, dass er finanziell nicht mehr zurechtkomme. Eine Frau klagt, dass ihre Ziegen krank seien. Jeder bekommt ein kurzes Gemeinschaftsgebet. Dann steht Hannah auf und erzählt, wie versprochen, dass ihr Gast Liebeskummer habe und eine schwere Entscheidung treffen müsse. Keiner lacht. Hier werden alle Anliegen ernst genommen. Ich möchte versinken vor Scham, aber auch für mich wird gebetet. Tränen laufen mir über das Gesicht.

Wir singen dann alle zusammen diesen Tugen-Song, den ich gelernt hatte, und preisen damit den Herrn.

»Ongitoror, Jehova kwanda ...«

Der Priester verabschiedet sich von jedem persönlich mit Handschlag. Ich stecke ihm ein wenig Geld zu, das er dankend annimmt.

»God bless you«, sagt er.

Auch Joseph begegnet mir vor der Kirche wieder. Er strahlt und lacht und will meine Hand vor Dankbarkeit gar nicht mehr loslassen. Dann marschiert er stolz vor mir hin und her.

»Danke, Lucy. Die Medikamente wirken immer sofort. Schau mal, wie ich gehen kann!«

Er werde jetzt anfangen, für den Marathon zu trainieren, spottet er. Schließlich kämen die richtig schnellen Läufer alle aus dieser Gegend.

»Ich habe ganz laut für dich gebetet«, sagt er zum Schluss.

Den ganzen Tag über werde ich das Gefühl nicht los, etwas ganz Besonderes erlebt zu haben.

Wie hier an Gott geglaubt wird, wie der Glaube gelebt wird, das berührt mich zutiefst. So möchte ich auch glauben und beten können.

Das kindliche Gottvertrauen ist mir irgendwie abhanden gekommen. Die Kirche als Organisation hat für mich versagt. Aber wen interessiert hier, was der Papst sagt? Rom ist viel zu weit weg. Hier geht es darum, Kraft aus dem Glauben zu schöpfen. Und das können die Menschen. Ich möchte auch so an Gott glauben können.

In dieser Nacht liege ich noch lange wach. Ich hadere mit mir, schimpfe mit mir. Ich muss mich ändern. Ein Sekundarlehrer sagte uns damals zum Abschied, wir sollten beim Erwachsenwerden unsere Kindlichkeit nicht verlieren.

Habe ich das wirklich beherzigt?

Da fällt mir ein Zettel ein, den ich neulich aus einer Zeitschrift herausgerissen und in meine Agenda gesteckt hatte, um diese Zeilen einmal in einer Kolumne verwenden zu können.

Ich finde das zerknitterte Blatt sofort wieder. Es ist ein Text von Albert Schweitzer.

Während ich hier in meiner Kuhdunghütte seine Worte lese, kommt es mir vor, als würde er direkt zu mir sprechen:

»Jugend ist nicht ein Lebensabschnitt – sie ist ein Geisteszustand.

Sie ist Schwung des Willens und Regsamkeit der Phantasie,

Stärke der Gefühle,

Sieg des Mutes über die Feigheit, Triumph der Abenteuerlust über die Trägheit.

Niemand wird alt, weil er eine Anzahl von Jahren hinter sich gebracht hat.

Man wird nur alt, wenn man seinen Idealen Lebewohl sagt.

Mit den Jahren runzelt die Haut, mit dem Verzicht auf Begeisterung aber runzelt die Seele.

Sorgen, Zweifel, Mangel an Selbstvertrauen, Angst und Hoffnungslosigkeit, DAS sind die langen, langen Jahre, die das Haupt zur Erde ziehen und den aufrechten Geist in den Staub beugen.

Ob achtzig oder achtzehn, im Herzen eines jeden Menschen wohnt die Sehnsucht nach dem Wunderbaren, das erhebende Staunen beim Anblick der Sterne, das furchtlose Wagnis, die unersättliche, kindliche Spannung, was der nächste Tag bringen möge, die ausgelassene Freude und Lebenslust.

Du bist so jung wie deine Zuversicht, so alt wie deine Zweifel.

So jung wie deine Hoffnung, so alt wie deine Verzagtheit.

Erst wenn die Flügel nach unten hängen und das Innere vom Schnee des Pessimismus und vom Eis des Zynismus bedeckt sind, dann erst bist du wahrhaft alt geworden.«

Genau!

Meine Flügel hängen voll durch.

Wo sind meine Zuversicht, meine Hoffnung, mein Schwung geblieben?

An ein »furchtloses Wagnis« will ich schon gar nicht denken.

Ich bin alt.

Meine Seele runzelt.

Mein Inneres ist zugeschneit und vereist.

Nein, das will ich nicht.

Wie viele Zeichen brauche ich denn noch?

In dieser Nacht stehe ich draußen vor meiner Hütte. Die Hunde rennen wild um mich herum, als würden sie die Bedeutung des Augenblicks spüren. Ich schaue in den unvergleichlich schönen afrikanischen Sternenhimmel hoch und beschließe feierlich, nach Spanien zu fahren und unserem Glück eine Chance zu geben. Ich entscheide mich für mein ganz persönliches »furchtloses Wagnis«.

Dann lege ich mich ins Bett, erleichtert und entspannt, und höre den Geräuschen der Tiere in meinem Strohdach zu. Ich habe mein Kuhdunghaus längst lieben gelernt. Es trennt mich nicht von der Natur. Es ist selber ein Stück davon und lässt mich eins werden mit seiner Umgebung. Ich fühle mich darin geborgen.

Beim Einschlafen spüre ich schon etwas von der »unersättlichen, kindlichen Spannung, was der nächste Tag bringen möge«, ich spüre wieder ein wenig »ausgelassene Freude und Lebenslust«.

Morgen rufe ich Carlos an!

Ich danke von ganzem Herzen Max Imboden,
Helena Gwerder und Vroni Schärer für das
Überarbeiten und Korrigieren.
Ich danke Gabi Meier und Heidi Beck, die mich
immer antreiben und mir Mut machen.

Ich danke Hans Gotthardt für seine Liebe.

Kenia ist meine zweite Heimat und inspiriert mich.

Wer Kenia kennenlernen möchte, dem empfehle ich:

www.gwilhelmy.de
www.matuga-kenia.de
www.africanfootprints.de

Besucht mich auf meiner Homepage:

www.blancaimboden.ch

Dem Bücherwurm empfehle ich gerne auch mein Buch »Allein in Afrika«.

## Hanna Dietz

### *Mein unheimlich romantischer Mann*

*Roman. 224 Seiten.*
*Piper Taschenbuch*

Einen unromantischeren Heiratsantrag als den ihres Freundes Jan gibt es nicht, davon ist Lotte überzeugt. Mit einem Bierdosen-Verschluss als Ring, das muss man sich mal vorstellen! Natürlich sagt sie trotzdem Ja – und beschließt, aus Jan einen Romantiker zu machen und mit ihm die romantischste Hochzeit aller Zeiten zu feiern. Doch Jan erweist sich als harter Brocken. Die Feier wird ebenso katastrophal wie die Hochzeitsreise nach Frankreich. Lotte setzt ihrem Mann die Pistole auf die Brust: entweder mehr Romantik – oder Scheidung! Und siehe da, es funktioniert. Doch leider fangen Lottes Probleme jetzt erst richtig an …

Temporeich und witzig ist der neue Roman von Hanna Dietz über die Träume von der großen Romantik und deren Bruchlandung im Reich der Wirklichkeit.

05/2268/02/L

## Emma Hamberg

### *Landliebe gesucht*

*Roman. Aus dem Schwedischen von Susanne Dahmann. 352 Seiten.*
*Piper Taschenbuch*

Lenas Alltag ist mehr als nervig – mit einem Mann, der nie zu Hause ist, vier Kindern und jeder Menge Haustiere. Der einzige Lichtblick ist Conny, der einmal wöchentlich mit seinem Eisauto vorbeikommt … Lenas ältere Schwester, die coole Marie, ist Geschäftsführerin einer Bar, doch ihr sonstiges Leben ist – abgesehen von ihrem Rottweiler Otto – ziemlich leer. Und auch Åsa, die dritte im Bunde, ist unglücklich: Das ersehnte Kind will sich einfach nicht einstellen. Als die Mutter von Lena, Marie und Åsa durch einen Schicksalsschlag mit dem Bauernhof und zweihundert Kühen alleine dasteht, ändert sich alles von einem Tag auf den anderen …

Mit viel Humor und Herz erzählt Emma Hamberg in ihrem wunderbaren neuen Roman von Liebe, Eifersucht, Leidenschaft und von der großen Kraft der Familienbande.

05/2288/02/R

## Judith Liere

### *Probezeit*

*Roman. 208 Seiten.*
*Piper Taschenbuch*

Endlich fertig mit dem Studium! Voller Begeisterung schreibt Cobra Bewerbungen, kassiert aber jede Menge Absagen. Nur ein viel versprechender Brief ist dabei: von einem lokalen Fernsehsender, der ihr ein Volontariat in Aussicht stellt, allerdings erst nach einem dreimonatigen und so gut wie unbezahlten Praktikum. Hoch motiviert erscheint Cobra zu ihrem ersten Arbeitstag, doch dann stellt sich heraus, dass außer ihr noch 20 andere Praktikantinnen und Praktikanten anfangen, und nur eine oder einer von ihnen wird hinterher das Volontariat bekommen. Natürlich sind Intrigen und Zickenkrieg angesagt – und nicht nur während der langen Arbeitstage, sondern auch nach Feierabend regiert bei Cobra das Gefühlschaos. Ist der Chef wirklich so attraktiv, der Mitpraktikant nur nett oder der Exfreund immer die bessere Alternative? Ein turbulenter Roman über die Arbeit und das restliche Leben.

05/2314/02/L

## Gaby Hauptmann

### *Rückflug zu verschenken*

*Roman. 304 Seiten.*
*Piper Taschenbuch*

Soviel Mut hat Clara sich selbst nicht zugetraut: Eigentlich wollte sie auf Mallorca ja nur günstig Urlaub machen. Nachdenken, was sie ohne Paul und all sein Geld anfangen soll. Außerdem braucht sie einen Job und zwar schnell. Warum nicht wieder als Innenarchitektin arbeiten, denkt sie spontan, hier sind so viele wundervolle Häuser einzurichten. Und unterstützt von ihren neuen Freundinnen Lizzy, Britta und Kitty stürzt Clara sich ins Abenteuer – sie ahnt nicht, worauf sie sich da bei ihrem mysteriösen russischen Auftraggeber eingelassen hat …
Gaby Hauptmanns neuer, herzerfrischend frecher Roman über gute Freundinnen und die Erkenntnis, dass ein Mann doch nicht wie jeder andere ist!

05/2364/01/R

## Michaela Saal, Kai Finn

### *Alles wegen Aldi*

*Roman. 256 Seiten.*
*Piper Taschenbuch*

Alles fing bei Aldi an: An der Kasse passierte Leonie ein peinliches Malheur, und ihr Vordermann entpuppte sich nicht nur als Retter in der Not, sondern auch als der Mann ihres Lebens. Die beiden starten eine wunderbare Beziehung. Doch das ist gar nicht so einfach, wenn der eine in Bayern und der andere in Norddeutschland lebt. Sie pendeln wie Tausende andere Paare auch. Es klappt ganz gut, wenn da bloß nicht diese schreckliche Sehnsucht wäre! Soll Leonie kurz entschlossen zu ihm ziehen, ein Kind kriegen und ihn ganz klassisch das Geld verdienen lassen? Sie überlegt sich, wie das wäre – und findet den Gedanken fürchterlich. Aber auch ein bisschen verlockend …

Eine turbulente Komödie über das Liebenlernen und Lebenlassen, gesehen und geschrieben von einer Frau und einem Mann.

05/2367/01/L

## Jennifer Donnelly

### *Die Winterrose*

*Roman. Aus dem Englischen*
*von Angelika Felenda. 784 Seiten.*
*Piper Taschenbuch*

Es sind die ersten Tage des neuen Jahrhunderts, Mai 1900. Und die finsteren Straßen des Londoner Armenviertels Whitechapel sind kein Ort für eine anständige junge Frau. Gegen alle Widerstände nimmt India, die sich sonst nur in den feinsten Kreisen bewegt, eine Anstellung als Ärztin in Whitechapel an. Als sie dem berüchtigten Gangsterboß Sid Malone begegnet, entbrennt sie überdies in leidenschaftlicher Liebe und setzt sogar die Verlobung mit dem ehrgeizigen Parlamentsabgeordneten Freddie Lytton aufs Spiel. Sie ist fasziniert von Sid, seinem Charme und seiner geheimnisvollen, dunklen Vergangenheit. Doch sie kann nicht ahnen, daß Sid Malone nicht sein wahrer Name ist … Von der gefährlichen Unterwelt Londons bis nach Afrika und in die Neue Welt führt uns Jennifer Donnellys dramatische Geschichte um die junge Ärztin India Selwyn-Jones – Betrug und Intrigen, Rache und bedingungslose Liebe bestimmen ihren Weg.

05/2339/02/R